IVAN TOURGUÉNEFF

MÉMOIRES D'UN

SEIGNEUR RUSSE

TRADUITS PAR

ERNEST CHARRIÈRE

TOME PREMIER

PARIS

LIBRAIRIE HACHETTE ET Cie

79, BOULEVARD SAINT-GERMAIN, 79

Librairie HACHETTE et Cie, boulevard Saint-Germain, n° 79, à Paris

ÉDITIONS A 1 FRANC 25 C. LE VOLUME

FORMAT IN-18 JÉSUS

BIBLIOTHÈQUE DES MEILLEURS ROMANS ÉTRANGERS

Ainsworth (W. Harrison) : Crikel. 4 v. — Crichton. 2 v. — Jack Sheppard. 2 v.

Andersen : Livre d'images sans images. 1 v.

About-Dumas : César Borgia. 2 v. — Les Pirates, Épaves. 1 v. — Paul Ferroll. 1 v. — Violette. 1 v. — Whitehall. 2 v. — Whitefriars. 2 v. — Miss Mortimer. 1 v.

Azeglio (Massimo d') : Nicolas de Lapi. 2 v.

Beecher-Stowe (Mrs) : La Case de l'oncle Tom. 1 v. — La Fiancée du ministre. 1 v.

Bersezio (V.) : Nouvelles piémontaises. 1 v.

Braddon (miss) : Œuvres. 33 v. — Aurore Floyd. 2 v. — Henry Dunbar. 2 v. — Lady Lisle. 1 v. — La trace du Serpent. 2 v. — Le Cap. du Vautour. 1 v. — Le Secret de lady Audley. 2 v. — Le Testament de John Marchmont. 2 v. — Le Triomphe d'Éléanor. 1 v. — Ralph l'intendant. 1 v. — La Femme du Docteur. 2 v. — Le Locataire du 9. 1 v. — L'Allée des Dames. 2 v. — Rupert Godwin. 2 v. — Le Brosseur du Lieutenant. 2 v. — Les Oiseaux de proie. 2 v. — L'Héritage de Charlotte. 2 v. — La Chanteuse des rues. 2 v. — Un duel de la mer Morte. 2 v.

Bulwer-Lytton : Œuvres. 20 v. — Dévereux. 1 v. — Ernest Maltravers. 1 v. — Le Dernier des Barons. 2 v. — Le Désavoué. 1 v. — Les Derniers jours de Pompéi. 1 v. — Mémoires de Pisistrath Caxton. 2 v. — Mon roman. 2 v. — Paul Clifford. 2 v. — Qu'en fera-t-il ? 2 v. — Rienzi. 2 v. — Zanoni. 1 v. — Eugène Aram. 2 v. — Alice ou les Mystères. 1 v. — Pelham. 2 v. — Jour et Nuit. 2 v.

Caballero (F.) : Nouvelles andalouses. 1 v.

Cervantes : Nouvelles. Trad. 1 v.

Commins (miss) : L'allumeur de réverbères. 1 v. — Mabel Vaughan. 1 v. — La Rose du Liban. 1 v.

Currer Bell (miss Brontë) : Jane Eyre. 2 v. — Le Professeur. 1 v. — Shirley. 2 v.

Dickens (Charles) : Œuvres. 27 v. — Aventures de M. Pickwick. 2 v. — Barnabé Rudge. 2 v. — Bleak-House. 2 v. — Contes de Noël. 1 v. — David Copperfield. 2 v. — Dombey et fils. 2 v. — La petite Dorrit. 2 v. — Le Magasin d'antiquités. 2 v. — Les Temps difficiles. 1 v. — Nicolas Nickleby. 2 v. — Olivier Twist. 1 v. — Paris et Londres en 1793. 1 v. — Vie et Aventures de Martin Chuzzlewit. 2 v. — Les grandes Espérances. 2 v. — L'Ami commun. 2 v.

Dickens et Collins : L'Abîme. 1 v.

Disraeli : Sybil. 2 v. — Lothair. 2 v.

Douglas Jerrold : Sous les rideaux. 1 v.

Eliot (G.) : Doit et Avoir. 3 v.

Elliot (lady) : L'Oiseau du bon Dieu. 1 v.

Gaskell (Mrs) : Œuvres. 6 v. — Autour du sofa. 1 v. — Marie Barton. 1 v. — Cranford. 1 v.

Marguerite Hall (Nouvelles). — Ruth. 1 v. — Les Amours de la Sœur et Cousine Philis. 1 v.

Gerstäcker : Les deux Convicts. 1 v. — Pirates du Mississipi. 1 v. — Aventures d'une colonie d'émigrants. 1 v.

Gœthe : Werther. 1 v.

Gogol (N.) : Tarass Boulba. 1 v.

Greenville Murray (E. C.) : Pères et Fils. 2 v. — La Cabale. 1 v.

Hacklænder : Boutique et Atelier. 1 v. — Le Moment du Bonheur. 1 v. — La Vie militaire en Prusse. 4 v. Chaque série se vend séparément.

Hall (Cap. Basil) : Scènes de la vie maritime. 1 v. — Scènes de Bord. 1 v. — Terre ferme et mer. 1 v.

Hunt (W.) : Nouvelle. 1 v.

Hawthorne (N.) : La Lettre rouge. 1 v. — La Maison aux sept pignons. 1 v.

Heiberg (L.) : Nouvelles. 1 v.

Hildreth : L'Esclave blanc. 1 v.

Immermann : Les Paysans de Westphalie. 1 v.

James : Léonora d'Orco. 1 v.

Jenkin (Mrs) : Qui casse paie. 1 v.

Kavanagh (J.) : Tuteur et Pupille. 2 v.

Kingsley : Il y a deux ans. 1 v.

Lampert : Nouvelles. 1 v.

Lawrence : Maurice Dering. 1 v. — La Magicienne. 1 v. — Frontières. 1 v. — L'épée et la robe. 1 v.

Lennep (J. Van) : Les Aventures de Ferdinand Huyck. 2 v.

Lever (Ch.) : Harry Lorrequer. 1 v. — Le Chevalier du jour. 1 v.

Longfellow : Drames et Poésies. 1 v.

Ludwig (O.) : Entre ciel et terre. 1 v.

Mayne-Reid : La Piste de guerre. 1 v. — La Quarteronne. 1 v. — Le Doigt du Destin. 1 v. — Le Roi des Sécuminoles. 1 v.

Melville (G. J. Whyte) : Les Chevaliers. 1 v. — Katerfelto. 1 v.

Mügge (Th.) : Afraja. 2 v.

Pouchkine : La Fille du Capitaine. 1 v.

Smith (A. F.) : L'Héritage de Lindsay. 1 v.

Stephens (miss A. S.) : Le Serment. 1 v.

Thackeray : Œuvres. 9 v. — Barry Lyndon. 1 v. — Histoire de Pendennis. 1 v. — Foire aux vanités. 2 v. — Les Newcomes. 1 v. — Mémoires de barry. 1 v.

Tourguenef : Nouvelles. 1 v. — Dimitri Roudine. 2 v.

Trolloppe (A.) : Le Domaine de Belton. 1 v.

Trolloppe (Mrs) : La Pupille. 1 v.

Wilkie Collins : Le Secret. 1 v. — La Pierre de Lune. 2 v. — Madame ou Mademoiselle ? 1 v. — Mari et Femme. 2 v. — La Morte vivante. 1 vol. — La Piste du crime. 2 v. — Pauvre Lucie ! 2 v. — Cœur et Science. 2 v.

Wood (Mrs H.) : Les Filles du Capitaine. 2 v.

Zschokke : Addrich des Murs. 1 v. — Le Château d'Aarau. 1 v.

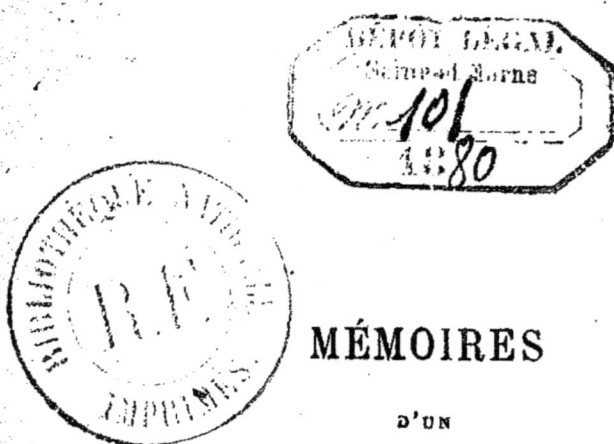

MÉMOIRES

D'UN

SEIGNEUR RUSSE

I

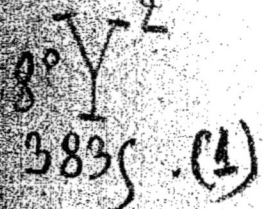

OUVRAGE DU MÊME AUTEUR

QUI SE VEND A LA MÊME LIBRAIRIE

Scènes de la vie russe. 1 vol.

Coulommiers. — Imp. Paul BRODARD

IVAN TOURGUÉNEFF

MÉMOIRES

D'UN

SEIGNEUR RUSSE

TRADUITS PAR

ERNEST CHARRIÈRE

TOME PREMIER

PARIS

LIBRAIRIE HACHETTE ET Cie

79, BOULEVARD SAINT-GERMAIN, 79

1880

INTRODUCTION

—

Le livre de M. Ivan Tourguénief, dont nous donnons ici la traduction, a été publié en russe à Moscou, en 1852, sous le titre, que nous avons cru devoir modifier, de *Mémoires* ou *Journal d'un chasseur* (*Zapiski Okhotnika*). Mais si le livre est devenu, dans notre traduction, les *Mémoires d'un seigneur russe*, c'est pour prendre avec ce titre le caractère de témoignage de l'aristocratie russe sur la situation réelle du pays qu'elle domine. Quelques parties de l'ouvrage avaient paru par fragments dans une revue littéraire du pays, intitulée : le *Moscovien* ou le *Nouvelliste de Moscou* Ces épisodes, où la vérité expressive des mœurs se détachait sur un fond descriptif plein de suavité et de fraîcheur, avaient vivement frappé l'attention, quoique venant d'une plume encore inconnue et qui n'avait pas fait ses preuves devant le public. Cependant on était loin de prévoir l'impression que produisit la réunion de ces morceaux, lorsqu'ayant été mis en volume et complétés dans leur ensemble, on put saisir la donnée supérieure qui s'en dégageait, et qu'on vit s'y manifester la pensée intime de l'auteur ou plutôt l'inspiration sociale à laquelle il avait cédé involontairement.

En effet, la série de ces chapitres, s'éclairant et se fortifiant l'un par l'autre, faisait entrer dans leur cadre toutes les scènes de la vie russe ; et par la variété des aspects sous lesquels elle y était observée, ce livre, en apparence sans prétention, se trouvait offrir le tableau le plus saisissant des mœurs de la Russie, qu'il révélait en quelque sorte à elle-même; car ces peintures étant empruntées la plupart à la partie la moins accessible des mœurs locales, elles en faisaient pour les Russes comme une découverte de leur propre pays. Ils y voyaient surtout les institutions du passé se refléter dans le présent; et la situation relative qu'elles créent entre les classes, montrant l'influence morale qu'elles exercent sur les individus, s'y dessinait pour la première fois avec une puissance de réalité d'autant plus grande qu'elle paraissait moins cherchée. On comprit alors que, sous sa forme nécessairement discrète et contenue, cet ouvrage était un de ces livres hardis venus à propos, qui agissent fortement sur les idées d'un peuple et prennent date dans son histoire. Mais le sens en fut achevé et déterminé en quelque sorte par le commentaire de l'opinion avec laquelle il se rencontrait heureusement, et il reçut d'elle cette signification plus

étendue qui fait du public l'auxiliaire et l'associé direct
de l'écrivain dans son œuvre.

Presque au même moment, et dans des proportions
plus grandes encore, un fait analogue s'était produit
sur un autre point. L'Amérique du Nord venait d'élever
à la hauteur d'un événement public l'apparition d'un
simple roman de mœurs, écrit par une femme inconnue jusque-là, et qui, devenue tout à coup célèbre, put
voir l'Europe tout entière se prendre pour le même
ouvrage de la sympathie passionnée qu'il avait inspirée
au Nouveau Monde. La connaissance de la langue et
de la littérature russes se trouvant moins répandue, le
succès de cette production a dû être plus limité au pays
qu'elle intéressait : mais cette différence ne doit pas
être mise à la charge du livre russe, qui est l'œuvre d'un
talent tout viril, et qui, n'empruntant rien aux ressorts
et aux émotions convenues du roman vulgaire, appartient, selon nous, à un ordre de conceptions plus éle-
vées et plus originales. Ce qui n'en reste pas moins à
remarquer, c'est cette apparition simultanée de deux
livres conçus dans le même sentiment et s'attaquant
aux mêmes problèmes, venus tous deux des points les
plus extrêmes de la civilisation, sans que cette coïnci-
dence ait pu être concertée ; c'est que le même courant d'idées ait pu se faire jour à la même heure dans
le Nouveau Monde, et jusque dans le pays où l'on est
convenu de voir avec l'Europe le pôle opposé des
mœurs et des institutions sociales.

Cependant on se tromperait si l'on cherchait ici un

plaidoyer ardent, un réquisitoire en forme contre le servage et les vices de la société russe ; ce serait ne pas avoir une idée exacte du genre d'esprit de M. Ivan Tourguénief et de la direction particulière de son talent. Nous ne sommes que trop accoutumés, chez nous, à cette déclamation sentimentale, qui est le vice de toutes les œuvres d'art de notre époque, qui nous poursuit partout, dans la polémique, dans le roman, au théâtre, en corrompant tous les genres, pour faire de chaque production une sorte de prédication sentencieuse, un cours en règle d'enseignement, et qui finit par imprimer à toute une littérature la teinte uniforme de l'ennui. Le trait distinctif de ce talent, si naturel et si sobre, est de ne laisser jamais paraître l'auteur, et, quoiqu'il soit toujours en scène dans ses peintures, il s'absorbe si complétement dans son œuvre, que le lecteur, resté tout entier à l'illusion qu'elle produit, peut s'attribuer exclusivement les réflexions ou la moralité qu'il en tire. Que cette réserve soit commandée à l'auteur par la considération du milieu social dans lequel il écrit, ou qu'elle provienne de son goût et de sa disposition naturelle, il n'en est pas moins vrai que cette mesure atteint, chez lui, à un art supérieur; qu'elle donne à ses tableaux une vie, une réalité saisissante; que sa pensée, enfin, y paraît d'autant mieux en se dissimulant, et porte plus loin pour s'être repliée sur elle-même. C'est là une forme originale qui mérite d'être signalée comme procédé littéraire, et dont ce livre peut offrir plus d'un modèle digne d'étude. L'au-

teur se rattache par là à cette forte école d'un sentiment supérieur en littérature, où se placent à part,
et dans une sphère si haute, Shakspeare et Molière,
chez qui la pensée est toute en action, et où la leçon
morale ressort, par induction, des personnifications
vivantes qui la traduisent et de la vérité seule des caractères.

Mais quelle discussion sous sa forme didactique vaudrait, pour l'évidence persuasive de la démonstration,
par exemple, ce terrible chapitre du *Bourmistre*, où l'on
voit si bien l'égoïsme froid et cupide du maître civilisé
s'accommoder de la tyrannie d'un subalterne, d'autant
plus cruelle, comme on a pu l'observer sous toutes les
latitudes, que l'instrument qui l'exerce est sorti lui-
même de la classe qui en souffre ? Là, tout est impitoyable et dur, comme tout ce qui est irrévocable et
sans remède ni compensation possible, comme tout ce
qui, par son excès, condamne en principe une institution à se réformer ou, si elle est impuissante à le faire
par elle-même, à périr fatalement dans un temps donné.
Autant cette oppression serre le cœur quand elle est
mise à nu dans son effrayante réalité, autant elle est
émouvante et pathétique lorsqu'elle se mêle du moins
à des sentiments d'humanité qui la tempèrent, comme
dans ce chef-d'œuvre de narration précise, si complète
dans son expressive brièveté, que nous présente l'histoire du *Bireouk*. Ici, c'est au contraire l'intermédiaire, forcé de faire sentir les rigueurs de ses fonctions
à ses frères de misère et de servitude, qui fait éclater

tout à coup, dans une nature rude et violente, une com-
misération inattendue, dont l'effet est si communicatif.
Ce n'est plus alors que l'inégalité sociale, telle que la
force l'a constituée partout, avec le cortége inévitable
d'abus attachés à toute situation qui laisse le faible sans
garantie, et qui n'a pas besoin d'une institution aussi
exceptionnelle que le servage pour se retrouver ailleurs, sous d'autres noms, dans nos sociétés les plus
avancées.

Mais le plus souvent l'auteur déguise ses attaques
sous une forme de critique, dans laquelle il excelle, et
qui n'est pas moins agressive dans sa piquante ironie;
c'est de nous montrer la terrible institution sous un
point de vue grotesque, amenant les situations les plus
ridicules, où les femmes ont le pas sur les hommes et
conservent sur eux tout l'avantage. Rien de plus origi-
nal et de plus comique en même temps que la peinture
de cette domination fantasque et tracassière, telle que
l'auteur l'expose ici dans une série d'amusants chapitres.
Tantôt c'est, comme dans celui de *Lgof*, la vieille fille
prude, soigneuse du bien-être de ses serfs, mais qui leur
interdit le mariage par scrupule, et se fait un cas de
conscience de les retenir comme elle dans le célibat;
ailleurs, c'est l'amusant tableau tracé dans le chapitre
du *Comptoir*, du petit État régi par une dame russe,
qui tranche de l'autocrate dans ses domaines, et y règle
tout par ukase, sans échapper au sort commun du des-
potisme, qui le condamne à être le jouet des subalter-
nes et à ne rien savoir de ce qui se passe chez lui,

quand il a la prétention de tout connaître. C'est encore la lutte animée de la passion vraie, telle que le chapitre de *la Maîtresse esclave* la fait ressortir au milieu des incidents les plus naturels qui mettent cette passion aux prises avec la bizarrerie, l'entêtement d'un amour-propre blessé et le caprice obstiné d'une grande dame.

Mais presque toujours la souffrance morale que la vue du mal fait éprouver est plus dans l'observateur qui l'analyse que dans la victime qui en ressent les effets : chez celle-ci, l'apathie, l'imitation, l'habitude prise la rendent insensible, et l'amour-propre lui-même s'en mêle singulièrement. Ainsi, dans le chapitre des *Deux Seigneurs de village*, on voit un serf prendre parti pour le seigneur qui l'a fait battre, et s'enorgueillir du châtiment qu'il a reçu à l'idée de l'honneur qui en revient à son maître. Mais l'auteur excelle surtout à montrer comment ce sentiment indomptable de la liberté naturelle sait lui-même se faire sa part jusque dans la servitude. Le cadre que lui fournit son sujet le conduit à mettre en scène à chaque pas ces hommes à tempérament énergique et à caractère indiscipliné, qu'aucun obstacle n'empêche de suivre leur instinct, et qui vivent comme l'outlaw, au milieu des bois, dans l'indépendance la plus absolue. Dès le début de son livre, et sans que cet idéal paraisse en rien exagéré à ceux qui, comme nous, ont pu observer quelques faits du même genre, il nous représente le serf réalisant dans son intérieur toutes les conditions de la liberté, de l'aisance, de la dignité personnelle, du savoir acquis par l'expérience. Malheureusement ces exemples ont toujours le tort de ne pas conclure, puisqu'ils restent des exceptions sociales qu'aucune garantie n'accompagne; mais ils expliquent du moins la manière dont les mœurs corrigent une mauvaise institution, et donnent ainsi la raison qui, malgré tout, la fait se maintenir et se perpétuer.

Aussi le moraliste est-il sévère et impitoyable pour la classe à laquelle il appartient, toutes les fois qu'elle abuse de son privilége exorbitant; car il est à remarquer que dans toutes ses inventions il donne constamment le beau rôle à la classe opprimée. C'est de là que sortent les caractères intéressants, et autant il est sympathique pour elle, autant il frappe sans pitié ces personnages, types grossiers d'une aristocratie rustique et mal dégrossie, chez qui le ridicule se mêle à l'odieux, quand il ne va pas quelquefois jusqu'à l'atroce. Aussi nulle part il ne déploie avec plus de verve toute la vigueur et l'énergie de sa manière que quand il se trouve devant ces originalités indigènes, ces médailles historiques déjà effacées et frustes du passé de la Russie. Quoi de plus curieux sous ce rapport que le portrait du velmoge[1], cet être exceptionnel qui ne pouvait exister que

---

1. Ou velmoje, de *velmoja* (dont l'*a* ici n'a que la valeur de l'*e* muet français par l'accent tonique mis sur la pénultième), mot qui revient à : *kto velit i mojit* (qui veut et peut; l'anglais traduirait presque identiquement : *who will and may*). Je réponds ici à un critique d'une grande autorité, M. P. Mérimée, *doctus utriusque lingnæ*, qui, dans la *Revue des Deux-Mondes*, me fait

dans les conditions de l'ancienne société russe, avec cette frénésie de caprices et de prodigalités fastueuses, cette insanité bestiale qui résultait pour l'esprit de la satisfaction continue de ces désirs illimités, telles que les font revivre pour nous les chapitres de l'*Odnovoretz* et de l'*Eau de Framboise*? Remarquons comme dans ce dernier, avec une intention toute philosophique et un art consommé, l'auteur met ici en contraste l'homme de néant atteignant au dernier degré de l'échelle descendante, en face de cette concentration monstrueuse de tous les avantages sociaux accumulés chez celui qui en abuse. Dans l'*Odnovoretz*, en montrant curieusement les progrès des classes intermédiaires, et ceux même de la nouvelle génération aristocratique, qu'il met en regard de cette barbarie native des anciennes mœurs, le peintre, dans sa sincérité, ira, pour mieux la flétrir, jusqu'à frapper sur sa propre famille, s'il vient

---

un grave reproche d'avoir introduit le mot de velmoge en fran-çais, où il pourrait être suppléé par celui de grand seigneur. Je ne chercherai pas si l'illustre critique, dans ses œuvres d'ima-gination comme dans ses habiles recherches sur l'histoire, n'emploie pas lui-même sans scrupule les mots de *lord* pour l'Angleterre, de *grand* pour l'Espagne, de *patricien* pour la Rome antique et moderne, etc., etc.; je remarquerai seulement que le terme qui désigne la plus haute expression de la société aris-tocratique a pour chaque pays une nuance qui lui est propre et que ne peut rendre le terme correspondant d'une autre langue. C'est que partout l'idée se lie à une position sociale qui n'est pas absolument la même dans chaque pays, et se complique, en effet, de rapports particuliers avec les autres classes, dont on ne retrouve pas ailleurs l'analogie, ici avec des tenanciers, là des clients, ailleurs des serfs, etc.

à en retrouver la trace dans la vie de son père. On sent, en effet, que le reproche s'adresse moins aux hommes qu'à leur temps, rendu ainsi responsable de leurs écarts et des vices qu'ils lui doivent, et il y a même des cas où cette barbarie devient intéressante et humaine à force de naïveté. Ainsi, dans l'admirable chapitre des *Stepniaks*, la grossièreté, le burlesque, la bizarrerie excentrique des manières n'empêche pas la noblesse des caractères de se produire avec éclat, et le sentiment poétique de colorer vivement une nature crue et inculte. C'est que l'auteur est ramené par elle au sentiment qui le domine partout, qui fait que, sans qu'il s'en aperçoive, ceux même des nobles qu'il traite avec le plus d'indulgence sont encore dans une infériorité morale à l'égard des serfs avec lesquels il les met en rapport ; à ce goût enfin des esprits supérieurs, qui les porte à préférer la simplicité native des mœurs rustiques aux ridicules affectés des autres classes et aux vices d'emprunt d'une demi-civilisation.

Sans doute l'auteur nous fait partager cette préférence par les vives et attrayantes inspirations qu'il doit à son sentiment de chasseur et d'amant de la nature, mais elle contribue à faire paraître mesquine et sans distinction cette partie de la société que l'imitation rapproche de la nôtre et qui tend à se confondre partout dans un type banal et de plus en plus généralisé. Plusieurs de ces esquisses en petit nombre se rapportent au tableau de genre ou à l'anecdote privée, avec des détails qui n'ont rien d'exclusivement spécial à la Russie ;

mais si le modèle s'en retrouve ailleurs, elles regagnent
par la pensée ou le talent de l'écrivain ce qui leur manque au fond en originalité : soit que dans le *Médecin de
district* il se propose, par une observation curieuse qui
semble avoir échappé à tous les autres moralistes,
d'expliquer une touchante énigme du cœur de la
femme ; soit qu'il se borne à offrir une délicate peinture
d'une situation souvent traitée, comme dans la charmante idylle des *Amours de village.* Ceux même de ces
tableaux qui reproduisent des rapports analogues à ce
qu'on trouve dans les autres pays gardent encore des
traits de singularité locale et de particularité russe,
comme l'état de gentilhomme commensal décrit dans
Radilof, ce type très-répandu et qu'on rencontre souvent du noble russe ruiné par ses folies, admis dans sa
vieillesse à se réfugier dans la maison d'un membre de
sa classe, où il achève sa vie de dissipation en jouant à
demeure le rôle de bouffon. On distingue également
sous ce rapport les originaux qui passent dans la piquante revue que l'auteur fait de la petite ville russe
dans *Lébédiane,* et l'homme incompris du *Hamlet russe,*
dont les saillies de caractère paraîtront un peu longues
et un peu cherchées, malgré leur incontestable finesse :
ce qui pourra du reste servir en passant à noter la différence des goûts entre les peuples ; car ce chapitre est
précisément celui que l'on cite et vante le plus en
Russie comme offrant l'expression de la fantaisie particulière au pays, et dont les traits caractérisent essen-
tiellement l'*humour* national.

Mais où l'auteur retrace cette vérité universelle qui jaillit et se fait reconnaître sous la diversité même des impressions locales, c'est lorsqu'il est en plein dans ce qui compose la partie originale de son sujet et lui en fournit l'expression la plus poétique. Quoi qu'elle dise d'elle-même, la race slave est au fond peu accentuée, et ne promet pas à la poésie des sources bien nouvelles et bien fécondes. Nulle part, dans la vaste surface qu'elle occupe, elle ne dépasse la légende et le chant populaire, et partout elle s'arrête à ce degré de simplicité enfantine qui marque un âge dans la vie des peuples, mais dont l'expression, après une première et apparente nouveauté, n'offre bientôt plus que la même note et finit par être monotone. Elle a besoin, pour se relever et paraître intéressante, d'exposer à son tour les contrastes et les sentiments plus compliqués que la civilisation crée dans le cœur de l'homme, de sonder les abîmes et les perspectives indéfinies qu'elle ouvre à sa pensée, et dont le spectacle peut seul répandre la variété sur ce fond nu et toujours semblable de l'inspiration primitive. C'est là ce que l'auteur fait avec une grande supériorité, lorsque, transporté devant cette nature nouvelle, il semble la contempler du sein même de la civilisation à laquelle il appartient par son intelligence; et la manière dont il nous la rend tout aussitôt sensible vient de ce qu'il nous communique lui-même sa faculté compréhensive.

Parmi les chapitres d'où ressort le mieux cette pénétration, on distinguera celui des superstitions popu-

laires. Quoi de plus neuf et de plus charmant que cette
veillée passée près du *taboun* de chevaux sauvages, en
compagnie des jeunes enfants qui les gardent, dont les
paroles nous révèlent toute cette partie de l'âme et de
la pensée populaire, pendant que l'auteur assiste à cet
entretien sans s'y mêler, et, par cette attitude, nous
rend en quelque sorte visible le procédé littéraire qu'il
emploie? Dans le *Nain Kaciane*, c'est encore l'homme
supérieur dont la civilisation a éclairé la pensée, ouvert
l'intelligence, rectifié et agrandi le regard, comme
pour lui rendre perceptible ce qui lui échapperait sans
cela; et lui seul pourra surprendre cette végétation
spontanée de la poésie germant dans la solitude sous la
forme la plus bizarre, sous l'image qui lui semble la
plus opposée. Elle se retrouvera également, mais avec
plus de splendeur encore, dans ce merveilleux poème
du Cabaret et des chanteurs, où éclate l'intention de
relever la dignité de l'homme sous les dégradations qui
la déguisent et l'avilissent fatalement. Les préparations
de l'auteur peuvent paraître un peu longues à notre
impatience française; mais ces détails minutieux, employés à faire ressortir les difformités physiques, la vul-
garité, le prosaïsme des individus qu'il appelle à former
l'auditoire, et les juges de cette lutte du chant, concou-
rent à l'effet qu'elle devra produire. Aussi ils s'expliquent bientôt par cette merveilleuse explosion de l'âme
que le sentiment musical élève et transfigure en la dé-
pouillant de cette enveloppe d'abjection que lui impri-
ment au dehors les fatigues du travail journalier, l'es-

prit de la profession et les habitudes vicieuses du caractère. Mais ce rayonnement est d'autant plus im-
prévu et puissant d'effet que la matière reprend aussitôt
le dessus, et que l'inspiration sublime vient s'éteindre
dans l'orgie brutale, au milieu de tous les contrastes et
des harmonies extérieures que la nature apporte à ce
magique tableau.

Arrêtons ici ces réflexions qui ont le tort d'anticiper
sur les impressions du lecteur; mais l'idée qu'il en re-
covra ne sera pas inutile si elle le décide à les éprouver
par lui-même. C'est le voyage le plus agréable qu'on
puisse faire aussi bien dans le domaine de l'imagination
et du cœur humain qu'à la recherche des mœurs et des
singularités de la Russie. En s'engageant dans ce pays,
objet de tant de contestations diverses, et où l'on ne
saurait avoir un guide plus sûr et plus sympathique
avec nos croyances et nos sentiments de prédilection [1],
on y reconnaîtra, comme dans toutes les sociétés, un
mélange de bien et de mal, d'ombre et de lumière;
mais, tout en faisant la part de ce que ses institutions
laissent à désirer, on rendra justice aux qualités de

1. L'auteur de ce livre, observateur exact s'il en fut, dans le
tableau si complet qu'il trace des sentiments de son pays et où
il n'en omet aucun, ne trouve à signaler d'autres vestiges des
antipathies nationales soulevées par la fameuse invasion de 1812
que l'aventure d'un tambour français qui doit à un péril passa-
ger l'avantage de devenir un seigneur et de passer dans le corps
de la noblesse russe, et la leçon burlesque d'histoire qu'un
grand-père donne à son petit-fils, dans laquelle le ridicule
qu'il cherche à déverser sur Napoléon retombe en plein sur le
personnage dont il fait ressortir la sottise. On sait que nulle part
les souvenirs de la première époque impériale ne sont plus ad-

force et de caractère qui distinguent ce peuple, et qu'il est appelé à développer spécialement parmi les diversités de la grande famille humaine.

mirés qu'en Russie, où tout est calqué sur ce modèle dans les formes du gouvernement comme dans les moindres détails de l'armée et de l'administration.

MÉMOIRES

SEIGNEUR RUSSE

I

Khor et Kalinytch. — Serfs russes dans les campagnes.

Tout voyageur à qui il est arrivé de passer du district de Bolkhovski dans celui de Jizdrinsk a dû être frappé de la différence tranchée qu'on remarque entre les gens du gouvernement d'Orel et ceux du gouvernement de Kalouga. Le paysan d'Orel est petit, cassé, morose; il vous regarde en dessous; il vit dans de méchantes huttes de tremble, va à la glèbe, n'a aucun commerce, aucune industrie, mange on ne sait quoi et se chausse d'écorce tressée. Le paysan de Kalouga pour avoir sa liberté d'action paye une redevance à son seigneur; il habite des chaumières de pin, est grand de stature, a le regard ferme, l'air placide, la face lisse et blanche; il trafique d'huile et de cambouis, et se chausse de bottes les dimanches et fêtes. Un village de la partie orientale du gouvernement d'Orel est ordinairement situé au milieu de champs labourés, près d'un ravin semé de mares fangeuses. A l'exception

de quelques tristes aubours [1] qui croissent à l'abandon,
et de deux ou trois maigres bouleaux, vous pourrez
parcourir les plus grandes distances sans rencontrer
un arbre. Les chaumines sont côte à côte et se soutiennent l'une par l'autre, toutes également couvertes
de paille moisie. Un village kalougien, au contraire,
est communément situé à la lisière d'un bois ou d'un
bocage; les chaumières se tiennent espacées et droites,
elles ont des toits de planches; les portes ferment her-
métiquement : la palissade ne plie pas de vétusté, elle
ne tombe pas çà et là en débris vermoulus, ouvrant ses
brèches à tout porc de passage. Pour le chasseur, c'est
le gouvernement de Kalouga qui est le bon. Dans le
gouvernement d'Orel, les derniers bois, les dernières
landes buissonneuses auront disparu d'ici à cinq ans;
de marécages, on n'en a déjà plus mémoire; tandis
que dans le gouvernement de Kalouga, il n'est pas rare
de trouver des clairières ayant plusieurs centaines de
kilomètres d'étendue, des marais qui en comptent plusieurs dizaines de surface; on y rencontre encore le
noble coq de bruyère, la grive bonasse, et l'agile perdrix, qui par son vol brusque et saccadé égaye et étonne
à la fois chien et chasseur.

Comme je parcourais, en qualité de chasseur, une
partie intéressante du district de Jizdrinsk, je rencontrai dans la campagne un gentillâtre campagnard kalou-

---

1. Nous avions remplacé souvent dans notre première édition
l'*aubour*, qu'on rencontre ici fréquemment, par l'*aubier*, comme
plus familier au lecteur et afin de lui éviter les digressions et
les explications trop multipliées. Disons une fois pour toutes
que l'aubour, qui n'est guère chez nous qu'un arbuste et une
variété du cytise, devient un arbre dans la région des steppes,
mais avec cette particularité qu'il dégénère et paraît plus chétif
et plus souffreteux à mesure qu'il se trouve dans le voisinage
de l'habitation .de l'homme

gien avec qui je liai conversation ; je ne fus pas long-temps sans savoir qu'il s'appelait Poloutykine et avait la passion de la chasse, d'où je conclus à l'instant que ce devait être un excellent homme. J'avouerai pourtant qu'il n'était pas sans quelques petites faiblesses ; par exemple, il avait la manie de faire demander la main de toutes les riches demoiselles à marier de la province, et notez qu'après s'être vu fermer le cœur de la fille et la maison du père, il racontait expansivement sa décon-venue à ses amis et connaissances, sans discontinuer d'envoyer aux parents des filles refusées des paniers de pêches vertes et autres fruits peu fondants de son jardin. Ajoutons qu'il aimait plus que de raison à répé-ter les quatre ou cinq anecdotes dont se composait tout son répertoire de grande gaieté, et il n'avait pas l'art de la rendre communicative ; il louait avec extase les œuvres de je ne sais plus quel auteur profondément inconnu ; il bégayait, appelait son chien Astronome, quoique je n'aie jamais remarqué que l'animal s'occu-pât des étoiles ; il disait *stapendant* pour *cependant*, et avait déplorablement introduit chez lui la cuisine fran-çaise, dont tout le secret, au dire de son cuisinier qui me l'a révélé, consistait à changer du tout au tout le goût particulier de chaque aliment. Ainsi, ses viandes avaient un goût de poisson, son poisson un goût de morilles, ses macaronis sentaient la poudre à canon ; il ne tom-bait jamais dans les potages de cet artiste une carotte ou un navet qui n'eût la forme d'un rhombe ou d'un trapèze. A part donc ces légers travers, M. Poloutykine était un homme d'un bon et sûr commerce.

Dès le jour même de notre première rencontre, M. Poloutykine m'invita à venir passez la nuit chez lui sans façon.

« Il y a d'ici chez moi, ajouta-t-il, environ cinq *ver-*

stcs [1] ; faire tout ce chemin à pied nous fatiguerait trop;
nous passerons chez Khor.

·· Qu'est-ce que ce Khor?

— Et mais, un de mes paysans. Il demeure tout près
d'ici. »

Nous nous rendîmes donc chez Khor, qui demeurait
en plein bois, dans un assez grand espace nivelé, séché
et cultivé, où s'élevait une bonne maison rustique en
bois de sapin, avec les dépendances, cours, hangars,
étables, puits, etc. La maison d'habitation avait devant
un long erron couvert soutenu par quatre minces
piliers. Nous fûmes reçus à l'entrée par un beau grand
gaillard de vingt ans.

« Ah! c'est toi, Fédia! dit le maître; Khor est à la
maison?

— Non; Khor est allé avec sa charrette à la ville,
répondit le gars en souriant et en nous découvrant une
rangée de dents blanches comme la neige. Voulez-vous
que j'attelle la télejka [2] ?

— Oui, mais d'abord donne-nous du kvass [3]. »

Les parois de la chambre étaient tout naïvement les
rondins dont la maison était construite, mais taillés à
la hache et blanchis à la craie, sans étaler ces gros-
sières images de Souzdal [4], collées à la mie de pain,

---

1. La verste russe équivaut à peu près à notre kilomètre, que
nous substituons au mot russe dans le récit, mais non dans le
dialogue.

2. Chariot découvert et non suspendu.

3. Boisson vulgaire des Russes, aigrelette et rafraîchissante.

4. Souzdal, où se rattachent beaucoup de souvenirs de l'histoire de Russie, est le centre d'une fabrication très-productive
d'images populaires. Le gouvernement russe ne dédaigne pas
d'exercer sa surveillance sur cette industrie, car, dans l'occasion, il y trouve un moyen de propagande politique et religieuse.
En effet, ces images sont invariablement de deux espèces
l'une toute consacrée à la gloire des armées russes, aux illus-

comme on n'en voit que trop dans les chaumières, où elles attirent la poussière, les insectes ailés et autres ; mais dans l'angle d'honneur, devant une image sainte enchâssée en argent massif, s'élevait la flamme d'une lampe consacrée ; une table de tilleul qui était au-dessous, en avant d'un large banc, avait été récemment raclée et lavée avec soin. Dans les interstices des rondins et autour du cadre des fenêtres, on ne voyait courir ni la blatte agile, ni le grillon joyeux, ni le cafard pensif.

Le jeune garçon reparut armé d'une grande cruche blanche pleine d'un kvass frais et mousseux, et d'un énorme quartier d'un pain de froment que vint aussitôt rejoindre une douzaine de concombres salés nageant dans une gamelle de bois. Tout cela fut mis en bon ordre sur la table, et le gaillard alla s'épauler contre le montant de la porte, d'où il nous regardait, le visage tout épanoui de bonne humeur. Nous eûmes à peine achevé notre modeste collation, que nous entendîmes le téléjka rouler en cahotant dans la cour. Nous sortîmes à l'instant. Un jeune gars de quatorze ou quinze ans, au teint frais et à la chevelure tout en boucles, était carrément assis sur le siége, fort occupé à contenir l'ardeur d'un jeune cheval pie. Autour du chariot se tenaient six jeunes géants tous très-ressemblants à Fédia.

trations militaires, aux traits d'héroïsme, etc., l'autre aux actes des saints, aux mystères, aux légendes religieuses, aux apparitions surnaturelles. Outre le débit considérable qu'il s'en fait à l'intérieur, elles sont répandues au dehors avec profusion en Sibérie, chez les Khirghis, dans toute l'Asie centrale, la Caucasie, enfin chez tous les peuples limitrophes de l'empire, où elles doivent entretenir l'admiration pour la Russie, exciter l'enthousiasme guerrier et frapper les imaginations par le merveilleux. En voyant ces productions d'un art grossier, mais qui sert de passeport à une pensée très-raffinée, on conçoit que le choix des sujets comme la violence du coloris sont ici très-bien calculés pour faire impression sur des esprits à demi barbares, et qui seraient surtout peu sensibles à la délicatesse des formes.

« Ce sont les fils de Khor, dit mon compagnon.

— Oui, tous Khoriaux, ajouta Fédia, qui nous avait suivis au perron; mais nous ne sommes pas tous ici : Potapp est au bois, Sidor mène le père. Çà, toi, Vacia, roule crânement, c'est le bârine [1] que tu mènes. Seulement prends bien garde aux bosses et aux creux, et là retiens la bête, sans quoi tu nous la gâteras, et, ce qui est pis, tu feras danser la cervelle du seigneur. »

Les autres Khoriaux parurent tout réjouis des railleries de Fédia. Dès que nous eûmes pris place, M. Poloutykine s'écria d'un ton solennel :

« Hé! qu'on place ici Astronome! »

Fédia prit plaisir à soulever en l'air le chien un peu surpris, médiocrement charmé, et le déposa à nos pieds sous le siége, qui était formé d'une planche étroite. Vacia lâcha la bride.

Nous roulions depuis un quart d'heure.

« Voici mon comptoir, me dit Poloutykine en me montrant une maisonnette fort basse. Voulez-vous entrer ?

— Volontiers.

— Le local est vacant, mais vous allez voir quelle eau j'ai là. »

La maison se composait de deux chambres vides. Un vieux gardien borgne accourut.

« Bonjour, Miniaitch ; apporte-nous de l'eau, » dit le maître.

Le vieillard sortit et reparut avec une bouteille d'une eau très-pure et très-froide, et deux verres ; c'était de l'eau de source. Nous en bûmes chacun un verre, et le vieillard nous saluait pendant l'opération, comme si, pour nous remercier d'avoir songé à son nectar, il fai-

---

1. Le maître, le seigneur.

sait à ses précieux hôtes mille souhaits de santé et de joyeuse vie.

« Çà, à présent, nous pouvons nous remettre en route, me dit mon compagnon. C'est ici que j'ai vendu, et bien vendu, au marchand Allélouïef quatre arpents de forêt. »

Une demi-heure après nous entrions dans l'enceinte de l'habitation seigneuriale.

« Dites-moi, je vous prie, dis-je à Poloutykine en soupant, d'où vient que Khor a su se faire une closerie où il vit séparé de vos autres paysans?

— C'est que j'ai en lui un gaillard très-avisé; il y a vingt-cinq ans, sa chaumière brûla; il vint trouver feu mon père, et lui demanda la permission, moyennant une redevance très-acceptable, d'aller se faire dans une éclaircie du bois, à portée d'un marais, une habitation pour lui et pour la famille que Dieu voudrait bien lui donner. « Et pourquoi aller vivre dans un marécage? dit mon père. — Ce n'est rien; vous n'exigerez plus de moi aucune corvée; fixez vous-même équitablement ma redevance. — Cinquante roubles [1] par an. — C'est bien; merci. — Mais point de grâce à espérer de moi sur cette somme. — Vous serez payé aux termes. » Et il est allé se créer le clos que vous avez vu; tous les autres paysans l'ont alors surnommé Khor (le putois), et le nom lui est resté.

— Il y a fait ses affaires?

— Parfaitement. Il me paye aujourd'hui cent bons tselkoves [2] haut la main, et je l'ai déjà prévenu plus d'une fois que j'exigerai davantage, à moins qu'il ne

---

1. Environ 60 francs, le rouble papier valant un peu plus d'un franc.

2. On sait le doute auquel prête la différence d'évaluation du rouble, suivant qu'on le compte en papier ou en argent : le tscl-

veuille se racheter; c'est à quoi je l'engage très-vive-
ment, mais il jure ses grands dieux qu'il n'a pas le premier sou pour cela, l'imbécile. A d'autres!... »

Le lendemain, de bonne heure, après le thé, nous
partîmes pour la chasse. Poloutykine reprit le chemin
de la maisonnette qu'il appelait son comptoir et cria
en approchant : « Kalinytch!

— Je suis à vous, monsieur! répondit une voix; j'attache mes laptis [1]. »

Nous mîmes la carriole au petit pas, et comme nous
débouchions du village voisin, nous fûmes rejoints par
un homme de quarante ans, maigre, haut de taille, la
tête petite et déjetée, non en avant, mais en arrière.
L'air de bonhomie qui se jouait sur son visage hâlé et
semé de verrues me plut dès le premier coup d'œil.
C'était Kalinytch. J'ai su plus tard que cet homme
suivait chaque jour son seigneur à la chasse, portant
sa gibecière et parfois son fusil; il en savait long sur
les oiseaux; c'est lui qui courait chercher de l'eau
fraîche, ramasser les baies du bocage et faire avancer
la drochka [2]; sans lui il n'y aurait pas eu de chasse

kove n'ayant qu'une valeur, celle de 4 francs, et qui répond à
celle du rouble en argent, ne laisse pas dans l'esprit la même
incertitude.

1. Chaussure d'écorce tressée.

2. Équipage tartare devenu russe; on s'y tient à cheval sur
une banquette, entre deux paracrottes. Ce mot, qui est en russe
au féminin et au pluriel, et s'écrit *drochki*, comme *sani*, traîneau, n'a pas, comme ce dernier, un équivalent dans notre langue, et cependant il est indispensable de prendre un parti pour
la désignation d'un véhicule si intimement lié aux usages de la
vie russe et dont le nom revient ici à chaque page. Pour auto-
riser l'emploi que nous en faisons au singulier, il ne manque pas
d'exemples à citer dans notre langue de transpositions de ce
genre, et personne ne cherche querelle à nos poètes et à nos
écrivains lorsqu'ils joignent aux mots collectifs d'Athènes,
Thèbes, Argos, etc., des épithètes et des verbes dont le nombre
est en opposition avec l'orthographe et l'étymologie du sujet.

possible pour un sybarite tel que M. Poloutykine. Outre que Kalinytch avait des nerfs d'acier, c'était un homme d'un caractère doux et enjoué, qui chantonnait sans cesse en jetant des regards rapides de vingt côtés à la fois; il parlait un peu du nez, clignait en souriant de ses yeux bleu clair, et portait souvent la main à sa barbe disposée en pointe à la mode juive. Il marchait à grands pas sans nulle apparence de hâte, s'appuyant très-légèrement sur un long et mince bâton.

Dans le cours de la journée, nous échangeâmes quelques paroles, lui et moi; il me rendait sans servilité une foule de petits services; mais dans ses allures autour de son maître, l'homme montrait toutes les prévenances d'une vieille bonne. La chaleur du jour nous étant devenue insupportable, il nous mena à sa case, en plein fourré; il nous introduisit dans un carré où séchaient appendues des herbes aromatiques recueillies en bouquets; il nous fit deux lits de foin frais, puis il se passa par-dessus la tête une espèce de sac en filet, prit un couteau, un pot et un bout de latte amincie, et se rendit à sa ruche pour nous conquérir un rayon de miel. Nous bûmes un beau miel fluide et ambré comme nous aurions bu de l'eau de source, et nous nous endormîmes au bourdonnement des abeilles et au frôlement des feuilles du bois. Un petit coup de vent me réveilla... J'ouvris les yeux et vis Kalinytch assis

---

Nous suivons d'ailleurs l'exemple des Russes eux-mêmes, qui, lorsqu'ils parlent français, n'hésitent pas à dire la *drochka*, et pour l'expression composée, la *begovaïa drochka*, qui désigne une variété de ces mêmes véhicules, plus simple encore et réduite à un banc matelassé monté sur roues; sauf à écrire en russe *beegovyie drochki*, dont le nom expressif (les *trembleuses fuyantes*, formé des verbes *drojat*, trembler, et *beegat*, courir, fuir) caractérise à la fois leur extrême légèreté et leur mouvement oscillatoire.

sur le seuil de la porte entr'ouverte, essayant de faire
avec son couteau des cuillers de bois pour de grandes
occasions comme celle-ci. Je contemplai avec ravisse-
ment pendant un gros quart d'heure ce bon visage
d'homme simple et primitif, ce front serein comme un
beau coucher de soleil d'automne. M. Poloutykine étant
venu à s'éveiller à son tour, nous partîmes. J'avais été
le mieux partagé dans la hutte, grâce à un genre de
jouissance que je sais me donner : il est délicieux, à
mon sens, après une longue course et un sommeil de
chasseur, de demeurer, les yeux ouverts, immobile sur
une excellente couche de foin; le corps est doucement
affaissé au repos, le visage a le rouge de la pivoine avec
un grand éclat de vie, l'œil est tout chargé d'une molle
et voluptueuse paresse. Nous recommençâmes à battre
les champs et les taillis. A notre rentrée, le soir, nous
soupâmes comme tout le monde ne soupe pas, même à
la campagne. Tout en soupant, je parlai de nouveau de
Khor, et surtout de Kalinytch.

« Kalinytch est un brave homme, un bon paysan,
très-serviable. C'est dommage qu'il ne puisse pas se
mettre en ménage ni s'arranger une chaumière; je le
tire toujours à moi ; chaque jour il me suit à la chasse;
où prendrait-il le moment de se faire un petit chez soi,
n'est-ce pas?

— Sans doute. »

N ousallâmes nous coucher.

Le lendemain, M. Poloutykine dut se rendre à la ville
avec son voisin de campagne, nommé Pitchoukof. Le
voisin Pitchoukof avait, en labourant son champ, gagné
quelque peu de terrain, et c'était entre eux matière
à contestation. Je ne sais s'ils partirent bons amis; moi,
je chassai seul ce jour-là. Le soir, je pris machinale-
ment le chemin du clos de Khor. Je trouvai sur le

seuil de la chaumière un vieillard grisonnant et demi-
chauve, de petite taille, mais large d'épaules et bien
constitué : c'était Khor en personne. J'observai curieusement ce brave homme, dont le galbe rappelle la plupart des bustes de Socrate : front très-haut et bosselé,
petits yeux pénétrants, nez épaté. Il me fit entrer chez
lui. Fédia me servit du lait et du pain noir. Khor s'assit
sur le banc qui faisait à peu près le tour de la chambre [1], et en passant doucement la main sur les ondes
de sa barbe, il se mit à causer avec moi. Il me parut
avoir une idée bien arrêtée sur sa dignité d'homme de
sens; il parlait et se mouvait lentement, et de temps en
temps un mouvement de sa lèvre, répété par sa longue
moustache, trahissait un léger sourire.

Nous causâmes de semailles, de moissons, du genre
de vie du paysan... Il parut être de mon avis sur tous
les points. Bientôt cela me sembla fastidieux; je sentis
que je perdais, moi, de ma dignité dans une causerie
sans but. Khor était discret et réservé; il ne croyait
pas qu'il fût prudent ou convenable de se montrer autrement. Voici un échantillon de notre conversation :

« Çà, Khor, lui dis-je, pourquoi rester serf au lieu
de te racheter ?

— Pourquoi me rachèterais-je? Je connais maintenant notre maître, je sais quelle redevance j'ai à lui
payer; c'est un bon seigneur que le nôtre.

— Il vaut toujours mieux vivre en liberté, » dis-je à
demi-voix.

Il me regarda un peu de travers et marmotta :
« Ah ! oui.

— Eh bien, pourquoi donc ne pas s'affranchir ? »
Khor baissa la tête et la releva en disant :

---

1. Fixé au mur comme dans toutes les chaumières russes.

« Pour s'affranchir, il faut de l'argent, monsieur ; je n'en ai pas.

— Allons donc, mon vieux !...

— Voilà Khor devenu homme libre, ajouta-t-il à demi-voix et comme s'il se parlait à lui-même : quiconque se rase le menton peut avec Khor trancher du supérieur [1].

— Tu te raseras, et tout sera dit.

— Qu'est-ce que la barbe ? une herbe ; cela se fauche.

— Eh bien donc ?

— Khor passera tout droit dans le corps des marchands, aux marchands il fait bon vivre, et ils ont gardé leur barbe.

— Justement tu n'es pas novice en commerce, je suppose ?

— Oui, un peu d'huile, un peu de cambouis... N'ordonnez-vous pas qu'on vous attelle un chariot ? »

A ce mot dit d'un ton parfaitement naturel et officieux, je pensai : « Voilà un gaillard qui ne manque ni d'esprit ni de finesse . » — « Non, lui dis-je, non, il ne me faut point de chariot ; demain je chasse autour de ta closerie, et en attendant, si tu veux bien le permettre, j'irai prendre mon sommeil dans ton grenier au foin.

— Très-honorés nous sommes ; mais seras-tu à ton aise sur le foin ? Les femmes vont étendre un drap de lit et mettre un oreiller. Hé ! les babas [2] ! cria-t-il en se levant de sa place ; ici, les babas ! et toi, Fédia, va avec elles ; les femmes sont une espèce si bête ! »

Un quart d'heure après, Fédia, pourvu d'une lanterne, me conduisit dans le hangar au foin ; je m'étendis avec délices ; mon chien s'enroula à mes pieds ; Fédia

---

1. En Russie, les classes inférieures portent la barbe.
2. *Femme* dans la nuance méprisante de *commère*.

me souhaita une bonne nuit et rabattit sur lui la porte
du hangar, qui fermait à merveille. Je fus assez longtemps sans m'endormir. La vache approcha de la porte
et mugit énergiquement à deux reprises ; mon chien se
souleva pour lui dire son fait, sur quoi elle s'éloigna ;
un pourceau lui succéda en fouillant de sa hure je ne
sais où ; un cheval qui se trouvait dans mon voisinage
se mit à mâcher bruyamment le foin de son râtelier,
puis à souffler et à s'ébrouer ; moi, à la fin, je m'endormis.

A l'aurore je fus réveillé par Fédia : ce jeune gars
me plaisait infiniment, et, autant que je l'ai pu remarquer, il était le favori du vieux Khor ; ils s'amusaient à
se plaisanter mutuellement. Le vieillard vint à ma rencontre. Je ne saurais dire si c'était parce que j'avais
passé la nuit sous son toit ou pour une autre cause,
mais Khor fut avec moi beaucoup plus empressé que la
veille.

« On t'a mis le samavar [1], me dit-il cordialement,
viens prendre le thé. »

Nous nous mîmes ensemble à table. Une femme robuste, l'une des belles-filles du vieux Khor, apporta un
pot de lait. Tous les fils entrèrent successivement dans
la chambre.

« Quels superbes gaillards tu as là ! dis-je au vieillard.

— En effet, dit Khor en grignotant un petit morceau
de sucre, il me semble que nos gars n'ont pas à se
plaindre de moi ni de leur mère.

— Et tous vivent avec toi ?

— Tous. Il leur plaît ainsi, et je ne me plains pas
plus d'eux qu'ils ne se plaignent de moi.

— Sont-ils tous mariés ?

1. Bouilloire à thé, pourvue d'un foyer et d'une cheminée.

— Voilà un vaurien qui ne se décide pas, répondit
Khor en montrant Fédia appuyé, selon son habitude,
contre la porte. Vaska, lui, est encore jeune; rien ne
presse.

— Et pourquoi me marierais-je? repartit Fédia; je
suis bien comme je suis. Je ne sais pas même pourquoi on prend une femme... pour hurler à deux? quoi!

— La, la, mon drôle, nous te connaissons; je t'ai vu
des bagues d'argent aux doigts. Tu aimes à flairer
comme un bouquet les filles de service du maître, là-
bas : « Oh! le vilain, voyez donc! me laissera-t-il
« tranquille?... » ajouta le vieillard en imitant la voix des
filles de service de Poloutykine : « C'est bien, c'est
« bien, M. Blanches-mains! »

— Qu'est-ce qu'il y a de bon dans une femme?

— Une femme , dit gravement Khor, c'est le serviteur le plus proche de l'homme; ce sont deux bras tra-
vailleurs qui, ajoutés aux siens , font quatre bras; c'est
un domestique.

— Qu'ai-je à faire d'un domestique à moi?

— C'est que tu aimes à remuer ton feu avec les
mains du prochain. On sait ce que vous valez, vous
autres gens sans femme.

— Eh bien! marie-moi donc, si c'est comme ça.
Eh bien! quoi? tu ne dis rien là-dessus?

— Assez, mauvais plaisant , assez; tu vois bien que
nous fatiguons le bârine. Je te marierai, sois-en sûr.
Mais toi, monsieur, pardonne : c'est un grand enfant,
un dadais, qui n'a encore que du duvet au menton , et
pas un poil de barbe. Le moyen de lui parler raison! »

Fédia branla la tête.....

« Khor est-il à la maison? » cria du dehors une voix
connue... Et Kalinytch entra dans la chambre, portant
un beau bouquet de fraisiers champêtres avec le fruit,

ramassés de sa main pour son ami le putois. Le vieillard lui fit le plus cordial accueil. Je regardai Kalinytch
avec beaucoup de surpise ; je ne croyais pas un moujik[1],
un demi-sauvage tel que lui, capable de cette sorte
de délicatesse.

J'allai à la chasse ce jour-là quatre heures plus tard
que d'habitude, et je passai encore trois jours ainsi, faisant de mon mieux afin de ne pas être un hôte incommode pour le vieux Khor. J'avais pris de l'intérêt
mes nouveaux amis ; je ne sais comment j'eus le bonheur de gagner leur confiance, mais ils en étaient venus en deux jours à converser avec moi sans contrainte.
Je les écoutais et les observais avec plaisir. Khor et
Kalinytch (qui venait chaque jour, M. Poloutykine
ayant dû séjourner tout ce temps-là à la ville) ne se
ressemblaient en aucune sorte : Khor était un homme
positif et pratique, une tête administrative, ne donnant
rien qu'au raisonnement ; Kalinytch, au contraire, tout
entier à l'idéal, était un romantique, un exalté, un
homme de poétique rêverie. Khor comprenait la réalité ; il s'était établi dans la vie ; il avait pourvu à l'a-
venir comme au présent ; il s'était mis dans de bons
rapports avec son seigneur et avec les autres puissance ; sKalinytch était jchaussé d'écorce et ne tenait à rien,
en souriant à tout. Khor avait créé et mis au monde
une nombreuse famille, soumise à sa personne et
unie sous son autorité ; Kalinytch avait eu autrefois une
femme qu'il craignait, et n'avait jamais eu d'enfants.
Khor avait dès longtemps pénétré son seigneur d'outre
en outre ; Kalinytch avait une pieuse vénération, une
espèce d'idolâtrie pour M. Poloutykine. Khor aimait et
protégeait Kalinytch comme un être faible et digne

1. *Paysan* : ce mot si connu n'a presque plus besion d'expli-
cation.

d'affection, Kalinytch aimait Khor à force d'estime et
de respect. Khor parlait peu, raillait quand il voulait
ne rien dire, et méditait tout au dedans de lui; Kalinytch parlait avec feu et entrain, et il était doué de
vertus que reconnaissait volontiers Khor lui-même :
par exemple, il conjurait les coups de sang, les visions
et la rage; il chassait les vers et les chenilles; les abeilles se donnaient à lui, et généralement il avait *la main
heureuse.* J'ai vu Khor le prier de se charger d'introduire dans l'écurie un cheval qu'il venait d'acheter, et
le charmeur se rendre avec une consciencieuse gravité
à la prière du vieux sceptique. Kalinytch se tenait plus
rapproché de la nature. Khor, des hommes et de l'é-
tat social. Kalinytch, étranger à la fatigue de raisonner,
se berçait dans ses idées et croyait à tout aveuglément;
Khor s'élevait parfois jusqu'à ces points de vue où la
vie semble une ironie plus ou moins révoltante; il avait
beaucoup vu, étudié beaucoup d'hommes et de choses,
et j'ai recueilli de sa bouche bien des faits que j'ignorais.

Ainsi, j'ai su par lui qu'en été, avant la fenaison, paraît dans les villages une petite télègue d'une forme
particulière. Dans ce chariot est un homme en cafetan,
qui vend des faux. Au comptant, il prend un rouble; et
un quart ou un tiers, souvent la moitié en sus, s'il vend
à crédit. Il va sans dire que les paysans lui prennent
à crédit sa marchandise. Deux ou trois semaines après,
il reparaît et exige son argent; le paysan ne fait que de
rentrer son avoine; et conséquemment il a de quoi s'acquitter; il va au cabaret, où il règle ses comptes avec
le trafiquant. Il s'est trouvé des seigneurs qui ont eu
la lumineuse idée d'acheter, argent comptant, les faux
et de les céder au prix coûtant à leurs paysans; eh
bien! ceux-ci, au lieu de remercier le maître, se sont

montrés sombres et tout consternés; on les avait privés du plaisir de frapper sur la faux, d'écouter le son du métal vibrant, de tourner l'instrument en tout sens, et de dire vingt fois au trafiquant Filou-Ficelle : « Hé! hé! mon petit, ça ne vaut pas grand'chose; ça sonne fêlé; celle-ci a une paille. » La même comédie a lieu lors de l'emplette des faucilles, avec cette différence qu'alors les femmes s'en mêlent et mettent quelquefois l'industriel dans la nécessité de les rosser pour leur apprendre à vivre.

Khor m'apprit qu'il est une autre circonstance où les femmes ont bien plus à souffrir de leur folie. Les pourvoyeurs des papeteries confient l'achat du chiffon à des gens qu'en de certains districts on appelle assez communément *aigles*. Ces aigles reçoivent de leur patron une somme d'argent, et s'élancent à la poursuite de leur butin. Mais, au rebours de ce que fait le noble oiseau dont le chiffonnier usurpe le nom, il ne fond pas ouvertement, hardiment sur l'objet de sa recherche; il a recours à la ruse et à la perfidie. Il laisse son chariot quelque part dans les broussailles, à peu de distance du village, et il arrive furtivement par les mares, par les arrière-cours, comme un passant, comme un pauvre ou un vagabond. Les femmes devinent, en quelque sorte par le flair, la présence de l'aigle, et elles viennent à sa rencontre. Le marché est vite fait; une baba, pour quelques sous, livre à l'aigle non-seulement toutes les guenilles mises au rebut dans la chaumière, mais parfois la chemise de son mari et sa propre jupe. Dans ces derniers temps, les femmes ont à peu près adopté l'usage de se voler elles-mêmes et d'écouler ainsi des parties de chanvre et de filasse; ceci, comme tour de passe-passe, est un immense progrès dans l'industrie des aigles. Les maris, de leur côté, sont devenus plus fins, et au moindre

2

soupçon, au premier bruit vague de l'apparition d'un aigle, ils recourent vivement aux mesures préventives ou correctionnelles. Et, en effet, n'est-ce pas un affront? C'est certes bien l'affaire des hommes de vendre le chanvre. Ils ont donc la satisfaction de vendre leur chanvre, non pas à la ville, il faudrait pour cela s'y transporter avec la marchandise, mais au village même, à des trafiquants de passage, qui, n'ayant pas leurs balances, assurent que le poude [1] de chanvre est de quarante poignées et on sait ce que c'est que la poignée, ce que c'est que l'envergure de la main d'un Russe, particulièrement lorsqu'il empoigne de bon cœur. Donc ce qui ne va pas à l'aigle par la femme passe au vautour par le mari.

Telle est la nature des récits que moi, qui suis sans expérience et n'ai point habité à demeure la campagne, je n'ai que trop bien entendus dans la famille d'un paysan plein de clairvoyance et de sagacité. Khor me faisait à moi-même vingt questions pour une que je lui adressais pour le plaisir de l'entendre raconter. Il sut que j'avais voyagé à l'étranger; croirait-on que sa curiosité s'enflamma tout à coup vivement à cette nouvelle, et que Kalinytch, survenant, n'en montrait pas moins que lui? Mais ce dernier ne s'intéressait avidement qu'aux descriptions des végétaux, des animaux, des sites, des horizons, des montagnes, des cataractes, des édifices extraordinaires et des cités populeuses; Khor s'occupait des questions administratives et politiques. Il essayait de deviner ce que je ne disais pas, puis de résumer et de déduire, et il disait :

« Est-ce chez eux de même qu'ici, ou est-ce autrement que chez nous? Dis, bârine, dis, voyons.

1. Poids de 40 livres de Russie.

« — Ah! Seigneur Dieu! que ce doit être beau à voir, un port de mer ! » s'écriait Kalinytch pendant mes récits.

Khor gardait le silence, fronçait ses épais sourcils et de loin en loin seulement faisait tout haut cette réflexion : « C'est là une chose qui ne vaudrait rien chez nous!... Voilà qui est très-bien!... Ceci est une institution excellente. » Je ne veux pas rapporter toutes les questions que m'adressait cet homme ; et à quoi cela serait-il bon ? Mais de nos entretiens j'ai tiré cette conviction, qui paraîtra peut-être bien inattendue aux lecteurs... la conviction que Pierre le Grand fut le Russe par excellence, profondément Russe, surtout dans sa glorieuse entreprise de régénération du pays. Le Russe est si sûr de sa force et de son énergie, qu'il est prêt à tout et pour tout ; il s'enquiert peu de son passé et regarde fièrement devant lui. Ce qui est bon lui plaît ; ce qui est selon la raison, il l'attend, et, de quelque lieu que cela lui vienne, il l'accepte sans s'informer de la provenance. Son bon sens se rit volontiers de la sagesse transcendante de l'Allemagne, bien que Khor déclare que c'est un peuple curieux à observer et chez qui il irait volontiers se mettre à l'école. Par suite de sa situation tout exceptionnelle, de l'indépendance factice qu'il avait su se faire, Khor m'a dit des choses que vous ne feriez pas sortir de la tête d'un autre, quand vous le broieriez sous la meule. Cet homme comprenait sa position. C'est en causant avec Khor que, pour la première fois, j'entendis le naïf et spirituel langage du paysan russe. Ses idées et ses notions étaient vraiment étendues, très-étendues, surtout si l'on songe que le brave homme ne savait pas lire. Kalinytch savait lire, et Khor disait de lui : « L'alphabet et les abeilles se sont donnés d'eux-mêmes à ce drôle-là, qui les retient ma foi bien. »

« Tu as fait apprendre à lire à tes enfants ? » lui dis-je.

Après un moment de silence, il me répondit : « Fédia lit.

— Et les autres ?

— Les autres, non.

— Comment cela ? »

Le vieillard se tut d'abord, puis détourna l'entretien de ce sujet.

Au reste, malgré toute son intelligence, Khor avait dans la tête bon nombre de préventions et de préjugés; par exemple, il méprisait les femmes du plus profond de son âme, et, à ses heures, il ne tarissait pas en saillies sur leur compte. Sa femme, vieille et acariâtre, était postée sur la loge du gros poêle, qu'elle ne quittait guère ; de là, elle grondait sans cesse et sans merci du matin au soir; les fils ne faisaient aucune attention à elle, mais elle tenait ses brus dans la crainte du bon Dieu. Il n'y a rien de surprenant si, en Russie, on a si fidèle mémoire de la chanson qui fait dire à une belle-mère : « Quel fils es-tu pour moi? quel chef de famille seras-tu, toi qui as une jeune femme et ne la bats jamais ?... »

Une fois, je m'avisai d'intercéder pour les brus, j'essayai d'apitoyer le vieillard ; il me répondit tranquillement : « Eh ! bârine, tu as bien de la bonté de reste ! les femmes, ça crie et ça pleure, ça a besoin de se prendre un peu aux cheveux ; si un homme met la main là dedans, il ne la retire pas nette, et il a versé de l'huile sur la flamme. » Quelquefois la vieille descendait de son fort, appelait le chien qu'elle avait entendu remuer derrière la porte, et, sans que personne pût dire pourquoi, assénait de grands coups de fourgon sur le dos de la bête ; ou bien elle allait s'établir sous le toit du large perron, et de là elle aboyait à tout venant, selon l'expression de Khor, une bonne petite heure, comme si elle avait eu à remplir un vœu ou un devoir, à s'acquitter d'un exercice, sans que nul y prît autrement garde. Au reste, elle craignait son mari, et dès qu'il avait parlé elle regrimpait prestement sur le poêle.

Ce qui était curieux à entendre chez Khor, c'étaient ses discussions avec Kalinytch sur la personne de M. Poloutykine.

« Çà, Khor, je t'en prie, ne me dis pas un mot de travers sur le maître, tu sais qu'il m'a toujours...

— Il t'aime, c'est bon : que ne te donne-t-il des bottes ?

— Des bottes?... à moi?... à moi, qui suis un moujik!

— Je suis, moi aussi, un moujik, et vois pourtant... »

Khor, en disant ces mots, soulevait son pied droit, montrant à son camarade une botte faite d'un cuir qui devait provenir d'une peau de mammouth ou de mastodonte.

« Bah! tu n'es pas un moujik comme nous autres, toi.

— Ha!... que ne te donne-t-il de quoi acheter des laptis bien faits ? tu vas chaque jour avec lui à la chasse, et les laptis de ta fabrique font rarement la journée.

— Il me donne pour des laptis.

— En effet, j'oubliais, l'année dernière il t'a gratifié d'un *grivennik* [1]. »

Kalinytch détourna la tête avec dépit; Khor se prit à rire aux éclats; la gaieté brillait sur tout son visage, où toutefois ses petits yeux semblaient avoir complétement fondu.

Kalinytch chantait agréablement en s'accompagnant

---

1. Petite pièce d'argent de la valeur de 10 sous.

sur la balalaïca[1] ; Khor pouvait l'écouter longtemps, mais il venait toujours un moment, amené par certains accords, où mon hôte tout à coup penchait la tête de côté et entonnait d'une voix mélancolique sa chanson favorite : « O toi mon lot, mon triste lot. » (*Dôlia ty, maïa dôlia.*)... En ces occasions Fédia ne manquait pas de dire : « Allons, voilà le père qui se plaint ; les vieillards ont toujours mal quelque part.» Mais Khor s'enfonçait la joue gauche dans le creux de la main, fermait les yeux et continuait imperturbablement à se lamenter sur son triste lot. Malgré ces petites récréations de mon hôte, il n'y avait pas à 30 verstes à la ronde un homme plus laborieux que lui; il était toujours en action, il radoubait un fond de chariot, il consolidait les palissades, raffermissait les coutures des harnais. Je dois à la vérité de dire que, quant à la propreté, il y attachait peu d'importance, et comme je lui en faisais un jour l'observation, il me répondit qu'il faut bien que la chaumière sente l'odeur de l'homme, du chou et du pain chaud.

« Va donc voir un peu, repartis-je, comme tout est propre dans l'ermitage de Kalinytch.

— S'il en était autrement chez lui, il n'aurait pas les abeilles à son commandement, » dit-il en soupirant ; ce qui me fit comprendre que l'industrie des ruches ne lui réussissait pas comme au voisin.

La veille de mon départ, comme nous devisions sur ceci et sur cela, il eut tout naturellement occasion de me dire :

« Est-ce que tu as une terre, bârine?

— Oui.

— C'est loin d'ici?

---

1. Sorte de guitare ou guimbarde à longue hanche.

— Cent verstes.

— Est-ce que tu habites ta terre?

— Oui, quelquefois.

— Mais tu aimes mieux te donner de l'air le fusil à la main, n'est-ce pas?

— La chasse est ma joie.

— C'est au mieux; tire le plus possible le coq de bois et le coq de bruyère, cela va aux estomacs de chasseurs et on accommode ces oiseaux-là partout; mais là-bas sur ta terre, crois-moi, change souvent, souvent, l'ancien de ton village. »

Le quatrième jour, vers le soir, M. Poloutykine, de retour de la ville, m'envoya un messager; j'eus du regret de quitter le vieillard; je dis un cordial adieu à Khor, à Fédia et à la famille, et je me mis dans la télègue avec Kalinytch.

« Il fera beau demain, lui dis-je en regardant le ciel qui était fort clair.

— Non, il pleuvra, me répondit-il; le canard s'éloigne à grands coups d'aile des endroits découverts, et l'herbe a une forte senteur. »

Nous entrions dans un taillis... Kalinytch chantonnait, tout cahoté qu'il était sur l'arbre du chariot, et toujours son regard se reportait au couchant.

Le lendemain, je quittai le toit hospitalier de M. Poloutykine.

II

Ermolaï et la Meunière. — Serfs russes dans les villes.

Un soir, moi [1] et le chasseur Ermolaï, nous allâmes
nous poster en tiaga; mais peut-être un grand nombre
de mes lecteurs ne savent-ils pas ce que les chasseurs
appellent la *tiaga*. Eh bien, voici la chose :

Un quart d'heure avant le coucher du soleil, vous
vous glissez dans le bois sans emmener aucun chien,
vous choisissez, pour vous y arrêter, un endroit quelconque près d'un fourré ou d'une lisière, vous observez
bien la position, vous examinez le piston de votre arme,
vous échangez un regard avec votre compagnon de
chasse.... Le quart d'heure a fui, le dernier rayon de
soleil a disparu, mais il fait encore clair dans le bois;
l'atmosphère est lucide et transparente, les oiseaux
gazouillent à l'envi, les jeunes herbes brillent d'un
joyeux éclat d'émeraude.... Vous attendez. L'ombre
descend peu à peu du faîte des branches dans la forêt;
les lueurs vermeilles du soir glissent lentement le long
des racines saillantes, puis sur les troncs des arbres,
et montant aux premières branches pauvres de feuillage, gagnent peu à peu les cimes touffues, immobiles
et comme saisies de sommeil. Voilà que les dernières
feuilles tendres du sommet ressemblent à une dernière

---

1. Nous voulons indiquer une fois en passant que dans l'enu-
mération des personnes, en russe, on se nomme toujours le premier, fût-ce un illustre prince qu'on dût nommer après soi, et
fût-on soi-même un simple paysan.

lumière de lampe qui tremblote et s'éteint; sur la pourpre de l'extrême couchant s'est abaissée une gaze d'azur derrière laquelle son éclat se trouble et disparaît. La senteur des bois s'exhale plus libre et plus forte; un zéphyr tiède et moite, qui soufflait on ne sait d'où, vient expirer sur votre visage et sur vos mains en vous enveloppant de sa caresse veloutée. Les oiseaux s'endorment, non tous en même temps, mais par espèces : d'abord les pinsons, puis les fauvettes, puis l'ortolan.... Dans le bois, il fait de plus en plus sombre; au ciel, on voit poindre sur l'azur des étincelles subtiles, ce sont les étoiles qui font timidement leur apparition. Tous les oiseaux dorment; il n'y a que les rouges-queues et les petites épeiches qui sifflotent encore, mais tout en sommeillant. Voilà qu'eux-mêmes sont muets. Encore une fois a retenti sur votre tête la petite voix sonore du pouillot; à distance, on ne saurait dire où le loriot a exhalé son cri mélancolique.... Le rossignol a fait un prélude, un premier claquement. Le cœur nous bat d'impatience, et tout à coup.... mais il ne peut être donné qu'aux chasseurs de me comprendre.... tout à coup le silence de la solitude est interrompu par un croassement sifflant d'un genre particulier; on entend un battement régulier d'ailes agiles, et le valdchnep (la grosse bécasse), inclinant avec grâce son long bec, s'élance de derrière un sombre bouleau droit au-devant de votre plomb.

Voilà ce qu'on appelle se poster en *tiaga* ou faire *tiaga*.

J'étais là avec Ermolaï. Ermolaï.... Il faut bien que je vous fasse connaître Ermolaï.... Cet homme que vous apercevez dans le bois, posté à 20 pas de moi en tiaga, est très-vert encore, il n'a que quarante-cinq ans; c'est un grand maigre, porteur d'un long nez effilé,

d'un front bas, d'yeux grisâtres, d'une chevelure indis-
ciplinable et de grosses lèvres ricaneuses. Il est costumé
en toute saison d'un habit de nankin beurre frais, d'une
coupe à l'européenne, mais avec addition d'une ceinture, culotté de larges pantalons bleus, et coiffé d'une
casquette à oreilles dont l'a gratifié un seigneur terrier
dans un moment de bonne humeur. A sa ceinture s'en-
tournent deux sacs, l'un devant lui, en forme de petite
besace tordue au milieu, pour le plomb et pour la poudre; l'autre derrière lui pour le gibier. Quant à ses
bourres, on les lui voit toujours tirer de l'inépuisable
doublure de sa casquette. Il aurait facilement pu, avec
l'argent que produisait la vente de son gibier, faire emplette d'une cartouchière et d'une gibecière, mais il
n'eut garde de jamais penser à un pareil luxe, et il continua d'exciter l'admiration des spectateurs par l'adresse
avec laquelle, en chargeant son arme, il évitait de répandre son petit plomb par terre ou de le mêler avec
sa poudre. Son fusil était un fusil à un coup, à silex
et.... à recul; il reculait d'une telle force, à chaque
coup, que la joue droite du pauvre homme en était toute
bouffie. Comment il tirait juste avec une arme d'une
invention aussi primitive, c'est ce que le plus fin tireur
ne pouvait comprendre, mais il ne manquait pas son
coup.

Il était aussi maître et seigneur d'un chien qui répondait au nom de Valetka, et qui était une merveilleuse
créature : Ermolaï ne lui donnait jamais rien à manger.
« J'irais nourrir un chien couchant! quelle idée! d'ailleurs mon chien a plus d'esprit que les autres, il pour-
voit à ses repas, et je n'ai rien à voir là. » Ainsi raison-
nait Ermolaï; et en effet Valetka, tout en frappant même
l'œil le plus indifférent par son extrême maigreur, vivait,
et vivait depuis bien des années, ne disparaissait jamais

assez longtemps pour qu'on s'inquiétât de lui, et qu'on le soupçonnât de vouloir abandonner son maître. Une fois, une seule fois, il était alors jeune et dans l'effervescence des passions, il fit une absence de deux jours, mais, je le répète, il ne commit cette escapade qu'une fois. Le trait distinctif du caractère de Valetka, c'était une complète indifférence pour toute chose au monde ; s'il ne s'agissait pas d'un chien, je dirais qu'il était tombé de bonne heure dans le désenchantement. Il se tenait habituellement couché la queue ramenée sous lui ; il reniflait et frissonnait de temps en temps, mais jamais, au grand jamais, il ne souriait (on sait, je pense, que les chiens sourient, et même très-agréablement, soit dit par parenthèse). Disons tout de suite qu'il était ignoblement laid, et que pas un domestique mâle ou femelle ne laissait passer l'occasion de s'égayer sur son fâcheux extérieur. Valetka recevait ces sarcasmes avec une philosophie digne de plus d'égards. Lui arrivait-il, par suite d'un faible qu'on ne trouve pas seulement chez les chiens, d'avancer un peu son nez affriandé dans l'entre-bâillement d'une officine seigneuriale pour en aspirer les émanations, sa vue mettait en fête les cuisiniers, qui d'abord désertaient leur besogne, et avec de grands cris et des termes à ébouriffer toutes les académies, s'élançaient à la poursuite du pauvre animal. A la chasse il était réellement infatigable et avait le flair assez bon ; mais si le hasard le faisait tomber sur un lièvre blessé, incapable de lutter avec lui de vitesse, il ne manquait pas de le dévorer jusqu'au dernier petit os, n'importe en quel endroit où il se trouvât, pourvu qu'il fût à couvert et à une respectueuse distance d'Ermolaï, qui éclatait alors en injures redoutables dans tous les dialectes connus et inconnus ; la colère, en pareil cas, faisait de lui un néologue inspiré.

Ermolaï appartenait à un de mes voisins, gentil-homme du vieux modèle. Les seigneurs terriers taillés sur ce patron-là n'aiment pas les bécasses et s'en tiennent aux oiseaux de basse-cour. Ce n'est que dans les grandes occasions, anniversaires de famille, fêtes patronales, élections des magistrats, qu'on voit leurs cuisiniers procéder à l'apprêt d'oiseaux à long bec, en donnant beaucoup au hasard, selon l'usage constant du Russe, qui ne sait pas bien positivement ce qu'il fait. Dans ces circonstances, ils inventent de telles sauces et de si extraordinaires assaisonnements que celui qui assiste à un banquet d'apparat examine avec curiosité le mets inconnu qu'on lui présente, sans pouvoir se résoudre à en rien porter à sa bouche.

Ermolaï était tenu de fournir comme redevance à la cuisine de son seigneur deux paires de coqs de bois ou de bruyère et deux paires de perdrix par mois; ce tribut acquitté, il avait pleine licence d'aller vivre où et comme bon lui semblait.

On avait renoncé à tout autre service de la part de cet homme, qu'on estimait n'être bon à rien. Il est bien entendu qu'on ne lui donnait ni plomb ni poudre, et c'est probablement d'après ce même système qu'il ne donnait aucune nourriture à son chien. Ermolaï était un homme d'un étrange naturel : insouciant comme l'oiseau, assez expansif, distrait, lourd, gauche en apparence, très-enclin aux caquets et ne se fixant nulle part que pour fort peu de temps. Il marchait comme un homme dont les genoux sont cagneux, son grand corps faisait le pendule de droite à gauche, et tout en oscillant des jambes et du corps en sens inverse, il parcourait bien par jour ses 50 kilomètres. Avec un train de vie pareil, il était exposé à toutes les petites déconvenues imaginables : il passait ses nuits dans des marais, sur des arbres, sur des toits, sous des ponts; plus d'une fois on l'avait enfermé dans des greniers, des caves et des remises; plus d'une fois il avait été privé de son fusil; plus d'une fois on l'avait mis à la porte dénué de ses habillements les plus indispensables; plus d'une fois on l'avait battu, on l'avait roué de coups, on avait éreinté et enfermé son chien pour l'en priver.... et toujours il était revenu sur les terres et dans les cours de son maître ayant des habits sur le corps, un fusil sous le bras et son chien sur ses talons. On ne pouvait le donner pour un plaisant, quoiqu'il fût presque toujours d'assez bonne humeur; il faisait en général l'effet d'un braque. Il aimait à trinquer avec d'honnêtes rencontres de bouchon, mais il y consacrait peu de temps; il se levait, payait et partait.

« Où diable vas-tu ? Il fait nuit noire.

— A Tchaplino.

— Quel besoin de te traîner à cette heure à Tchaplino, qui est à 10 bonnes verstes ?

— Je vais coucher chez le paysan Sophron.

— Dors ici, tu es tout porté.

— Non, je coucherai à Tchaplino. »

Et le voilà parti, cheminant dans l'obscurité à travers les taillis et les flaques d'eau; il arrive, et trouve le paysan Sophron peu disposé à le laisser pénétrer dans sa cour, et même prompt à lui administrer quelques vigoureuses gourmades en lui criant : « Reviens déranger les honnêtes gens de leur sommeil ! »

Ces légères ombres ne pouvaient que faire ressortir tout ce qui chez lui était à son avantage, son habileté à se faire une cargaison de beau poisson vif en plaine lors des débordements printaniers, son art de prendre les écrevisses, le don spécial qu'il avait de flairer le gibier, d'attirer la caille, de tromper l'autour, de faire rafle d'alouettes, de prendre des rossignols au moyen d'une imitation remarquable des plus joyeux passages de leur partition. Cependant un talent lui manquait : celui de dresser les chiens; il était trop impatient de sa nature. Il était marié, et chaque semaine il avait l'attention de faire à sa femme le sacrifice de quelques heures. Celle-ci vivait dans une misérable petite cabane à demi ruinée, si c'est vivre que de ne jamais savoir la veille si on aura le lendemain de quoi calmer sa faim; heureuse quand on lui procurait l'occasion de gagner quelques sous.

Ermolaï, cet homme insouciant et bonasse, avait avec elle un ton dur et grossier; il prenait en entrant dans la maison un air morose, menaçant, et la malheureuse, ne sachant comment lui complaire, tremblait sous le regard du manant, courait employer jusqu'à son dernier kopek [1] pour lui acheter un peu de brandevin; et lorsqu'il montait avec dignité sur la loge du poêle, où il s'endormait d'un sommeil énergique, elle le couvrait soigneusement de son touloupe [2]. Il m'est arrivé à moi-même plus d'une fois de remarquer en lui des mouvements involontaires d'humeur farouche; je n'aimais pas l'expression que prenait son visage quand il portait la dent à l'oiseau qu'il avait abattu. Mais Ermolaï ne restait jamais vingt-quatre heures chez lui, et dès qu'il avait franchi la limite des terres de son seigneur il redevenait l'*Ermolka* [3], comme on le nommait

---

1. Le *kopek* ne vaut qu'un peu plus d'un centime, quoique son poids et sa dimension lui permettent de s'insinuer incognito dans notre monnaie de billon, et de circuler à Paris en assez grand nombre pour la valeur d'un sou, ou près de cinq fois sa valeur.

2. Sorte de tunique de drap, l'été, et de pelisse en peau de mouton, l'hiver.

3. Nom diminutif, terme caressant et amical.

à 100 verstes à la ronde, et comme il se nommait lui-même dans ses fréquents *a parte*.... Les derniers écu-reurs de casseroles du maître se croyaient de bonne foi des personnages à côté de ce vagabond, et le trai-taient familièrement, presque amicalement, comme pour faire mieux ressortir leur prétendue supériorité. Les paysans, qui autrefois le poursuivaient, le traquaient comme un lièvre dans la campagne, et le relâchaient après s'être donné le plaisir de l'inquiéter, avaient fini par s'accoutumer aux allures du Nemrod sauvage; ils le laissaient désormais errer librement, ou causaient avec lui et lui offraient même un morceau de leur pain.

Tel est l'homme que je m'étais adjoint pour chasser, et avec qui je faisais la tiaga dans une grande boulaie, sur la rive *haute* de l'Ista.

Beaucoup de rivières russes ont, comme le Volga, une rive haute et une rive basse, et telle est l'Ista. Cette petite rivière forme une suite continue de sinuo-sités, et on ne trouverait pas dans toute son étendue un demi-kilomètre en direction à peu près droite. Il y a tel point de la rive haute d'où l'on peut voir pendant 10 verstes son cours semé de digues, d'étangs, de moulins, de jardins potagers ceints d'aubours, et de troupeaux d'oies. L'Ista est très-poissonneuse, elle abonde surtout en mulets ou cabots, que les paysans, au temps chaud, prennent à la main, de dessous les buissons de la rive; la petite grive sablée voltige en sifflant le long des berges, qu'anime en jaillissant çà et là une eau froide et cristalline; des compagnies de canards sauvages apparaissent à mi-corps à la sur-face des étangs et regardent d'un œil soupçonneux tous les points de la rive; les hérons se dessinent dans l'om-bre des anfractuosités de la rive haute, au pied du plus capricieux escarpement de la berge.

Nous fûmes au plus une heure en tiaga, et nous tuâmes chacun une paire de bécasses. Comme notre projet était de tenter encore une fois la fortune avant le point du jour [1], nous résolûmes d'aller prendre notre sommeil au moulin, à peu de distance. Nous sortîmes du bois et descendîmes dans le vallon qui inclinait jusqu'à la rivière, roulant en ce moment des ondes d'un bleu sombre ; l'air était épaissi et appesanti par les vapeurs de la nuit. Arrivés au clos du moulin, nous frappâmes à la porte cochère ; les chiens aboyèrent.

« Qui est là ? cria une grosse voix de dormeur.

— Des chasseurs qui veulent passer la nuit ; ouvre !... Ouvre donc ; nous payerons.

— Je vais demander au meunier, » dit le garçon ; et il marmotta, en s'éloignant, d'assez mauvaises paroles. Nous l'entendîmes entrer et presque aussitôt ressortir.

« Non, nous cria-t-il, non, le maître défend d'ouvrir.

— Pourquoi ?

— C'est qu'il craint... Des chasseurs ! Un malheur est bientôt fait ; vous mettrez le feu au moulin. Dame ! des fusils chargés, de la poudre...

— Quelles folies nous dis-tu là ?

— Ah ! écoutez donc, pas plus tard que l'an passé, des colporteurs de viande et de poisson ont passé la nuit ; on ne sait comment ils ont mis le feu chez nous et tout a brûlé.

— Eh ! frère, nous n'allons pas pourtant coucher à la belle étoile.

— Faites comme vous l'entendrez... »

Et il s'éloigna d'un pas bruyant, peut-être pour ne

1. Il y a tiaga du matin et tiaga du soir ; la succession de la clarté aux ténèbres n'est pas moins favorable que celle du jour à la nuit.

pas entendre les agréables souhaits que vociférait Ermolaï pour lui et pour son maître. « Allons tout bonnement au village, » dit enfin mon compagnon en soupirant. Mais du moulin au village il y avait 2 verstes.

« Non, dis-je, nous coucherons ici, dehors, à la bonne
heure ; mais le meunier, pour notre argent, nous cè-
dera quelques bottes de paille. »

Ermolaï approuva, et nous nous remîmes à frapper.

« Qu'est-ce que vous voulez donc ? cria de nouveau
le garçon ; on vous a dit non. »

Nous expliquâmes à cet homme ce que nous dési-
rions. Il alla consulter son patron et revint avec lui ;
le guichet s'ouvrit, le meunier passa le seuil et s'arrêta. C'était un homme de haute stature, visage gras,
huileux, cou de taureau et panse rebondie. Il accepta
ma proposition. A 100 pas du moulin se trouvait un
hangar ouvert aux quatre vents. On nous apporta là
de la paille et du foin ; le garçon meunier dressa sur
l'herbe de la rive un bon vieux samavar, et, se tenant
assis sur ses talons, il se mit à souffler vigoureusement
dans la cheminée du réchaud... Les charbons, en prenant feu, projetaient une belle lueur sur son visage ju-
vénile. Le meunier courut éveiller sa femme, puis il
revint, à la fin, me proposer lui-même d'aller coucher
dans sa chaumière ; mais je préférai rester au grand air
La meunière nous apporta du lait, des œufs, des pommes
de terre et du pain ; bientôt l'eau fut en pleine ébulli-
tion, et nous nous mîmes à prendre le thé. De la rivière
s'élevaient d'épaisses vapeurs, et à l'entour il n'y avait
pas de vent ; par intervalle des râles de genêts pous-
saient en se secouant leur cri particulier. Autour des
roues du moulin on entendait de faibles bruissements ;
des gouttes tombaient des pelles, et de petits jets vifs
se faisaient jour par les fentes de la digue. Nous fîmes

un feu de bivouac entre des cailloux. Tandis qu'Ermolaï mettait dans la cendre une dizaine de pommes de terre, je parvins à sommeiller... Un léger bruit interrompu me réveilla... je relevai un peu la tête : devant le feu, sur un évier renversé était assise la meunière, causant avec mon compagnon. Déjà, à sa tournure, à son langage, j'avais reconnu une ci-devant fille de chambre; ce ne pouvait être une franche paysanne ni une bourgeoise; mais alors j'examinai plus à loisir ses traits : elle paraissait avoir trente ans. Son visage pâle et maigre conservait encore les traces d'une beauté remarquable; j'aimais surtout ses grands yeux au regard mélancolique. Ermolaï, assis et occupé à jeter des broutilles dans le foyer, me tournait le dos. La meunière lui disait :

« Chez la Jeltoukhina, de nouveau grande mortalité sur le bétail; le père Ivan aussi vient de perdre deux vaches... Dieu ait pitié de nous !

— Eh bien, et vos pourceaux?

— Ils sont vivants.

— Vous ne me donnerez pas un cochon de lait? »

La meunière ne répondit pas. Une minute après elle dit : « Avec qui es-tu là?

— Avec un gentilhomme, un monsieur Kostomarovski. »

Ermolaï jeta au feu quelques branches mortes de sapin; la broutille pétilla aussitôt, une épaisse fumée blanche lui monta droit au visage.

« Pourquoi, dit-il à la meunière, ton mari avait-il d'abord refusé de nous laisser entrer chez lui?

— Il a peur.

— Peur? le ventru! Il a peur? allons donc! Ma chère Arina Timoféevna, va, je te prie, me chercher une petite goutte d'eau-de-vie. »

La meunière se leva et disparut dans l'obscurité. Ermolaï chantonna :

> A force d'aller voir ma belle,
> J'usai la botte et la semelle...

Arina reparut, tenant à la main un carafon et un verre; Ermolaï se leva, versa, se signa et but d'un trait; puis il ajouta à son chant ce dernier mot : *leoubleou!* (j'aime!)

La meunière, contristée et peut-être charmée de cette boutade, se rassit sur l'évier.

« Qu'est-ce que c'est donc, Arina? tu as vraiment l'air de dépérir.

— Je suis souffrante.

— Comment cela?

— La toux me brise et me prive de sommeil.

— Il me semble que le monsieur s'est endormi, marmotta Ermolaï après une minute de silence. Écoute, Arina; n'aie pas recours au médecin, ton mal empirerait.

— Qui pense aux médecins?

— Viens plutôt me voir. (Arina baissa la tête.) Je donnerai pour ce jour-là une commission assez loin à ma vieille.

— Au lieu de dire des folies, Ermolaï Pétrovich, éveillez ce monsieur; vous voyez, les pommes de terre sont cuites à point.

— Tant qu'il n'a pas ronflé, ça ne compte pas, dit très-froidement mon fidèle serviteur ; il est harassé et il dort; c'est bon. »

Je remuai sur mon foin. Ermolaï se leva, vint à moi et me dit : « Les pommes de terre sont cuites; il y a du sel; voulez-vous les manger? »

Je sortis de dessous le hangar; la meunière se leva et voulut s'éloigner; je lui adressai la parole :

« Y a-t-il longtemps que vous avez l'entreprise de ce
moulin?

— Il y aura deux ans, vienne la Trinité.

— D'où est ton mari? (*Silence.*)

— De quel endroit est ton mari, dit Ermolaï en haus-
sant la voix.

— De Béelef. Il est bourgeois de Béelef.

— Et toi aussi, tu es de Béelef?

— Non, j'appartenais à un seigneur; j'étais de condition servile.

— A qui étais-tu?

— A M. Zverkof; à présent je suis bourgeoise, je
suis libre.

— N'étais-tu pas la femme de chambre de sa femme?

— Oui. Et comment savez-vous cela? »

Je regardai Arina avec beaucoup plus de curiosité
et d'intérêt.

« Je connais ton ancien maître.

— Ah! vous.... le connaissez? » répondit-elle à demi-
voix, et elle resta stupéfiée.

Il faut bien à présent que je dise à mon lecteur pourquoi je regardais Arina avec un si grand intérêt. Du
temps que j'étais à Pétersbourg, un hasard fit que j'eus
quelques relations avec M. Zverkof. Il occupait un
emploi assez considérable, passait pour un homme
habile et rompu aux affaires. Il avait une femme
bouffie, sentimentale, pleurnicheuse et méchante; une
créature très-ordinaire, très-lourde. Ce couple avait
un fils, un vrai petit seigneur capricieux et infatué de
sa personne. Les dehors de M. Zverkof disposaient peu
en sa faveur. Une figure large, presque carrée, percée
de deux petits yeux de souris fort clairs, un nez long,
effilé, terminé par deux larges narines, une chevelure
grise à la Titus et faisant brosse sur un front plissé;

des lèvres minces et mobiles, et un sourire composé, tel est l'aspect sous lequel s'offrait tout d'abord M. Zverkof. Il se tenait ordinairement les jambes très-ouvertes, et ses grosses mains dans ses poches. Un jour il m'arriva d'aller avec lui en voiture à la maison de campagne d'une connaissance qui nous était commune, et, chemin faisant, nous liâmes conversation. En sa qualité d'homme expert et sagace, il se mit à parler sans nul à-propos, comme s'il eût cru nécessaire de m'enseigner la bonne voie.

« Permettez moi, disait-il, de vous faire observer que vous autres de la jeune génération, vous dissertez sur toutes choses à tort et à travers. Il faudrait étudier d'abord votre patrie ; la Russie, mes beaux messieurs, est encore pour vous lettre close, et vous ne cessez de lire des livres étrangers. Je prends pour exemple les gens de service dont nous sommes entourés : vous disiez.... bon.... je ne conteste pas ; mais, vous ne les connaissez pas, les gens ; je veux dire, vous ne savez pas quelle race.... quelle race.... (Ici il se moucha à grand bruit, et prit en quatre temps mesurés une solennelle prise de tabac.) Par exemple, oui, permettez-moi, mon cher monsieur, de vous conter une petite anecdote qui pourra vous intéresser. Vous connaissez ma femme, vous conviendrez qu'on trouverait bien difficilement une petite femme qui eût plus de douceur et de sensibilité. Ses femmes de chambre ont près d'elle non pas une bonne vie, mais un vrai paradis. Ma femme, monsieur, a pour principe de ne point souffrir près d'elle de servantes mariées. C'est qu'en effet, dès qu'une fille est mariée, elle ne vaut plus rien ; les enfants viennent, et c'est ci, et c'est ça.... Comment voulez-vous qu'une telle femme se tienne à la disposition de

sa maîtresse, qu'elle respecte ses habitudes, ses vo-
lontés ? elle n'a plus la tête à son service, elle pense à
toute autre chose. Il faut donc juger humainement.
Un jour, il y a bien de cela…. attendez…. oui, il y a
quinze ans, j'aime à dire juste… nous traversons
notre village, nous nous arrêtons devant la maison de
l'Ancien, il approche; devant sa maison se tenait sa
fille, une fille très-belle, ma foi; et elle avait en vérité
des manières. Ma femme me dit : « Coco…. » Vous
comprenez, dans la familiarité, on a un petit nom….
eh bien, elle me dit : « Prenons avec nous cette fille,
emmenons-la à Pétersbourg, Coco ; elle me convient. » Je réponds naturellement : « Avec plaisir;
bien, prenons-la. » Notre Ancien, bien entendu, tomba
à nos pieds; vous comprenez qu'il n'avait jamais rêvé
un pareil bonheur. La jeune fille, sans doute, pleura,
sanglota ; c'est si bête, la jeunesse, au village! Et puis,
écoutez donc, quitter tout à coup le toit paternel….
non, c'est en quelque sorte naturel. Vous m'accorderez
que je dis les choses comme il faut les dire. Passons :
la jeune fille ne tarda pas à se faire à nous; on lui
donna son coin dans le quartier des filles, où on tra-
vailla à la former, à la mettre au fait de ceci, de cela ;
croirez-vous qu'elle fit des progrès si rapides, si sur-
prenants, que ma femme en fut tout affolée, et qu'elle
finit par faire un passe-droit à plusieurs autres en la
nommant femme de chambre attachée…. à sa propre
personne ? Notez bien ceci. Et ma foi, il faut bien lui
rendre cette justice de dire que jamais ma femme n'a-
vait eu une si admirable femme de chambre : serviable,
modeste, obéissante… bref, une petite perfection.
Aussi faut-il dire que ma femme la combla de toutes
les manières, garde-robe en règle, desserte de la table
des maîtres, thé, sucre…. tout.

« Voilà, monsieur, dans quelle situation elle a servi ma femme dix bonnes années. Tout à coup, un beau matin, Arina, c'était son nom, Arina entre, sans aucune permission, droit dans mon cabinet, et bloumm, elle tombe à mes pieds. Ce sont des manières que je ne puis souffrir; l'homme, n'est-ce pas, ne doit jamais ravaler ainsi sa dignité. « Seigneur père, dit-elle, Alexandre Silitch, une grâce! — Quelle grâce? — Permettez que je me marie. » Je vous avouerai que je fus bien étonné. « Tu sais, imbécile, que madame n'a pas d'autre femme de chambre que toi. — Eh bien, je servirai madame comme je l'ai fait jusqu'ici. — Bêtise! bêtise! Madame ne tient pas de femmes de chambre mariées. — Malanie peut me remplacer. — Tu oses raisonner! — Il en sera ce que vous voudrez, mais.... » A ces mots, je craignis un coup de sang. Oh! moi, je suis ainsi fait.... rien ne me soulève le cœur comme l'ingratitude. Je n'ai pas besoin de vous dire que ma femme est un ange de sensibilité, de bonté; je crois que le plus noir scélérat serait désarmé devant elle. Je chassai Arina de ma présence, pensant : ah! elle s'en souviendra! Moi je ne veux pas croire au mal, à une noire ingratitude dans l'homme. Cinq mois s'écoulent, je suis rassuré; un sixième mois, et la voilà qui revient, avec les mêmes supplications.... Alors je l'ai poussée devant moi avec colère, et l'ai menacée de tout dire à ma femme. M'a-t-elle fait mal!... Figurez-vous que peu de temps après cette nouvelle scène, ma femme vient à moi, mais si agitée, si bouleversée, que je me suis effrayé pour elle : « Qu'est-ce qu'il y a? — Arina est.... » Vous comprenez, je serais honteux, moi, homme, de vous dire le mot. « Impossible!... Le coupable? — C'est Pétrouchka, le laquais. »

« Je reçus un coup. Ah! voilà mon caractère. Eh

bien! voyez-vous, je n'aime pas les demi-mesures, moi. Pétrouchka n'avait pas un si grand tort.... On pouvait punir le drôle; mais, au fond, à mon sens, il n'était pas bien coupable. Arina.... ah! il y a trop à dire. Vous concevez que je lui ai fait tout de suite raser la tête, je l'ai fait habiller de toile brune et l'ai reléguée au village. Ma femme y a perdu une excellente femme de chambre; mais on ne peut pourtant pas souffrir le désordre dans sa maison. Un membre est gangrené, vite, qu'on l'ampute! jugez à présent. Vous connaissez ma femme? Un ange, n'est-ce pas?... Elle s'était attachée à cette créature, à cette Arina, qui le savait bien.... Et cette fille n'a pas rougi.... Oh! elle m'a aigri avec son ingratitude; elle m'a blessé.... Dites tout ce que vous voudrez: dans cette race, dans cette classe de gens, ne cherchez pas de délicatesse de sentiments; ne leur demandez rien, rien, rien.... Vous avez beau nourrir le loup, toujours il cherche où est le bois.... Cela m'apprendra.... Mais enfin je voulais vous prouver.... que..,. »

Et M. Zverkof, sans achever son discours, se tourna vers son coin, ramassa les plis de son manteau, et fit un mâle effort pour dompter son agitation.

Mon lecteur comprend maintenant pourquoi je regardais avec intérêt la meunière Arina.

« Y a-t-il longtemps que tu as épousé ce brave homme? lui dis-je.

— Deux ans.

— Deux ans? M. Zverkof t'en a donc donné la permission?

— J'ai été rachetée.

— Par qui?

— Par Savéli-Alexéith.

— Qui est cela?

— Mon mari. »

Ermolaï sourit à la dérobée.

« Est-ce que M. Zverkof vous aurait parlé de moi ? » ajouta Arina après un moment de silence.

Je ne savais trop que répondre ; mais le meunier l'ayant appelée de loin, elle se leva et courut vers lui.

« A-t-elle là un bon mari ? demandai-je à Ermolaï.

— Pas bien mauvais.

— Ils ont des enfants ?

— Ils en ont eu un qui est mort.

— Elle a donc bien plu à ce meunier, puisqu'il l'a affranchie ? A-t-il payé beaucoup.

— Je ne sais pas. Elle lit et écrit, et dans leur métier, c'est très-important. Elle doit bien lui avoir plu.

— Tu la connais depuis longtemps ?

— Oui. Je vendais du gibier chez ses maîtres, quand ils venaient voir leur domaine, qui n'est pas bien loin d'ici.

— Tu connais le laquais Pétrouchka ?

— Oui.

— Où est-il ?

— Il est devenu soldat.

— Ah !... Cette pauvre femme ne se porte pas bien.

— Point de santé, non. Nous ferons dans six ou sept heures d'ici une bonne tiaga ; vous devriez faire un somme. »

Une compagnie de canards sauvages passa en sifflant sur nos têtes, et nous les entendîmes s'abattre dans la rivière, à trente pas de nous. Il commençait à faire à la fois sombre et froid. Dans le bois, le rossignol déployait le trésor éblouissant de ses mélodies. Nous nous plongeâmes avec délices dans le foin et le sommeil.

III

L'Eau de Framboise, ou le Velmoje russe.

Dans la première quinzaine d'août, les chaleurs sont tellement insupportables, en particulier de midi à trois heures, que le chasseur le plus déterminé ne peut chasser, et que le chien le plus dévoué commence à *lécher l'éperon* de son maître, en d'autres termes, à le suivre pas à pas, en clignant maladivement des paupières et en tirant la langue d'une incroyable longueur. Que le maître se retourne et lui adresse quelques reproches, il exprime humblement sa contrition par un œil langoureux et une lente oscillation de la queue, mais il ne prend pas les devants. Je me mis pourtant en chasse un de ces jours-là; une fois parti, longtemps je résistai à la tentation de me coucher quelque part à l'ombre, ne fût-ce que pour un quart d'heure; longtemps mon infatigable chien continua de fouiller les buissons, bien que lui-même, évidemment, n'attendît plus rien de sa fiévreuse activité; la chaleur devenait si étouffante, que je dus aviser à la conservation de ce qui nous restait de force et de vertu.

Je ne songeai plus qu'à gagner le bord de l'Ista; je dévalai de la berge, et, parvenu à un ruban de sable jaune à la fois ferme et moite, je cheminai sur cette plage abritée, qui variait de largeur d'une à cinq coudées, jusqu'à une source bien connue dans tout le district sous le nom de l'*Eau de Framboise*. Cette source jaillit d'une gerçure de la berge, que son jet continu a fouillée à l'endroit de la chute, de manière à former un étroit et profond chenal, qui se prolonge sur une étendue de 20 pas jusqu'à la rivière, où elle ne tombe pas sans former une bruyante petite cascade; quelques bouquets vivaces de jeunes chênes viennent encore ajouter au pittoresque du ravin, et autour de la source verdoie une herbe courte et moelleuse qui rappelle, ici la peluche, là le velours. Les rayons du soleil ne frappent que par échappées l'onde froide, fugitive, cristalline; je gravis le versant, je gagnai une petite plateforme inclinée à souhait; sur l'herbe, je trouvai une sébile de bouleau laissée là par quelque paysan philanthrope. Je me désaltérai, m'étendis sur le doux gazon, et de là mon regard explora le site.

Près de la baie formée à sa chute par le rapide courant que je dominais couché comme une agreste divinité fluviale, et qui pullulait de menu poisson frétillant, deux vieillards, que je n'avais pu remarquer en passant à 10 pas d'eux tout à l'heure, étaient assis le dos tourné au ravin. L'un, assez gros et de haute taille, était vêtu d'un bon cafetan vert foncé et coiffé d'une casquette de drap rembourrée de duvet; il était pourvu d'une ligne; l'autre, affublé d'un débris de surtout en moukboïar [1], et tête nue, tenait le pot aux vers, et de temps en temps couvrait de sa main une chevelure fort ravagée, comme pour parer à un coup de soleil. Je regardai ce dernier avec attention, et ne tardai pas à reconnaître en lui un nommé Stépan ou Steopouchka, du village de Choumîkhino. Veuillez bien, lecteur, me permettre de vous recommander ce brave homme.

A quelques verstes de chez moi s'élève le grand vil-

---

1. Etoffe tabisée de Boukharie.

lage de Choumikhino, dominé par une église construite
en pierre et dédiée aux bienheureux Kozma et Damian.
Devant la façade de cette église, à une distance convenable, s'étalait une ample maison seigneuriale, flanquée
en retraite d'un nombre considérable de pavillons reliés
par des galeries, de cuisines temporaires, d'écuries, de
remises, de magasins et d'ateliers de tout genre, de
bains, de logements d'intendants et de laquais, de serres
et d'orangeries, de balançoires et d'escarpolettes, et de
vingt autres belles choses plus ou moins utiles, mais
agréables toujours, hors l'époque des réparations et les
cas d'incendie. Dans le principal corps de logis vivaient
(et comment?) un gentilhomme et sa famille. Que de
bonheur! quelle abondance! quelles fêtes!... Ce lieu de
jubilation, hélas! un beau matin, devint la proie des
flammes, et du perron de l'église on n'aperçut plus
devant soi qu'un vaste espace matelassé de cendres et
moucheté de débris noirâtres. Les maîtres allèrent s'arranger plus loin une demeure provisoire sortable, et
l'espace incendié s'entoura d'une palissade; ce fut, au
bout de quelque temps, un fort bon jardin potager, orné
de *ruines* que formaient les fondements calcinés de tous
les anciens bâtiments. Des quelques poutres qu'on était
parvenu à préserver du feu, les maraîchers se firent
tant bien que mal une chaumière; on y logea le jardinier Mitrophane avec sa femme et leurs sept enfants.
Mitrophane était chargé de fournir de légumes la
table de son seigneur à 150 kilomètres à la ronde; au-
delà de ce cercle, la cuisine du maître ne le regardait
plus. Il m'est arrivé deux fois de passer la nuit chez ce
jardinier, et parfois aussi, en passant, je lui achetais
des concombres, qui, Dieu sait pourquoi, se distinguaient
chez lui, même en été, par leur grosseur, par leur suc

aqueux, par leur tégument épais et jaunâtre. C'est chez lui que j'avais vu Steopouchka [1].

Tout homme a une position quelconque dans la société humaine et quelques relations; à tout serviteur on donne des gages, on assigne du moins quelques sous pour ses besoins. Stépan ne recevait rien de personne, n'était parent ni allié de personne, et personne ne semblait avoir à s'inquiéter de ses moyens d'existence. Cet homme n'avait pas même un passé à lui; on ne parlait point de Stépan, je crois vraiment qu'il n'avait pas été compris dans le recensement. Un de mes paysans a cru se souvenir d'avoir ouï dire vaguement que Stépan avait été en un certain temps valet de chambre de quelqu'un qu'on ne nommait pas, sans qu'on pût expliquer ni quelle était son extraction, ni comment il était tombé parmi les sujets du seigneur de Choumikhino, ni par quels moyens il s'était procuré le surtout de moukhoïar qu'on lui voyait de temps immémorial sur les épaules. Il y avait dans le village un vieillard centenaire, communément inabordable et fort silencieux; j'allai à lui, sachant qu'il connaissait la généalogie de chaque ligne ascendante de toute la tribu des gens de la cour de son maître, jusqu'à la quatrième génération, et tout ce qu'il put se rappeler, c'est que Stépan avait dû naître d'une

1. Diminutif de Stépan ou Etienne. A propos de l'accent dont les correcteurs de la première édition ont cru devoir, par analogie sans doute avec Stépan, gratifier l'e muet du diminutif, et afin de répondre à une critique qui nous a été faite à propos de la figuration des noms propres, disons-le pour ce mot et par application générale à tous les cas où l'e muet se trouve placé ainsi, comme dans Peenotchkine, Veera, Nedopeouskine, etc. C'est la seule manière de rendre approximativement une des inflexions particulières à la langue russe, qui introduit par une sorte d'euphémisme ce qu'elle appelle des demi-voyelles à l'intérieur d'un nombre infini de ses mots, comme nous le faisons pour quelques-uns des nôtres, tels que *éperduement*, *dénuement*, etc., etc.

femme turque, que son feu maître le brigadier [1] Alexis
Romanitch, avait amenée dans ses bagages.

Les jours de grande fête, ces jours de libéralité seigneuriale et de bombance, de pâtés au gruau et d'eau-
de-vie aux herbes, ces jours où l'antique usage voulait
que tous les visages fussent épanouis de contentement,
ces jours-là même, Steopouchka ne paraissait point autour des grandes tables et des tonneaux montés sur
chevalet; il n'osait ni saluer les distributeurs, ni approcher de la main du seigneur en buvant tout d'un trait,
à sa santé et à sa gloire, un verre rempli par monsieur
l'intendant; il n'aspirait à rien et n'avait rien, à moins
que quelque bonne âme, en passant, ne donnât au pauvre diable une tranche de pâté aux deux tiers dévorée.
Le jour de Pâques tout le monde s'embrasse, et on
l'embrassait comme les autres, parce qu'après tout il
avait figure d'homme; mais il ne retroussait pas sa
manche graisseuse, il ne retirait pas du fond de sa bas-
que un œuf rouge; il ne présentait pas avec beaucoup
de façons son œuf symbolique aux jeunes maîtres ou à
l'illustre dame leur mère. Il se gardait de ces licences,
qui n'étaient que l'usage du jour pour tous les autres.

Il vivait l'été dans une grande cage à poulets hors de
service et confinée derrière le poulailler ; l'hiver, dans
l'entrée du bain villageois; à l'époque des plus grands
froids, il se hissait dans un grenier à foin. On l'avait accoutumé aux signes de répulsion, il recevait même parfois un coup de pied, mais sans qu'il y eût dialogue ; et
il semblait en vérité n'avoir de sa vie desserré les dents
ni pour demander ni pour se plaindre. Après l'incendie,
le pauvre abandonné ne pouvait guère végéter ailleurs
que dans les entours des ruines et du clos que s'y était

1. Grade militaire intermédiaire entre ceux de colonel et de
général; il a été supprimé.

fait le jardinier Mitrophane. Celui-ci ne lui dit pas :
« Tu vivras chez moi, » mais il ne lui dit pas non plus :
« Va-t'en. » Au reste, vivre chez le jardinier était bien
au-dessus de l'ambition de Steopouchka ; il se contentait
de n'être pas rembarré dans le clos et repoussé. Il opé-
rait ses mouvements et ses déplacements sans être
entendu ni aperçu de personne ; il éternuait et toussait
dans sa main, et cela d'un air très-effrayé. Très-actif en
réalité, il allait et venait sans nul bruit, comme la
fourmi, pour avoir à manger, seulement à manger, et
en effet, si mon Steopouchka n'eut point été occupé
depuis le matin jusqu'à la nuit close de sa nourriture,
il mourait de faim, positivement. Un jour on le voit
assis sous une palissade, dévorant une rave, suçant et
grignotant une carotte, ou bien mettant en menus morceaux un chou de rebut, qui se trouve à côté de lui ;
d'autres fois il geint sourdement en traînant un seau
d'eau, allume du feu sous un pot, tire de sa poitrine on
ne sait quoi de noirâtre et le jette dans la gamelle.
Tantôt dans son recoin il remue quelque objet en bois,
puis il met des clous quelque part, se faisant peut-être
une petite étagère, et il fait tout cela dans le plus grand
silence possible ; vous regardez... il a disparu : tantôt
il s'absente pour deux jours, et bien entendu personne
ne s'occupe de cette absence, puis, tout à coup, il se
trouve qu'il est là, à l'abri d'une palissade, occupé à
rassembler tout doucement des copeaux sous un vieux
trépied de fer.

Son visage est petit, ses yeux jaunâtres, sa chevelure,
absente sur le haut de la tête, surabonde au-dessus des
sourcils et aux tempes ; il a le nez très-pointu et les
oreilles larges, longues, transparentes comme celles de
la chauve-souris, une barbe d'homme qui ne s'est pas
rasé depuis quinze jours, jamais plus, jamais moins lon-

gue. Tel était le Steopouchka que je rencontrai sur la rive de l'Ista, assis près d'un autre vieillard.

Je les accostai, les saluai et m'assis à côté d'eux. Dans le compagnon de Steopouchka, j'avais distingué une figure qui m'était aussi connue. C'était un affranchi du comte Pierre Illitch B***, son nom était Mikhaïlo Savelef ; mais il avait dû prendre son parti d'être appelé Touman (*le Brouillard*). Ceux qui passent par la grande route d'Orel peuvent encore remarquer, à peu de distance de Troïtsk, une énorme maison en bois à deux étages ou plutôt le cadavre d'une maison totalement abandonnée, à toiture effondrée, à volets barricadés, et qui est située juste sur le bord de la route. Même en plein midi, par une belle journée de soleil rutilant, il ne peut y avoir de spectacle plus triste que celui de cette ruine. C'est là pourtant qu'habitait jadis le comte Pierre Illitch, viveur fameux, riche grand seigneur à la manière du siècle dernier. Tout le gouvernement d'Orel se donnait rendez-vous chez lui ; on s'y divertissait, on s'y régalait, on y dansait à cœur joie, au tonnerre assourdissant de son orchestre propre et privé, à l'éclat des bombes lumineuses et des chandelles romaines ; et il est probable que plus d'une vieille, en passant devant ce témoin sombre et menaçant de sa belle et rieuse jeunesse, soupire au souvenir cruel et doux de ces temps évanouis. Là, pendant bien des années, le comte a mené joyeuse vie ; là il marchait le front radieux, le sourire sur les lèvres, parmi des flots de conviés et de convives qui lui témoignaient presque de l'adoration. Malheureusement sa fortune, tout immense, tout inépuisable qu'il paraît l'avoir supposée, se trouva fort insuffisante pour son train de maison et pour sa longue existence sur la terre. Se voyant totalement ruiné, il se rendit à Pétersbourg pour chercher *un emploi*, et... il mourut dans une chambre d'hôtellerie sans qu'on lui eût donné l'occasion de déployer ses talents administratifs. Touman, qui l'avait servi en qualité de buffetier, au temps de ses splendeurs, avait reçu des lettres d'affranchissement du vivant du comte. Touman, le septuagénaire, assis à côté de moi, la ligne à la main, était encore un homme d'assez bonne mine. Il souriait presque continuellement, agréablement, comme on ne sourit plus, comme sourient seuls les gens du temps de Catherine, d'un sourire de bon aloi; en causant, il ouvrait et refermait les lèvres d'une manière lente et correcte; son regard avait une certaine douceur caressante; il prononçait un peu du nez, et cela lui seyait; il se mouchait et prenait son tabac sans nulle hâte, et tout ce qu'il faisait, il *le faisait*, il savait le faire.

« Eh bien! lui dis-je, tu as pris du poisson?

— Ayez la bonté de voir dans le panier : deux perches, cinq cabots... Montre à monsieur, Steopa. »

Steopouchka abaissa vers moi le panier.

« Comment te portes-tu, Stépan? demandai-je à celui-ci.

— E e e eh! mais... mais..., bi bi bien, » répondit Steopouchka avec un fâcheux bégayement; chaque mot à prononcer semblait lui peser 1 quintal.

« Et Mitrophane?

— Bi bi bi bien, mo o o sieur. »

Et le pauvre homme se détourna.

« Il bégaye cruellement, dit Touman. Il fait trop chaud pour la pêche, tout le poisson s'en est allé maintenant dormir à l'ombre des saules de la rive. Hé, Steopa, mets-moi un ver. »

Steopouchka saisit un ver dans le pot, se le mit dans le creux de la main gauche, le tapota, secoua les parties terreuses qui s'en dégagèrent, puis en chaussa

4

l'hameçon, cracha dessus et le présenta à Touman.

« Merci, Steopa. Et vous, bârine, oui, reprit-il, en s'adressant à moi, vous chassez ?

— Tu le vois.

— Oui, ce chien que vous avez là, est-ce un anglais ou un danois ? (Le vieillard ne manquait jamais une occasion de montrer qu'il avait un peu vu le monde.)

— Je ne sais pas s'il est de race, mais il est bon.

— Et vous prenez toujours des chiens avec vous ? Oui, vous avez des chiens !

— J'ai deux couples. »

Touman sourit et branla la tête.

« Oui, c'est ça ; il y a tel qui est amateur de chiens et tel autre qui ne prendrait pas les meilleurs si on les lui donnait. Je pense, selon mon tout petit brin de bon sens, que c'est principalement pour la parade qu'il faut tenir des chiens, aussi des chevaux pour l'ordre ; des chevaux et une meute, c'est pour le comme il faut et l'ordre. Le feu comte, Dieu lui fasse grâce ! n'avait, il est vrai, de sa vie été chasseur, et il tenait des chiens, et deux fois l'an il daignait faire la frime de partir en grand'chasse. Voilà tous les veneurs rassemblés dans la cour, en habits rouges galonnés, et les trompettes qui sonnent.... Son Excellence paraît : c'est bien, c'est animé, et on présente un cheval à Son Excellence ; Son Excellence monte : le premier veneur lui chausse les étriers, il ôte son bonnet et lui présente la bride posée sur le bonnet. Son Excellence daigne faire claquer sa chambrière ; les veneurs gloussent à la meute et tout se met en marche. L'écuyer suit le comte à trois pas ; il tient en mains de belles laisses de soie passées au collier des deux favoris du maître : tout cela a grand air. M. l'écuyer est assis, vous savez, bien haut, bien haut, sur une selle cosaque ; il a les joues écar-

lates, ses yeux écarquillés surveillent tout ; il mène tout.
Les visites couvrent le balcon et les perrons : c'est
amusant; c'est bien comme il faut; c'est, on peut dire...
Ah ! l'asiatique [1], il m'a attrapé ! ajouta-t-il tout à
coup en retirant sa ligne trop tôt ou trop tard.

— Il paraît que, comme on le dit, le comte avait un
grand train de maison. »

Le vieillard me regarda, et, avant de me répondre,
cracha sur son appât et jeta l'hameçon.

« C'était un très-grand seigneur, un vrai velmoje [2].
Il y a eu un temps où la grandesse de Pétersbourg venait en passant voir ses magnificences, et les plus
grands de l'empire mettaient toutes leurs étoiles et tous
leurs cordons pour venir à sa table. C'est qu'il était passé
maître pour les banquets et l'apparat. Je me souviens;
il m'appelait, il me disait : « Touman, il me faut pour
demain des sterlets vivants, il en faut ; ordonne qu'on
en trouve ; tu as entendu ? — J'ai entendu, monsieur le
comte. » Il fait venir de Paris des habits brodés, des
perruques, des cannes, des parfums, la décolonne [3]
première qualité, des tabatières et des toiles peintes [4]
hautes comme ces chênes. S'il donnait une fête. Ah !
Seigneur Dieu de ma vie !... des fédartfices [5], des pro-
menades en lignes, des cavalcades dans les parcs et sur

1. Gros mot qui n'est pas de mauvais ton, car Touman ne l'eût
pas employé.

2. *Velmoje* (qui veut, ordonne et peut), haut et puissant seigneur russe (voir ce qui est dit sur ce mot dans une note de
l'introduction). Potemkine a été un dernier reflet, un survivant
fiévreux du grand type des velmojes; d'une noblesse aujour-
d'hui disparue, mais dont les mœurs fastueuses ont passé
dans le domaine des romanciers, grands amateurs des ruines
pittoresques, et qui sert à présent à défrayer leurs inventions.

3. De l'eau de Cologne.

4. Tableaux.

5. Feux d'artifice.

les chemins, des salves même de canon, oui, oui. Il avait quarante musiciens d'orchestre. Il leur avait donné un chef *niémetz* [1], mais celui-là était aussi par trop niémetz ; il voulut manger à la table de Son Excellence, et il insista si fort que Son Excellence l'envoya dîner avec Dieu [2]. Et Son Excellence disait : « Mes musiciens n'ont pas besoin d'un petit bâton noir qui se remue en l'air et qu'ils ne regardent même pas ; ils vont d'eux-mêmes sans ça. » Et c'est vrai aussi, n'est-ce pas ? oui ; un velmoje ordonne que ça marche, et ça marche. On se mettait à danser ; on s'en donnait jusqu'au jour ; c'était surtout, attendez... l'acossaire matradoura... Hé, hé, hé ! te voilà pris, toi, frère ! (Et il retirait de l'eau une petite perche.) Tiens, prends, Steopa.

« C'était un bârine, un vrai bârine, un velmoje ! reprit le vieillard en jetant de nouveau sa ligne ! et de plus, une bonne âme. Il nous rossait ; ah oui ! il tournait la tête, il avait oublié. Une seule chose, c'est qu'il tenait des matrêsses, et voilà, ce sont ces matrêsses qui l'ont ruiné ; il les prenait toutes dans la basse classe. Eh bien ! qu'est-ce qu'il leur fallait donc tant ? Ce qu'il leur fallait, eh bien, oui, tout ce qui coûtait le plus cher dans toute l'Europe. Dame, on peut suivre son plaisir, et c'est bien ; cela va aux velmojes, seulement il ne faut pas s'y ruiner. Tenez, il y en avait une, elle s'appelait Akouline ; à présent elle est morte, Dieu lui fasse grâce ! C'était une fille à la douzaine, une fille d'un déciatski [3] de Sitof, mais une méchante créature, allez. Elle donnait des soufflets à Son Excellence, figurez-vous, cette horreur ! Elle l'avait tout à fait ensor-

1. *Allemand* ou étranger en géneral.
2. Le Russe dit : le *chassa* avec Dieu, pour dire simplement et honnêtement le congédia.
3. Garde-ville fourni par chaque dizaine de maisons.

celé, oui. J'avais un neveu à qui elle a rasé le front [1]....
Et toujours je dirai que c'était là le bon temps, oui, le
bon temps! » ajouta le vieillard en poussant un profond
soupir.

Il y eut un silence de trois minutes. Je repris :

« Ton bârine, pourtant, on voit ça, était un homme
sévère.

— C'était le goût et la manière de ce temps-là, répondit Touman en branlant verticalement la tête.

— Aujourd'hui ce sont des choses qui ne se font
plus, » ajoutai-je en l'observant avec attention.

Il me jeta un coup d'œil oblique et dit : « Oui, aujour-
d'hui, à la bonne heure, c'est..... mieux. »

Et il lança sa ligne plus loin.

Nous étions assis à l'ombre et nous n'en suffoquions
pas moins de chaleur : c'était à ne pas y tenir, c'était
le règne de la canicule; le visage enflammé invoquait
les vents, mais il n'y avait pas un souffle à espérer; le
soleil dardait impitoyablement ses rayons sous un azur
foncé et transparent que n'égayait pas un nuage. Droit
devant nous sur la rive opposée était un champ d'a-
voine jaunissante coupée de quelques tiges d'absinthe,
et là, comme près de nous, pas un épi, pas une feuille
ne bougeait. Plus bas, et plus près, je voyais un cheval
de paysan plongé dans l'eau jusqu'à la panse, s'asper-
geant de sa queue, qu'il remouillait sans cesse; quelquefois, à vingt pas de nous, sous le panache d'un buisson penché sur la rivière, nageait un assez beau poisson
qui exhalait de l'air montant en globules à la surface,
puis il se laissait couler au fond en causant une petite
houle momentanée au-dessus de lui. Le grillon chemi-
nait lentement dans l'herbe roussie; la caille criait mal-

---

1. C'est-à-dire qu'on l'avait fait soldat en punition de quelque
faute.

gré elle ; les autours planaient sur les champs, et souvent s'arrêtaient immobiles dans l'air au moyen d'une
rapide agitation des ailes et de leur queue déployée en
éventail. Nous nous abstenions de tout mouvement,
brisés sous le poids de la chaleur. Tout à coup, derrière
nous, dans le ravin, nous entendîmes un bruit de pas
qui nous annonçait que quelqu'un dévalait vers la
source. Je regardai et vis là-haut un moujik de quelque
cinquante ans, en chemise russe, en laptis, une hotte-
lette à bretelles sur le dos et son armiak[1] en sautoir sur
l'épaule.

Le survenant était couvert de poussière et visible-
ment accablé de fatigue ; il s'accroupit vers la source
des Eaux de Framboise, s'abreuva avec une grande
avidité et se redressa.

« Hé, Vlass! lui cria Touman, qui le reconnut au premier coup d'œil ; bonjour, frère.... D'où nous tombes-
tu, hein?

— Bonjour, Mikhaïlo Savelitch[2], répondit le paysan
en approchant. Je viens de loin.

— Et où étais-tu donc allé comme ça? dit Touman.

— Eh, à Moscou donc, trouver le bârine.

— Pourquoi?

— Lui faire une grande prière.

— Oh! quelle prière, oui?

— La prière de réduire des deux tiers ou de moitié
ma redevance, ou bien de me mettre à la corvée, quoi.
Mon garçon est mort, et, à moi seul, je ne viendrai jamais à bout de payer.

— Ton fils est mort?

— Mort. A Moscou, le brave garçon s'employait

---

[1] Surtout en camelot grossier.
[2] Le vrai nom de Touman.

comme voiturier et comme cocher de place, et, il faut le dire, il payait la redevance pour moi.

— Tu as donc été mis au régime de la redevance?

— A la redevance, justement.

— Eh bien! ton maître?...

— Le maître? le maître?... il m'a chassé, disant : « Comment oses-tu venir jusqu'à moi? Et pourquoi ai-je donc là-bas un intendant? Ton devoir est de t'adresser d'abord à lui. Tu me parles de corvée; et où veux-tu que je te mette à la corvée, moi? Paye avant tout ce que tu dois. » Il était fort en colère.

— Alors tu es revenu?

— Eh oui! je voulais d'abord savoir si le défunt avait laissé par hasard des effets et quelque argent. Je suis allé dire à son patron : « C'est moi qui suis Vlass, le père de Philippe. » Et lui : « Tu le dis, mais qu'est-ce que j'en sais? Et d'ailleurs, ton fils n'a rien laissé, rien; il n'a rien, rien laissé; avec ça qu'il me doit, à moi. » C'est alors que je suis reparti de Moscou. »

Le paysan nous débitait tout cela du ton d'un homme qui parlerait d'un autre homme, tant il montrait de sang-froid; mais dans ses petits yeux éraillés roulait une larme, et il avait la lèvre tirée.

« Tu vas maintenant à la maison? dit Touman.

— Où irais-je? Il faut bien; il y a là ma femme que la faim fait siffler dans son poing.

— Tu tu tu u de e e evrais..., bégaya Steopouchka; mais, s'étant troublé, il prit le parti de se taire, et il fouilla dans le pot aux vers pour se donner une contenance.

— Est-ce que tu iras trouver l'intendant? dit Touman en observant avec quelque étonnement l'air assez calme du paysan.

— Qu'est-ce que j'irais faire là? Songe donc que j'ai

à payer; je n'ai pas payé.... Mon garçon, avant de mourir, a été tout un an malade, et lui-même n'a pas payé sa redevance. Bah! c'est pour moi un demi-mal, on ne prend rien de qui n'a rien.... »

Et parlant à l'intendant comme s'il était là, ou plutôt comme il penserait à sa vue : « Tortille-toi comme tu voudras, frère. Eh bien! quoi, ma tête est un triste gage, et il n'y a que ça.... (Il rit d'un singulier rire et continue.) Tu as beau t'ingénier, Kintilian-Séménitch, c'est comme cela.... » Et il rit de nouveau.

« Ah! frère Vlass, c'est.... mauvais, cela, mauvais, oui, marmotta Touman.

— En quoi si mauvais? l'all.... » La voix de Vlass s'arrêta, puis il reprit : « Voilà des chaleurs! » et il s'essuya le visage de sa manche.

« Quel est votre seigneur? demandai-je au paysan.

— Le comte B**** Valérian Pétrovitch.

— Fils du comte Pierre Illitch?

— Oui, le fils du comte Pierre, répondit Touman. Feu le comte Pierre Illitch, de son vivant, avait heureusement, en faveur de son fils, détaché de sa terre le village appelé Wlassof. Le comte Valérian se porte-t-il bien? dit-il à Vlass.

— Il se porte à merveille, Dieu merci, répondit Vlass ; il est devenu si vermeil.... oh! sa figure a bien gagné.

— Voyez, monsieur, reprit Touman en s'adressant à moi à voix basse; les paysans mis à la redevance dans les campagnes autour de Moscou, c'est parfait, mais dans nos districts, où voulez-vous qu'on la prenne!

— A combien est fixée la taille? dis-je tout haut.

— A 95 roubles, marmotta Vlass.

— Eh bien, songez, bârine; à Wlassof la terre n'est presque rien; il n'y a que la forêt du seigneur qui peut avoir du rapport.

— Et on dit partout qu'elle est vendue, reprit le moujik, qui avait entendu les derniers mots de Touman.

— Oui, vous voyez. Steopa, un ver! Est-ce que tu dors, quoi donc? »

Steopouchka se secoua un peu. Le paysan s'assit près de nous. Nous étions tous également pensifs et silencieux. Sur la rive basse, un homme entonna une chanson, mais ces chansons russes sont si mélancoliques... La chanson de l'inconnu abattit les esprits de notre pauvre Vlass.

Une demi-heure après, je fêtai l'Eau de Framboise, et chacun de nous tira de son côté.

IV

Le médecin de district.

Un jour, comme je revenais d'un champ éloigné, je fus saisi par le froid et je tombai malade. Par bonheur la fièvre me surprit dans l'auberge de la ville du district; j'envoyai chercher un médecin. Une demi-heure après parut le médecin du district, petit homme brun, de chétive apparence. Il me prescrivit une potion sudorifique et un sinapisme, et fit descendre avec beaucoup de dextérité dans la poche du revers de sa manche le billet bleu [1] que je lui avais destiné. Sur quoi, d'ailleurs, il toussa à sec et porta un regard vague à la paroi; et déjà il se disposait à se retirer, lorsqu'ayant,

---

1. La couleur des billets varie avec la valeur : le bleu est de 5 roubles.

par manière d'acquit, laissé tomber quelques mots en
forme de question, il resta en place comme s'il attendait une réponse. La chaleur m'agitait; je prévoyais
une insomnie, et je ne demandais pas mieux que de
converser un peu avec ce brave homme. On nous
servit le thé. Mon docteur se lança dans la causerie. Le
bonhomme n'était pas sot; il s'exprimait bien et l'on
pouvait prendre plaisir à l'écouter. Il y a de bien étranges
observations à faire dans le monde : il est tel homme
dont on se croit l'ami, avec qui on cohabite longtemps,
sans arriver jamais à causer ensemble avec franchise
et cordialité; il est tel autre avec qui la connaissance
va si vite qu'au bout de vingt minutes on s'est fait mutuellement confidence sommaire et même confession
plénière. Celui des deux qui a le plus de goût pour
parler se met à jour sans pouvoir se rappeler même
ensuite comment cet accès d'indiscrétion lui est venu.
Je n'avais, certes, mérité ni provoqué d'aucune manière la confiance de mon nouvel ami; je doute aussi
qu'il ait songé, comme moyen curatif, à me distraire
par des récits du sentiment de ma fièvre; je crois qu'il
a tout simplement saisi l'occasion de raconter une
bonne fois des choses personnelles qu'il avait célées jusqu'alors; et, quoi qu'il en soit, il me fit un récit qui
n'est pas dépourvu d'intérêt. Moi, tout bien considéré,
je ne vois rien qui s'oppose à ce que j'en fasse part à
mes lecteurs; je puis même sans inconvénient repro-
duire en partie jusqu'au style du narrateur.

« Vous ne connaisez pas, commença-t-il d'une voix
affaiblie et tremblotante (tel est l'effet que produit sur
l'homme le tabac bérézovski [1], quand on ne le mêle
pas avec un tabac moins fin et moins pénétrant); vous

1. Tabac recueilli à Berezof, très-âcre.

ne connaissez pas le juge d'ici, de ce district, Paul Lou-
kitck Milof?

— Non.

— Eh bien, cela n'y fait rien... (Le docteur tousse et
se frotte les yeux...) C'était le grand carême, en plein
temps de dégel. Je suis là, chez le juge, le soir, faisant
avec lui ma partie de préférence [1]. Tout à coup (mon
médecin affectionnait le mot *tout à coup*), on vint me
dire : « Il y a là un homme qui vous demande. —
Qu'est-ce qu'il veut ? — Il est porteur d'une lettre ; il
s'agit probablement d'un malade. » On me donne la
lettre, j'ouvre, c'était cela ; je dis : « Très-bien, très-
bien. » C'est que, voyez-vous, notre pain quotidien en
dépend. Voici ce que c'était : une dame, une veuve
m'écrivait, me disant que sa fille était dangereusement
malade, et me priant, au nom de Dieu et de tous les
saints, d'accourir ; elle ajoutait qu'il y avait deux chevaux et l'homme à ma disposition. Bon, mais c'était à
20 verstes d'ici, il faisait nuit comme dans un four,
les routes étaient tout effrondrées, et quelles routes encore ! Et ce sera une femme très-pauvre ; à voir ce papier, ce cachet, c'est clair, il y a 2 roubles [2] au plus
à attendre de là, et encore est-ce douteux ; plutôt un
peu de toile ou des gruaux... C'est égal, vous comprenez, le devoir parle plus haut que tout ; quelqu'un
meurt, on me l'écrit, et je n'irais pas ! Je donne vite
mes cartes à Kalliopine, un en-cas que je voyais toujours là, et je cours à mon logement ; arrivé à ma porte,
je regarde : il y a là, devant le perron, une méchante
petite télejka, attelée de deux chevaux de paysan très-
ventrus, sans parler du pelage qu'on aurait pris pour
un vieux feutre ; le cocher, par respect, siége immobile

1. Jeu de cartes fort en vogue en Russie.
2. Environ 8 francs.

et tête nue. Moi, je pensai : « Allons, allons, frère, on
voit que tes maîtres ne roulent pas sur l'or et sur l'argent. » Vous souriez, monsieur? c'est votre droit, mais
je vous dirai que, nous autres pauvres diables, nous
prenons toute chose en considération, et tout nous est
symptôme; quand le cocher qu'on nous envoie est
assis carrément comme un prince, et non-seulement
ménage son bonnet, mais sourit et remue son fouet retenu par le manche sous sa cuisse, je peux gager pour
un billet de banque. Mais là, je vis bien que ça ne sentait ni le papier ni l'argent, mais le cuivre ou le beurre...
Eh bien! en avant le devoir faute de mieux.

« Je me munis des médicaments que je tiens pour
indispensables en de pareilles alertes, et me voilà parti.
Je ne suis pas arrivé sans peine, je vous assure; une
route infernale, des ruisseaux comme des rivières, des
mares de neiges en fusion, des fondrières, et pour comble
de misère une digue rompue, le sol inondé, la direction
laissée au hasard. Bon! pourtant j'arrive à une maison
basse couverte de chaume, où il y avait deux chandelles
aux fenêtres, c'était là; on nous attendait. Une vieille
vient à moi, une figure respectable, en bonnet : « Sau-
vez-la, venez, elle se meurt! » Je dis : « Point d'agitation, soyez calme... Où est la malade? — Par ici,
veuillez passer. » Je regarde; une petite chambre très-
proprette; une lampe brûle dans le coin, devant
l'image, sur une console; il y a sur le lit une demoiselle de vingt ans sans connaissance, presque sans
respiration; elle brûle, elle est dévorée par la fièvre.
Près du chevet se tenaient deux autres demoiselles
effarées et tout en larmes. L'aînée me dit : « Hier elle
était très-bien portante, elle a eu toute la journée bon
appétit; ce matin elle s'est plainte d'un léger mal de
tête, et puis tout à coup ce soir, voyez dans quel état

la voilà. » Je dis aussi à cette demoiselle-là : « Soyez
calme! point d'agitation! » Que voulez-vous, monsieur?
le médecin doit parler ainsi. Je me mis à la besogne,
je la saignai, je lui fis appliquer des sinapismes, je pres-
crivis un apozème.

« Cependant, je regarde le sujet; Seigneur Dieu, la
belle fille! Eh bien, je n'avais pas encore vu une beauté
pareille! mais je vous dis, belle, belle, belle! J'en fus
tout pénétré de pitié. C'était un air.... des yeux!...
Voilà que, grâce au ciel, elle est plus tranquille; elle a
transpiré abondamment; elle revient peu à peu, elle
regarde, elle sourit, elle se passe la main sur la figure....
Ses sœurs se penchent vers elle et lui demandent ce
qu'elle a; elle répond qu'elle n'a rien, elle se tourne
vers le mur; je regarde.... ts! elle s'est assoupie. « Ça,
à présent, c'est du repos qu'il lui faut; sortons d'ici bien
doucement, et que la servante reste seule à la veiller. »
Et nous sortons tous sans bruit. Arrivé dans la salle, je
remarquai avec plaisir, à côté du samovar qui chantait
sur la table, un bon petit flacon de rhum.... Pardon,
mais vous concevez, dans notre état, il faut quelque
chose qui remonte le cœur.

« Après le thé, je fus prié de passer la nuit, et je
n'eus garde de dire non; vous vous figurez si je devais
avoir envie de refaire cette route. La vieille ne cessait
de gémir. « Qu'avez-vous donc? je vous dis qu'elle
vivra; ne vous inquiétez pas, ou plutôt, imitez-la; dor-
mez, il est une heure passée. Sans l'accident, il y a
quatre heures que vous seriez au lit. —Vous me ferez
réveiller s'il arrive quelque chose? — Bon, c'est convenu; emmenez la jeunesse. » La vieille dame sortit, et
les demoiselles allèrent gagner leur chambre; on me
dresse un lit dans la salle; je m'y étends; je ne puis
m'endormir, je ne sais ce que c'est, mais quelque chose

me tourmente; ma malade ne me sort pas de l'esprit.
A la fin, n'y tenant plus, je me lève tout d'une pièce, et
je pense : « Il faut absolument que j'aille voir la pa-
ente; cette femme qui garde.... Dieu sait. »

« La chambre de la malade était contiguë à la salle
que j'occupais. J'entr'ouvris bien doucement la porte;
c'est singulier, j'avais le cœur tout palpitant. Je regarde d'abord où est la servante; je la vois dans un
fauteuil à deux pas du lit, dormant la bouche ouverte,
et même elle ronflait, la pécore! La malade était tour-
née de mon côté; je crus lui voir tourner ses pouces,
je regardai d'un peu plus près; c'était bien ça. J'étais
un peu penché tout près du lit pour entendre la respiration de la pauvrette, quand tout à coup elle ouvrit
les yeux et s'accrocha à moi en disant : « Qui es-tu? qui
es-tu? » Je fus tout interdit. « Ne vous effrayez pas,
mademoiselle, lui dis-je; je suis le médecin, je suis
venu voir un peu comment vous vous trouvez. — Vous
êtes le médecin? — Oui, oui; c'est moi qui suis votre
médecin; votre mère m'a envoyé chercher à la ville;
nous vous avons saignée, mademois lle; à présent, tâ-
chez de reposer, de dormir, et comme ça, dans deux
ou trois jours, Dieu aidant, nous vous remettrons sur
pied. — Qu'est-ce que vous dites donc? allez vous pro-
mener! » Allons, voilà la fièvre qui va faire encore des
siennes, pensai-je; et je lui tâtai le pouls, qui me con-
firma la chose. Elle me regarda, puis à l'improviste
elle me saisit le bras. « Je vais vous dire pourquoi je
ne veux pas mourir; je vais vous le dire, et cela tout
de suite. Nous sommes seuls..... mais, de grâce, pas un
mot... vous m'entendez?... écoutez. »

« Moi, j'avais une position toute tordue et assez pé-
nible, elle tenait son bras passé sur mon cou et remuait
ses lèvres contre mon oreille; ses cheveux me cha-

touillaient la joue. J'avoue que je commençais moi-même à en perdre la tête, et elle se mit à marmotter je ne sais quoi ; je n'y comprenais pas le premier mot ; je pense enfin : « Elle bat la campagne, c'est ça. » Elle marmottait, marmottait, et cela très-vite et pas en russe, figurez-vous. Elle finit, frissonna, laissa retomber sa tête sur son oreiller, et me dit, en me menaçant du doigt index : « Prenez garde, docteur, à personne, à personne !... » Je la calmai par des signes de consentement et des monosyllabes dits au hasard ; je la fis boire, je réveillai la brute qui devait la veiller, et je sortis. »

Ici le docteur fit une pause, prit du tabac prise sur prise, avec une sorte d'emportement, et resta un moment comme abasourdi.

« Le lendemain la malade, contre mon attente, ne fut nullement mieux. Je pensai vingt fois me faire donner le chariot et partir ; il le fallait, mais comment laisser ?... Je résolus de rester, quoique j'eusse en ville des malades qui m'attendaient ; et, vous savez, on ne doit pas, on ne peut pas négliger ses malades, c'est s'exposer à perdre des pratiques. Mais *primo*, la pauvre demoiselle était dans un état désespéré ; *secundo*, je dirai vrai, j'éprouvais un vif intérêt pour cette malade ; ajoutez à cela que toute la famille me plaisait. C'étaient des gens bien peu aisés, mais bien élevés, bien plus civilisés qu'on ne l'est généralement dans nos pays. Le père avait été de son vivant un érudit, un auteur ; il va sans dire qu'il est mort misérable ; mais il était parvenu à donner à ses enfants beaucoup d'instruction ; il leur avait laissé toute une bibliothèque. Est-ce là ce qui faisait que je me trémoussais tant autour de la patiente ? Y avait-il une autre cause ? Seulement j'oserai dire que, dans la maison, on m'avait pris en affection et on me traitait comme un proche parent.

« Cependant le temps était de plus en plus affreux ;
les communications étaient à peu près devenues im-
possibles, et c'était avec une peine infinie qu'on tirait
de la ville des médicaments. La malade ne se remettait
point ; les jours succédaient aux jours. Mais voilà...
alors... » Le médecin s'interrompit, puis il reprit : « Je
ne sais comment vous expliquer cela... » Il recourut à
sa tabatière, prisa coup sur coup, toussa, prit vivement
une gorgée de thé. « Je dirai la chose sans biaiser : ma
malade..... quoi donc, se mit, dirai-je, à m'aimer?...
aimer, non ; pas aimer, si vous voulez..... et au reste,
je ne sais ce que c'était que cela... » Le médecin se tut
et rougit. « Eh non! eh non, reprit-il; quel amoureux!
allons donc! il faut se connaître pour ce qu'on est.
C'était, quant à elle, une demoiselle bien née, spiri-
tuelle, instruite; instruite, et moi je perdais tous les
jours mon pauvre latin. Quant à ma figure... (le médecin
se regarde en souriant), il me semble que je n'ai pas de
ce côté non plus sujet de me rengorger. Seulement, le
bon Dieu n'a pas permis que je fusse tout à fait un imbécile, je ne dirai pas blanc ce qui est noir, et je vois
habituellement assez juste. Par exemple, je comprenais
très-bien qu'Alexandra, elle s'appelait Alexandra Andréevna, qu'Alexandra n'avait pas pour moi précisément de l'amour, mais de l'amitié ; mettons de la considération, quoi! elle se méprenait peut-être sur ce
qu'elle éprouvait, je ne dis pas non, mais sa position,
vous comprenez bien ; me comprenez-vous? ajouta le
médecin, qui débitait toutes ces choses avec volubilité,
sans respirer et comme s'il eût eu la fièvre lui-même.
Au reste, il me semble que j'ai un peu bien radoté, et
comme ça, le moyen que vous m'ayez compris! Eh
bien! voyons, permettez, je vous dirai tout, tout logi-
quement. »

Là-dessus, il acheva son verre de thé et dit d'un ton du moins plus réservé : « Oui, c'était comme ça. Ma pauvre malade allait de mal en pis. Comme vous n'êtes pas médecin, mon cher monsieur, vous ne pouvez guère avoir une idée exacte de ce qui se passe dans l'âme du médecin, surtout dans les heures où il commence à reconnaître *in petto* que la maladie est plus forte que lui. Que devient alors sa confiance en son habileté? Il est bientôt confus, craintif au dernier point; il lui semble avoir oublié tout ce qu'il savait et perdu tous ses moyens; il lui semble que le malade n'a plus nulle confiance en lui et que les assistants commencent à remarquer sa situation humiliante; il croit qu'on ne daigne plus lui rapporter les symptômes qui se sont manifestés en son absence, qu'on le regarde de travers, qu'on chuchote sur son compte..... Oh! c'est une abomination! et il pense : « C'est pourtant une maladie que la médecine guérit; il y a un remède, il ne s'agit que de le trouver. N'est-ce pas celui-ci?... » Et il en fait l'essai. Non, ce n'était pas cela, il le sent, il se hâte d'arrêter les effets du médicament, il se jette sur un autre moyen, puis sur un autre encore. Il fouille, il se rue sur ses livres; il s'arrête à vingt indications contradictoires et les rejette tour à tour... Il revient à une, à une autre, et cependant le malade se meurt. Une idée! Un autre médecin le sauverait. « Une consultation, dit-il, il faut ici une consultation, je dois songer à ma responsabilité. » Ah! quelle mine d'imbécile on a dans ces occasions! Mais on se fait à la chose. Le malade meurt; ce n'est pas la faute du médecin, il a procédé dans les règles. Ou bien, une chose cruelle : le médecin voit qu'on a en lui la plus aveugle confiance, et en même temps il sent que la mort est là, tapie derrière le chevet, et qu'il n'y peut rien. Voilà justement

le genre de confiance qu'avaient en moi Alexandra et
son honnête famille; en me retenant chez elles, ces
dames s'étaient persuadé que le danger de mort était
écarté. Je leur avais beaucoup trop facilement fait
croire qu'il n'y avait pas sujet de craindre, tandis que
moi-même j'avais l'âme en proie à la plus vive anxiété.
Pour comble de malheur, il n'y avait plus à s'échapper,
le temps était affreux et ma confusion plus affreuse
encore : le cocher passait sa vie dans l'eau et les boues;
il lui fallait vingt-quatre heures pour aller chercher
les médicaments et les apporter, et c'était ainsi chaque
jour.

« Ce n'est pas tout, je ne sors plus de la chambre de
la malade ; aucun moyen de m'arracher de cette chambre; et qu'est-ce que j'y fais? Je souris ayant le cœur
navré, je raconte des anecdotes, je joue aux cartes avec
une mourante. Je passe là mes nuits dans un fauteuil;
cela fait tant de plaisir à la mère qu'elle ne cesse de me
remercier les larmes aux yeux, et moi je pense : « Je
mérite bien peu ta reconnaissance, pauvre femme! » Je
vous l'avouerai, au reste, et pourquoi vous le cache-
rais-je après tout ce que j'ai déjà dit? j'en tenais tout
de bon pour ma malade. Alexandra s'était si étrangement attachée à moi... elle en était venue à ne plus
laisser pénétrer personne dans sa chambre; elle ne
voulait près d'elle que moi, toujours moi. Elle se met à
me questionner, elle veut savoir bien en détail où j'ai
fait mes études, quel est mon genre de vie, quelles sont
mes habitudes, les gens de ma parenté; quelles personnes je fréquente le plus volontiers. Je sentais et de
reste qu'il fallait éviter les entretiens, lui défendre de
parler, l'engager à ne penser à rien..... eh bien, non,
je n'avais pas la force de lui rien défendre; il me semblait qu'elle eût été blessée de ma résistance... Quand

elle détournait la tête, il y avait des moments où je prenais la mienne à deux mains et me disais : « Que fais-tu, brigand?... » Elle me prenait la main, me regardait longtemps, bien lontemps, puis elle soupirait et disait : « Que vous êtes bon! » Ses mains étaient brûlantes, ses grands yeux étaient cernés et languissants. « Oui, reprenait-elle, vous êtes un bon, un excellent homme; vous ne ressemblez pas du tout à nos voisins; non, non, vous êtes bien différent de ces gens-là, vous! Comment se fait-il que je ne vous aie pas connu? — Alexandra Andréevna, calmez-vous, lui disais-je; je suis bien sensible à votre bonne amitié, mais calmez-vous, et tout ira pour le mieux, vous reprendrez la santé... »

« Je vous dirai, ajouta-t-il en se penchant en avant vers moi et en écarquillant les yeux, que ces dames avaient eu peu de commerce avec leurs voisins; c'est que les uns, pauvres comme elles, étaient de fort mauvaise compagnie; quant aux autres, je veux dire aux riches... la fierté de ces dames n'admettait pas qu'on se liât avec eux. Je vous l'ai dit, c'était une famille très-honorable, et que voulez-vous : leurs égards pour moi flattaient mon amour-propre. Alexandra ne prenait ses potions que de ma main...; elle prenait la cuiller, la tasse, le verre en s'appuyant sur mon bras; elle avalait et me regardait comme pour voir si j'étais content d'elle... Content! tout mon cœur en était bouleversé.

« Cependant elle empirait cruellement, et je voyais trop bien qu'elle allait mourir au premier jour. Me croirez-vous? j'aurais voulu être mis au tombeau à sa place; une mère et des sœurs sont là qui me mangent des yeux; je perds toute assurance. « Comment va-t-elle? — Eh mais, pas mal... » Quel *pas mal!* le vertige... Une nuit, je suis assis, seul près de la malade, je dis seul, mais c'est tout comme; la servante était là, elle

ronflait comme quatre hommes; il n'y avait pas à la
quereller là-dessus : elle aussi avait bien du mal, la
pauvre fille. Alexandra Andréevna s'était sentie bien
mal toute la soirée, elle avait été en proie à la fièvre.
Jusqu'à minuit elle n'avait pas eu un moment de calme;
à minuit elle s'assoupit, du moins elle est étendue immobile. La lampe brûle faiblement devant la sainte
image. Ma tête s'incline, et voilà que je sommeille aussi.
Tout à coup je me sens heurté, je tourne la tête du côté
d'où était venue la secousse... J'ai devant moi Alexandra,
les yeux grands ouverts fixés sur moi, la bouche ouverte, les joues enflammées. « Qu'est-ce que vous avez?
— Docteur, je vais bientôt mourir, n'est-ce pas? —
Qu'est-ce que vous dites donc là? — Non, docteur, non,
de grâce, n'allez pas me dire que je puis encore vivre...
ne dites pas cela; si vous saviez... Écoutez-moi, et, pour
l'amour de Dieu, ne me cachez pas ma vraie position. »

« Elle ajouta en précipitant les paroles : « Si je sais
pour sûr que je suis tout à fait à la mort, je vous dirai
tout, tout ce que j'ai là. Écoutez, tout à l'heure, je ne
dormais point; il y a une bonne heure que je vous regarde. Au nom de Dieu, je vous crois, vous êtes un
homme bon et sincère, je vous adjure, par tout ce qu'il
y a de sacré au monde, de me dire la vérité; vous ne
vous imaginez pas combien c'est important pour moi;
allons, docteur, dites-moi bien nettement que je suis
en danger, hein? — Mais qu'est-ce vous voulez donc
me faire dire là? — Je vous en supplie au nom du ciel.
— Eh bien, je ne puis vous dissimuler qu'en effet vous
n'êtes pas hors de danger, Alexandra Andréevna; mais
Dieu est bon et... — Je mourrai, je mourrai!... » Et elle
se réjouit; sa figure s'épanouit, elle devint toute gaie,
d'une gaieté qui m'effraya beaucoup. « Ne vous alarmez
pas, je n'ai aucunement peur de la mort. » Elle se sou-

leva un peu, se fit un appui de son coude gauche, et reprit : « A présent, c'est bien; à présent je puis vous dire que je vous suis très-reconnaissante, que vous êtes un homme bon, un homme très-bon, et que je vous aime... » Je la regardai d'un regard d'insensé. « Je vous aime, entendez-vous? je vous aime. — Alexandra Andréevna, par quoi aurais-je pu mériter?... — Vous ne me comprenez pas... Est-ce que tu ne me comprends pas? » Et tout à coup elle me sauta au cou et me donna des baisers... Je pensai pousser de grands cris; je me laissai glisser sur les genoux; mais ma tête resta engagée entre ses mains sur l'oreiller. Elle garde le silence, ses doigts frémissent sur ma chevelure; j'écoute, elle pleure. Je lui adresse quelques paroles..... Vraiment je serais en peine s'il fallait me rappeler ce que j'ai pu trouver à lui dire; mais à travers les mots : « Je vous remercie... croyez... tranquillisez-vous, » je me souviens que j'insistais pour que la servante fût réveillée. « Eh! que me fait tout ce qui n'est pas toi? qu'on s'éveille, qu'on vienne, qu'on entende et qu'on voie, qu'importe? moi je vais mourir. Tu crains, tu as peur, et pourquoi? lève la tête, sois ferme... ou bien, c'est que peut-être vous ne m'aimez pas; je me serais donc trompée... Ah! grand Dieu, serait-il vrai? en ce cas, excusez-moi. Mourir, vite mourir!... — Alexandra Andréevna, que dites-vous? Moi, ne pas vous aimer! mais je vous aime, ma chère Alexandra! »

« J'eus à peine dit ces mots, que je croyais inspirés par une haute prudence, qu'elle poussa un gros soupir en me regardant avec attendrissement, et, en ouvrant ses bras, elle s'écria : « Eh bien, vite, embrasse-moi! » Je sentis que ma pauvre patiente se perdait et qu'elle avait le délire; je compris que, si cette chère demoiselle n'eût pas été à l'article de la mort, elle n'aurait pas

pensé à... à moi; et c'est que, prenez-le comme vous
voudrez, mais dans ce sexe-là cela paraît dur de mourir
à vingt-quatre ou vingt-cinq ans sans avoir aimé. Voilà
en réalité ce qui lui tenait au cœur, voilà pourquoi
Alexandra, dans son désespoir final, s'en prenait même
à moi... Comprenez-vous maintenant?... Elle ne souf-
frait pas que je me dégageasse de ses bras. « Ayez pitié
de moi, ayez pitié de vous-même, lui disais-je sans
cesse. — A quoi bon ces précautions et cette grande
pitié, puisque je dois, je vais mourir? Ah! si je savais
que je dusse rester parmi les vivants et paraître peut-
être un jour dans le cercle des demoiselles bien nées,
j'aurais à rougir, beaucoup à rougir de ce que je fais,
mais à présent... — Mais qui vous assure, qui vous a
dit que vous deviez mourir? — Eh! tu ne me tromperas
pas, mon ami, tu ne sais point mentir; cela est hors de
ton pouvoir, et tu le sais bien. — Vous vivrez, Alexandra,
je vous guérirai; nous irons tous deux demander à votre
mère sa bénédiction... Nous serons réunis par des liens
sacrés, et nous serons heureux... — Non, non, j'ai reçu
ta parole, c'était la bonne; je dois mourir, tu me l'as
signifié, tu l'as dit toi-même. »

« C'était là, monsieur, un coup bien cruel pour moi,
bien cruel sous une foule de rapports. Voyez un peu, je
vous prie, quelles choses étranges peuvent arriver à un
homme! Par exemple, un détail misérable, et pourtant
douloureux à qui l'éprouve; Alexandra s'avisa de me
demander quel est mon nom de baptême, et j'ai l'insi-
gne désagrément d'avoir pour nom Trifon. Mon Dieu,
oui! je suis Trifon Ivanovitch. Qu'y faire? Je répondis
d'abord qu'à la maison et dans la ville l'usage était de
m'appeler le docteur. Mais comme elle insistait, en disant qu'on est médecin et qu'on a un nom de baptême,
il fallut bien lui dire : « Mon nom est Trifon, mademoi-

selle. » A ce mot, elle fit une petite moue, branla la tête et marmotta je ne sais quoi en français. Ce n'était pas là un bon symptôme. Ensuite elle a ri, et cela ne valait rien non plus. Voilà, monsieur, quelle nuit scabreuse j'ai passée avec ma malade. Le matin, je suis sorti de la chambre fait comme un malheureux incendié; j'ai pris le thé. Il faisait grand jour quand je suis rentré chez la malade. Dieu du ciel! elle n'était plus reconnaissable; on en met dans la bière qui ont bien meilleure mine. Parole d'honneur! je ne comprends réellement pas comment j'ai pu supporter cette torture. Trois jours encore la patiente a été en agonie intermittente. Quelles nuits surtout!... et quel langage elle me tenait!... La dernière nuit, figurez-vous, je suis assis à son chevet, ne demandant à Dieu qu'une chose, de la retirer à lui le plus tôt possible, et moi avec elle... La mère entre dans la chambre... Il faut savoir que j'avais dit, le soir, à la pauvre femme, qu'il y avait si peu d'espoir, qu'il serait sage de faire venir le prêtre. La malade eut à peine aperçu sa mère, qu'elle lui dit : « Ah! c'est fort à propos que tu es venue en ce moment voir tes enfants. Regarde-nous bien tous les deux. Nous nous aimons; nous nous sommes donné parole d'être l'un à l'autre... — Qu'est-ce qu'elle dit donc? docteur, qu'est-ce qu'elle dit? — Elle bat la campagne! c'est le délire, dis-je plus mort que vif et d'une voix étouffée. — Bah! bah! dit la malade, tu m'as dit à l'instant tout autre chose, et tu as pris mon anneau. Pourquoi dissimuler? Ma mère est la bonté même, elle pardonne, elle comprend les choses. Moi, je meurs; je n'ai aucun intérêt à mentir; ami, donne-moi donc la main. » Je m'élançai d'un bond dans la salle. Il va sans dire que la mère devina.

« Je ne vous ferai pas languir plus longtemps avec ma triste histoire; il ne m'est pas déjà si agréable à

moi-même de revenir sur tant de détails cruels. Ma
patiente mourut le lendemain..... dit le médecin en
mots pressés et mêlés de soupirs. Avant d'expirer, elle
pria les siens de se retirer pour quelques instants et de
me laisser seul avec elle. « Je vous prie de me par-
donner, dit-elle. Peut-être j'ai eu de grands torts envers vous ; mettez-les sur le compte du délire ; mais
croyez bien que je n'ai jamais aimé personne comme je
vous aime..... Ne m'oubliez pas... Gardez mon anneau... »

En rappelant ces dernières paroles, le médecin se
détourna ; je lui pris et lui serrai la main.

« Çà ! dit-il, permettez-moi de vous parler de toute
autre chose, ou plutôt ne voudriez-vous pas faire une
toute petite partie de préférence ? Il ne convient guère,
savez-vous, à nous autres bonnes gens, de nous abandonner à ces sentiments exaltés ; nous autres, nous devons nous préoccuper d'une seule chose, si nous voulons
vivre en paix : que les enfants ne braillent pas, ni madame
leur mère. Vous saurez que, depuis l'époque dont je
vous ai entretenu, j'ai trouvé le temps et le courage de
me marier tout de bon, comme on dit. Eh oui! j'ai pris
une fille de marchand. Sept mille roubles de dot.
Comme elle s'appelle Akouline, il n'y a pas eu d'inconvénient pour moi à être Trifon : Trifon vaut Akouline.
C'est, entre nous soit dit, une femme méchante en
diable ; mais ce qu'il y a de consolant, c'est qu'elle
dort tout le jour. Eh bien ! la préférence ? »

Nous jouâmes une préférence bien modeste, à un
kopeck [1] le point. Trifon Ivanovitch me gagna deux
roubles et demi, et sortit de chez moi un peu tard, mais
tout enchanté de sa victoire.

1. Un centime.

V

Mon voisin Radîlof et le gentilhomme commensal.

En automne, les bécassines se tiennent souvent dans les vieux jardins plantés en allées de tilleuls. Nous avons beaucoup de ces jardins-là dans le gouvernement d'Orel. Nos pères, dans le choix qu'ils faisaient d'un emplacement pour s'y construire une demeure, ne manquaient pas de jalonner un bon terrain de deux arpents pour y planter leur verger et le sacramentel tilleul en longues allées. Au bout de cinquante ans, de soixante-dix au plus, ces enclos, ces habitations, ces nids à gentilshommes, disparaissaient de la face de la terre ; les bâtiments vermoulus se vendaient pour être démontés et emportés par charretées, les dépendances construites en brique se changeaient en monceaux de débris, les pommiers mouraient sur pied et tombaient sous la hache, les vieilles palissades de tout genre s'en allaient pièce à pièce on ne sait comment. Les seuls tilleuls continuaient de croître et de prospérer, et aujourd'hui, entourés de champs labourés, ils révèlent à notre génération étourdie les pères et les frères qui ont joué et reposé sous leur ombre. C'est un bel arbre que ce beau grand tilleul séculaire ; il est ménagé, respecté même par la hache impitoyable du paysan russe. Il n'a pas une feuille bien large, mais il étend à l'entour un si grand nombre de bras feuillus, qu'il y a toujours un doux ombrage à trouver sous cet arbre.

Un jour que j'errais avec Ermolaï à travers champs, en quête de perdrix, je vis à ma droite un jardin abandonné, et je me dirigeai aussitôt de ce côté. A peine eus-je franchi le buisson de bordure qu'une bécassine prit son vol; je tirai, et au même instant, à quelques pas de moi, on poussa un cri d'alarme; une figure effrayée de jeune fille apparut à travers les arbres et disparut aussitôt. Ermolaï accourut : « Vous tirez, me dit-il, et c'est une propriété habitée par le maître. »

Je n'eus pas le temps de répondre, mon chien qui venait à moi d'un air de dignité n'eut pas le temps de me livrer l'oiseau, que l'on entendit des pas précipités, et un homme de haute taille et à étroites moustaches sortit d'un fourré et s'arrêta devant moi d'un air mécontent. Je m'excusai de mon mieux, je me nommai et je lui proposai l'oiseau que j'avais abattu sur ses terres.

« Eh bien, me dit-il en souriant, je prends votre gibier; mais je ne l'accepte qu'à une condition, c'est que vous resterez avec moi et partagerez mon dîner, quel qu'il soit. »

Je fus loin de me réjouir de sa proposition, ma journée était dérangée, mais il n'y eut pas moyen de s'en excuser.

« Je suis Radilof, j'ai des propriétés dans ce district et suis votre voisin; peut-être que mon nom ne vous est pas entièrement nouveau; c'est aujourd'hui dimanche, et on doit avoir préparé chez moi un dîner au moins passable : sans cette circonstance je n'oserais vous inviter ainsi à l'aventure. »

Je répondis ce qu'on est bien forcé de répondre banalement en pareil cas, et je l'accompagnai. Une allée tout fraîchement sarclée et sablée nous conduisit en cinquante pas hors du bocage de tilleuls; nous débouchâmes dans le jardin potager; là de vieux pom-

miers et des gadelliers dominaient, à des espaces irré-
guliers, une sorte de pavé de têtes de choux de couleur
vert tendre ; au delà, des rangées de hautes perches
étaient escaladées par les spirales ascendantes d'un
houblon vigoureux et touffu ; à gauche, sur des planches assez bien alignées, se dressaient des milliers de
baguettes très-embarrassées d'un fouillis de haricots
déjà jaunis et desséchés ; d'énormes citrouilles et des
potirons bosselaient à leur manière un autre carré de
terrain, et des concombres se détachaient en jaune de
dessous leurs feuilles anguleuses et poudreuses ; tout
le long de la haie en houssines tressées se balançait
une haute ortie aussi inutile et incommode qu'ambi-
tieuse ; en deux ou trois endroits croissaient par groupes
le chèvrefeuille, le sureau et le rosier commun, débris
d'anciens massifs. Près d'un petit vivier rempli d'une
eau roussâtre et visqueuse , on apercevait, presque à
fleur de terre, la margelle ravagée d'un puits tout en-
touré de flaques d'eau ; là les canards prenaient leurs
ébats et s'en donnaient à cœur joie ; un chien, qui
tremblait de tout son corps et clignait de l'œil, rongeait
un os, dans un espace envahi par les herbes parasites,
où paissait paresseusement une vache au pelage mi-
parti de blanc et de rouge, qui de temps à autre pro-
menait le panache de sa queue sur sa maigre échine.
Nous tournâmes à gauche, entre des bouleaux et de
gros aubours, et nous vîmes devant nous une vieille
petite maison grise couverte en planches et précédée
d'un auvent assez détérioré et déjà tout de travers.
Radilof s'arrêta.

« Au reste, écoutez, me dit-il avec bonhomie et en
me regardant bien droit en face, je viens de faire une
réflexion : peut-être vous plaît-il très-médiocrement de
venir chez moi ; s'il en était ainsi... »

Je ne le laissai pas achever sa phrase et lui assurai que tout au contraire il me serait très-agréable de dîner chez lui.

« Eh bien, c'est vous à présent qui l'aurez voulu. »

Nous entrâmes. Un jeune garçon en long cafetan de gros drap bleu nous ouvrit. Radilof lui ordonna de présenter tout de suite un bon verre d'eau-de-vie à Ermolaï ; mon chasseur s'inclina respectueusement devant notre hôte, et s'établit sur le banc qui bordait intérieurement le large auvent.

De l'antichambre, dont les parois étaient couvertes d'estampes bigarrées et le plafond orné de deux cages, nous passâmes dans une chambrette qui servait de cabinet à M. Radilof. Je me débarrassai de mes attributs de chasse, je mis mon fusil dans un coin, le jeune garçon m'épousseta avec zèle.

« Çà, maintenant, allons au salon, me dit Radilof ; je vous prie de trouver bon que je vous présente à ma mère. »

Je le suivis. Sur le divan du salon était assise une vieille dame de petite taille, en robe brune et en bonnet ; elle avait, avec un visage maigre et un regard timide et triste, un certain air de bonté. Radilof me recommanda comme l'un de leurs plus proches voisins de terres. La dame se leva et s'inclina sans pourtant se débarrasser du gros ridicule de poil de chameau, en forme de sac ou de cabas, que tenait sa main amaigrie par l'âge.

« Y a-t-il longtemps que vous êtes dans nos cantons ? dit-elle d'une voix faible et cassée, en clignotant des yeux.

— Non, madame, il y a quelques semaines.

— Et vous demeurerez ici ?...

— Jusqu'à l'hiver, je crois. »

La vieille dame se tut.

« Et voici, reprit Radilof en me montrant un homme grand et maigre que je n'avais pas aperçu à mon entrée dans le salon, voici Fédor Mikhéitch... Çà, voyons. Fédia, fais voir tes talents à monsieur; pourquoi te tapir ainsi dans un coin quand on a tes avantages ? »

L'homme à qui ces paroles s'adressaient se leva à l'instant de sa chaise, releva de dessus l'accoudoir de la fenêtre un méchant violon, prit l'archet par le milieu de la tige et en tenant le haut en bas ; il se posa l'ins- trument contre la poitrine, et, fermant les yeux, il se mit à chanter et à danser grotesquement en raclant les cordes. Il paraissait avoir soixante-dix ans ; il avait sur le corps un long surtout de nankin gris qui flottait tristement sur ses longs membres osseux. Ce malheu- reux dansait : tantôt il trépignait vivement ; tantôt, comme s'il se mourait, il balançait mignardement sa petite tête chauve, puis la renversait en découvrant les veines tendues de son cou, et piétinait sur place ; quel- quefois il fléchissait les genoux avec une peine visible. Sa bouche dégarnie de dents rendait par moments un son de râle plutôt que de joie. Radilof dut aisément deviner, à l'expression de mes traits, que les talents de Fédia me causaient autre chose qu'un sentiment agréable.

« Assez, vieux, assez, dit mon hôte; va te faire donner ta *récompense.* »

Fédor Mikhéitch remit à l'instant même le violon sur l'appui de la fenêtre, salua la dame, ensuite moi, enfin Radilof, et sortit du salon.

« C'était, lui aussi, un seigneur terrier, reprit mon nouvel ami ; il était riche, il s'est ruiné; à présent, il demeure chez moi. Dans son temps, il passait pour le plus redoutable petit-maître de tout le gouvernement ;

il a enlevé deux femmes à leurs maris ; il entretenait des chanteurs, et lui-même était cité partout pour le chant et pour la danse. Mais prenez donc l'eau-de-vie ; vous voyez, la table est servie. »

Une jeune demoiselle, la même que j'avais effrayée, que j'avais vue paraître et disparaître entre les tilleuls, entrait en ce moment au salon.

« Et voici Olga ! je vous prie de faire sa connaissance. Eh bien donc, à table, s'il vous plaît. »

Nous passâmes dans la salle à manger. Pendant que nous marchions et que nous prenions nos places à à table, Fédor Mikhéitch, qui, par l'effet de la *récompense*, avait les yeux brillants et le nez un peu vermeil, chantait : *Retentissez, foudres de la victoire*. On lui avait mis son couvert à part sur une table sans linge, dans un coin de la salle. Le pauvre vieillard avait tout à fait perdu de vue jusqu'aux conditions les plus vulgaires de la propreté dans la manière de se nourrir, et l'on devait bien le tenir, en ces occasions surtout, à une certaine distance de la société. Il se signa, prit son haleine, et se mit à dévorer comme un requin ce qu'on lui fit servir. Le dîner fut réellement assez bien composé, et, comme dîner de dimanche, il ne se passa point sans la solennelle gelée aux parois tremblantes, et sans les gaufres en pets de nonnes, qu'on nomme ici plus convenablement *vents d'Espagne*.

Radilof, qui avait servi dix ans dans un régiment d'infanterie de ligne et avait fait une campagne en Turquie, se lança dans un labyrinthe de récits, pour la plupart militaires ; je l'écoutais avec toute l'attention qu'exigent les convenances, et cependant j'observais Olga à la dérobée. Elle n'était pas fort jolie ; mais l'air de résolution calme de son visage, son large front blanc et lisse, sa chevelure très-fournie, et en particulier ses yeux bruns, petits, mais spirituels, clairs et vifs, auraient frappé tout autre homme comme ils me frappèrent. Elle suivait pour ainsi dire chaque mot de Radîlof ; ce n'était pas de l'attention, mais un intérêt passionné qui se reflétait sur ses traits. Radîlof, par son âge, aurait pu être son père ; il lui disait *toi* ; mais je devinai tout d'abord qu'elle n'était pas sa fille : dans le cours de l'entretien, il fit mention de feu son épouse « qui était *sa sœur*, » ajouta-t-il en montrant Olga. Celle-ci rougit rapidement et baissa les yeux. Radîlof se tut et changea de discours. La vieille dame, durant tout le repas, ne prononça pas un monosyllabe, ne mangea presque rien et ne me fit les honneurs d'aucun mets. Ses traits semblaient laisser lire un sentiment d'attente craintive et sans espoir, un de ces chagrins de vieillards qui serrent le cœur de l'observateur désintéressé.

A la fin du dîner, Fédor Mikhéitch se disposait à *célébrer* les généreux hôtes et leur honorable convive, mais Radîlof me regarda et le pria de se taire. Le vieillard passa sa main sur ses lèvres onctueuses, cligna des yeux, s'inclina et se rassit, mais cette fois sur un angle de sa chaise. Après le dîner, Radîlof et moi nous passâmes dans ce qu'on appelait le cabinet.

Chez les hommes énergiquement occupés d'une pensée ou d'une passion, on remarque un symptôme qui leur est commun, une certaine identité de manières et d'allures qu'on retrouve chez eux, quelque différence qu'il y ait d'ailleurs entre leurs qualités, leurs talents, leur position dans le monde et leur éducation. Plus j'observais Radîlof, plus il m'était démontré que toute son âme gravitait autour d'une idée persistante. Il parlait, il est vrai, économie, récoltes, foins, guerres, cancans de province, prochaines élections du district, et il en parlait naturellement, et même avec une certaine

chaleur; mais tout à coup il laissait échapper un gros
soupir, et tombait dans son fauteuil comme un homme
épuisé par un rude labeur, et passait à plusieurs reprises
sa main sur son visage. Son cœur, que rien ne m'empêche de croire bon et chaud, était, ce semble, pénétré
d'outre en outre et tout imprégné d'un unique sentiment.
Il est un point qui ne pouvait, certes, manquer de me
frapper dans l'étude de curiosité que je faisais de mon
voisin : il m'était impossible de découvrir en lui qu'il
aimât rien de ce qui passionne ses pareils; qu'il eût du
goût ni pour la table, ni pour le vin, ni pour la chasse,
ni pour les rossignols de Koursk; ni pour les pigeons
épileptiques, ni pour la littérature russe, ni pour les
surtouts à brandebourgs, ni pour les cartes ou pour le
billard, ni pour les soirées dansantes, ni pour les courses
à travers les villes de gouvernement et les capitales, ni
pour les fabriques de papier, ni pour le sucre de bette-
rave, ni pour les pavillons bariolés des parcs ou des
jardins, ni pour le thé, ni pour les bâtisses, ni pour
l'orgie, ni même pour le luxe des gros cochers, qui
portent leur ceinture à la hauteur de l'aisselle; ces ma-
gnifiques cochers si prisés, chez qui les yeux, Dieu sait
pourquoi, saillissent de la tête à chaque mouvement de
leur cou.

Quel gentilhomme russe campagnard est-ce donc là?
me dis-je enfin. Et cependant il ne faisait nullement
l'effet d'être un homme sombre et mécontent de son
sort sur cette terre; au contraire, on respirait autour
de lui comme une atmosphère de bienveillance universelle, de disposition, même en quelque sorte choquante,
à faire entrer dans son intimité le tiers et le quart, ou
ce qu'on appelle le premier venu. Au fond, quiconque
avait un peu de pénétration pouvait s'apercevoir qu'il
n'était pas capable de se lier de bonne et franche amitié

avec qui que ce fût; non qu'il n'éprouvât le besoin d'être
en contact avec les autres hommes, loin de là; mais toute
son âme se trouvait pour un temps concentrée en dedans
de lui. En analysant de la sorte M. Radilof, je ne pouvais
sans doute me le représenter comme heureux ni dans
le présent ni dans l'avenir. Ce n'était pas ce que nous
appelons un bel homme; mais dans son regard, dans
toute sa personne, était contenu quelque chose de fort
attrayant; j'ai dit à dessein contenu. Quand on l'avait
vu, on devait, au premier abord, désirer de faire sa
connaissance et se sentir disposé à l'aimer. Sans doute,
de loin en loin perçait en lui le gentillâtre et l'habitant
des steppes; on n'échappe jamais entièrement aux in-
fluences locales; mais ce n'en était pas moins un homme
honorable.

Nous commencions à parler du maréchal de la noblesse du district, sorti du scrutin des dernières élections, quand nous entendîmes, près de la porte, Olga
nous annonçant que le thé était prêt, et nous regagnâmes
le salon. Fédor Mikhéitch se tenait de nouveau dans un
coin, entre une porte et une fenêtre, les jambes modestement retirées en dessous et ne dépassant pas les
pieds de sa chaise. La mère de Radilof tricotait son
bas. Par les fenêtres ouvertes sur le jardin nous arrivait
un air frais, imprégné d'une saveur de pommes. Olga
nous versait le thé avec cette grâce de mouvements
que ne donne pas toujours la simple habitude. Je l'observai avec plus d'attention que je ne l'avais fait au
dîner. Elle parlait très-peu, comme en général toutes
les demoiselles des districts; mais je ne remarquai pas
qu'elle fût, comme elles, possédée du désir d'exprimer
quelque bonne pensée, étouffée par le cruel sentiment
de l'impuissance qui l'empêche de se produire; je ne la
voyais pas soupirer de la surabondance de sensations

6

indicibles; elle ne roulait pas ses yeux dans leur orbite, elle ne souriait pas vaguement et d'un air de rêverie.

Elle regardait devant elle avec calme et assurance, comme une personne qui est en possession d'elle-même après un grand bonheur ou de grandes alarmes. Sa démarche, ses mouvements étaient exempts de toute gaucherie, de tout embarras, de toute contrainte. Telle qu'elle était, elle me plaisait beaucoup.

Radîlof et moi nous nous remîmes à converser. Je ne sais plus à quel propos nous fûmes amenés à formuler cette observation banale et surannée, que parfois les choses véritablement les plus minimes produisent sur les hommes un bien plus grand effet que les choses même les plus importantes.

« Oui, dit Radîlof, je l'ai bien éprouvé par moi-même. Vous savez que j'ai été marié; j'ai été trois ans en ménage avec ma femme et elle est morte en couches. Je pensai sincèrement que je ne lui survivrais pas; j'étais très-affligé, très-abattu, et je ne pleurai pas; j'errais comme un fantôme. On la vêtit de sa plus belle robe, comme cela se pratique, et on l'étendit sur la table, dans cette même pièce où nous sommes. Vint le prêtre, entrèrent les sacristains; ils entonnèrent les chants du rituel, ils dirent les prières; l'encens brûla; je me signai, je m'inclinai vers la terre... je ne versai pas une larme. Mon cœur et ma tête semblaient s'être pétrifiés sous les étreintes de la douleur. Ainsi se passa le premier jour. La nuit vint; croirez-vous que j'ai dormi? j'ai dormi! Le lendemain matin, je me rendis près du corps de ma femme: c'était en plein été; le soleil l'éclairait des pieds à la tête, et avec un grand éclat. Tout à coup je vis... (Radîlof frémit)... que croyez-vous? ses yeux s'étaient entr'ouverts, je vis une mouche marcher dans le chénal que formaient les paupières... Je tombai comme une gerbe, et lorsque je fus revenu à moi, je pleurai, pleurai des heures sans pouvoir me remettre... »

Radilof se tut. Je le regardai, puis je regardai Olga... Je vivrais un siècle que je n'oublierais pas l'expression de sa figure. La vieille dame posa son bas sur ses genoux, elle tira du sac son mouchoir et essuya, comme à la dérobée, deux grosses larmes. Fédor Mikhéitch, fort à l'improviste, se leva, s'élança sur son violon, et d'une voix aigre et sauvage entonna une chanson. Le malheureux! c'était à bonne intention : il voulait se dévouer à sa manière dans l'espérance de nous distraire. Nous frémîmes tous dès son premier cri, et Radilof le pria avec douceur de se tenir tranquille.

« Au reste, reprit-il, ce qui est passé est passé; le mort d'il y a une seconde est mort comme celui d'il y a mille ans, et peut-être qu'en fin de compte.... tout est, en effet, réglé.... pour le mieux dans le meilleur des mondes, comme a dit, je crois, Voltaire, ajouta-t-il précipitamment.

— Oui, dis-je négligemment, sans doute. Et puis l'homme sait supporter le malheur, et il n'est pas de position si misérable dont on ne finisse par sortir, à moins d'être trop près du terme.

— Vous croyez, dit Radilof, et vous avez peut-être raison. Tenez, je me souviens qu'en Turquie j'étais étendu demi-mort à l'ambulance, j'avais une fièvre putride. Nous n'avions pas beaucoup à nous louer des commodités du lieu; on fait à la guerre comme à la guerre. Mais l'endroit était plein comme un œuf, et voilà qu'on nous amène encore des malades.... Où les mettre? L'officier de santé court de çà, de là, il regarde.... de place nulle part. Il approche de ma paille et dit à son aide : « Est-il vivant celui-ci? » Le carabin répond : « Il vivait ce matin du moins. » Le médecin se baisse et juge que je respire; il en fut bien contrarié, car je l'entendis qui disait : « Voilà une bête de nature! cet homme mourra, il n'en peut échapper; il mourra, et non, il se cramponne, il tire en longueur, et en attendant il occupe une place, il fait tort aux malades. » Allons, pensai-je en moi-même, c'est bien fait de toi, mon pauvre Mikhailo-Mikhaïlytch.... Eh bien, j'en ai réchappé, et, comme vous voyez, je suis encore vivant, et très-vivant. Vous êtes donc parfaitement dans le vrai.

— Oh! dans le vrai, surtout en cette occasion, répondis-je; car même par la mort vous sortiez de votre situation déplorable.

— Sans doute, sans doute, reprit-il en frappant significativement sur la table. Il ne faut que savoir prendre résolûment son parti.... Une position insoutenable, prolongée, serait la mort du bon sens.... A quoi bon différer, tarder, ajourner...? »

Olga se leva lestement et alla au jardin.

« Çà, Fédia, voyons maintenant, as-tu le cœur à la danse? » s'écria Radilof.

Fédia fit un bond, puis il tourna autour de la chambre en se donnant cette démarche élégante et toute particulière de la fameuse chèvre tournant autour de l'ours qu'un meneur dirige au bridon, et chanta d'un air tout confit de modestie :

Quand du banc de nos grand'portes...

Au pied de l'auvent se fit entendre le bruit d'un équipage, et, au bout de quelques secondes, un survenant entra dans la chambre.

Le lendemain, Ermolaï et moi, dès le point du jour, nous partîmes pour la chasse; j'en fis autant le surlendemain. Le septième jour j'entrai en passant chez Radîlof et ne trouvai à la maison ni lui ni Olga ; et peu de temps après, je sus qu'il avait disparu à l'improviste dans la nuit même de ma présentation chez lui, qu'il avait abandonné sa mère et qu'il était parti incognito avec sa belle-sœur. Toute la province fut en peu de jours saisie de la nouvelle, et moi, le plus proche voisin, je l'ignorais encore, qu'il devenait déjà tant soit peu de mauvais goût d'en raconter ou d'en écouter les détails. Dès que j'eus enfin connaissance de l'événement, je m'expliquai l'expression qu'avait la figure de la jeune fille pendant le récit de ce qu'avait éprouvé Radîlof à la vue du corps de la défunte. Les traits d'Olga, en effet, ne peignaient pas seulement le chagrin et la pitié, ils étaient aussi enflammés de jalousie.

Avant de quitter ma terre, je crus devoir faire une visite à la mère de Radîlof. Je la trouvai dans le salon ; elle jouait au dourac [1] avec Fédor Mikhéitch.

« Avez-vous, madame, quelques nouvelles de votre fils ? » finis-je par lui dire.

La vieille dame se mit à pleurer ; je n'insistai pas.

VI

L'Odnovoretz. — Grande, petite noblesse et bourgeoisie en Russie.

Représentez-vous un homme de haute stature, gros sans être obèse, âgé de soixante-dix ans, portant un

---

1. A la bête, jeu de cartes russe.

visage dont le galbe rappelait celui si connu de Jean
Krylof [1], avec son limpide et spirituel regard ombré de
sourcils pendants ; un homme à l'air grave, à la parole
mesurée, à la démarche posée et lente, vous aurez une
idée des dehors d'Ovcianikof. Il était le plus ordinairement vêtu d'un ample surtout bleu à longues manches,
boutonné jusqu'en haut, d'où ressortait un peu un
mouchoir de cou en soie pensée, et chaussé de bottes
à glands entretenues dans un état de propreté irrépro-
chable : en général, son aspect était celui d'un riche
marchand. Il avait de fort belles mains étoffées et blanches ; il en faisait cas, ce me semble : car, en conver-
sant, il les portait volontiers aux boutons de son surtout. Ovcianikof, par son importance et son inactivité,
par sa sagacité et sa paresse, par sa droiture et son
opiniâtreté, me rappelait les vieux boyards moscovites
d'avant Pierre le Grand ; le férèze [2] aurait convenu à
une pareille tête ; c'était un des rares survivants des
siècles écoulés. Tous ses voisins le révéraient et se
faisaient grand honneur d'être de sa connaissance.
Quant aux *odnovortsi*, ses pareils selon la loi [3], ils

1. Célèbre fabuliste, le la Fontaine russe.
2. Bonnet fourré des anciens boyards.
3. Quoique le mot *odnovoretz*, au pluriel *odnovortsi*, signifie en
russe un affranchi, ce terme désigne la classe ambiguë de petits
propriétaires qui, en Russie, n'étaient ni serfs, ni affranchis, ni
nobles d'épée, ni seigneurs terriers, avant qu'on eût tenté de
créer une bourgeoisie et des notables : c'est cette classe que
l'auteur personnifie ici dans une individualité remarquable et
originale. Les odnovortsi s'étaient multipliés sous le règne du
czar Alexis Mikhaïlovitch, à qui vint plus d'une fois la velléité
de régler leur condition en les assujettissant à quelques devoirs
envers l'État et en les faisant participer aux charges et aux dé-
penses publiques. Ils étaient propriétaires de terres et de serfs,
et possédaient ou bien, souvent sans savoir ni lire ni écrire,
alléguaient quelque vieux titre plus ou moins périmé, et qu'ils
n'avaient garde de produire, établissant en leur faveur un degré
quelconque de noblesse. Leur vie retirée, leur mépris de plus

ôtaient de tres-loin leur bonnet à sa vue ; ils étaient singulièrement fiers de lui, ils auraient volontiers juré pour lui.

En général il est, jusqu'à ce jour, assez difficile de distinguer un odnovoretz d'un paysan ; son ménage est parfois pire que celui du moujik ; ses veaux ne sortent pas du brouet, ses chevaux sont poussifs, son harnais est fait de cordes à puits. Ovcianikof se distinguait

en plus prononcé du luxe et de la puissance les avaient con stitués en une sorte de secte plutôt que de classe, et leur avaient valu une indépendance fort séduisante ; leur nombre, leur accord, leur éloignement des villes faisaient leur force ; on n'en voyait point qui aspirassent aux grandeurs de la boïarie et de la voïévodie, d'où sont sortis les seuls personnages à qui convient en effet le titre de velmojes (la grandesse russe), type déjà peint dans un précédent chapitre, et dont on va trouver ici un nouveau portrait dans celui du célèbre comte Alexis Orlof, le destructeur de la flotte turque à Tchesmé.

Toute l'ambition des odnovortsi était de maintenir intactes les immunités qui forment en Russie l'attribut exclusif de la noblesse et qu'ils s'étaient arrogées sous les divers régimes des deux siècles précédents. Pierre Ier, impatient de tout dompter, de tout classer, tout réglementer et tout retremper dans son empire, ne put, quoi qu'il fît, entamer la ligue de plus en plus forte et compacte des odnovortsi, et dut, pour lui porter un coup décisif, ajourner la mesure qu'il méditait à leur égard, jusqu'à ce qu'ayant abattu ses ennemis au dedans et au dehors, il fût enfin arrivé à cette hauteur de puissance où toute résistance à l'autorité devient impossible. C'est en 1724, moins d'un an avant sa mort, qu'il prit le parti décisif de soumettre les odnovortsi au cens, au recrutement et à la capitation, sans les priver du droit de faire la preuve de leur noblesse ou de la reconquérir par la voie du service militaire.

La loi de 1724 est donc le fondement de la législation concernant cette sorte de caste, qui est remarquable encore par son nombre et par les traits de son caractère, surtout dans les gouvernements de l'Ouest. Les actes auxquels elle a donné lieu ont été successivement renouvelés, et de 1800 à 1842 on ne compte pas moins de seize décrets promulgués à ce sujet. La dernière loi de 1842 rend aux odnovorsti le droit d'acheter et de vendre entre eux leurs serfs, mais non pas d'acheter des serfs appartenant aux gentilshommes (dvorianes).

(Note du traducteur.)

parmi les hommes de cette classe, sans pour cela passer
pour riche. Il vivait seul, avec sa femme, dans une
maisonnette bien distribuée et proprement tenue; il
avait peu de gens de service, et les appelait non pas valets ou serviteurs, mais ouvriers. C'étaient eux qui la-
bouraient son champ. Il ne se donnait point pour noble,
ne tranchait point du petit seigneur; jamais il ne *s'ou-
bliait*, jamais il ne s'asseyait sur une première invitation, et jamais, à l'apparition chez lui d'un visiteur quelconque, il ne manquait de se lever; mais il le faisait
avec tant de dignité, avec un si grand air de savoir-
vivre, qu'involontairement on s'inclinait plus que lui
pour lui rendre sa politesse. Ovcianikof s'en tenait aux
anciens usages, non pas par une sorte de superstition,
car il avait l'esprit assez indépendant, mais par habitude. Par exemple, il n'aimait pas les équipages à ressorts, parce que leur mouvement trop doux lui affadis-
sait le cœur; il faisait ses courses sur la drochka ou sur
un petit chariot doublé de cuir, et il guidait lui-même
son excellent bai (il ne tenait que des chevaux bais).
Son cocher, jeune gars au teint de pêche, la chevelure coupée en cloche, avec son armiak gris, son petit
bonnet de mouton et sa ceinture de lanière, était
respectueusement assis à sa droite sur le coussin de
cuir. Ovcianikof faisait toujours la sieste, allait au bain
le samedi, ne lisait que des livres de piété, ses lunettes
d'argent gravement posées sur le nez, se couchait et se
levait de bonne heure. Cependant il ne portait ni la
barbe ni la chevelure à la russe; la propreté y ga-
gnait; la majesté de sa figure n'y perdait pas. Il recevait ses visiteurs cordialement, mais sans prévenances
exagérées, sans vouloir les bourrer de fruits secs et de
salaisons.

« Ma femme, disait-il à demi-voix de sa place, en se

tournant un peu du côté de sa compagne, offre donc quelques rafraîchissements. »

Il tenait pour un gros péché de vendre son blé ; en 1840, année de cherté effroyable et de disette, il distribua dans les environs toute sa réserve aux propriétaires et aux paysans des domaines dont les maîtres étaient absents et les intendants à bout de moyens. L'année suivante tous vinrent avec une vive reconnaissance acquitter leur dette en nature.

Les voisins d'Ovcianikof recouraient souvent à son arbitrage dans leurs différends, parfois très-acharnés, et presque toujours ils se calmaient à sa voix, écoutaient ses conseils, et, le cœur un peu gros, mais l'esprit dompté, se soumettaient à sa sentence. Beaucoup, grâce à lui, ont terminé de longues et furieuses querelles de limites ; mais après deux ou trois algarades de la part de dames nobles, il déclara qu'une fois pour toutes il renonçait à jamais se porter médiateur entre les personnes du beau sexe. Il ne pouvait souffrir la hâte, la pétulance, les cris, l'exubérance des paroles et l'agitation. Un jour, le feu éclata chez lui : un de ses ouvriers se précipita comme un désespéré dans sa chambre en criant :

« La maison brûle !

— Ce n'est pas une raison pour crier ainsi ; voyons, mon garçon, donne-moi mon bonnet et ma canne. »

Il aimait à exercer ses chevaux. Un jour un jeune biteouk [1], qu'il avait eu la fantaisie d'acheter, le faisait descendre plus vite qu'il ne voulait sur un versant que côtoyait un ravin : « Là, là ! mon jeune fou, tu veux

---

1. On appelle *biteouk* ou *biteouka* une certaine race de chevaux qu'on a obtenue ou multipliée dans le gouvernement de Voronéje, sur le Don, près des fameux haras de Khrénof, ancienne propriété du comte Orlof.

donc te tuer ! » murmurait Ovcianikof d'un ton de bonhomie ; et en un instant, malgré sa patience et son habileté, maître et garçon, banc-drochka et poulain, tout
vola dans le précipice. Par bonheur, en cet endroit, le
fond du ravin se trouva être matelassé d'épaisses couches du plus beau sable ; les deux hommes n'eurent que
d'insignifiantes luxations, mais l'animal eut une jambe
cassée. « Ah ! tu vois, reprit doucement Ovcianikof en
se relevant et en s'époussetant, je l'avais dit ! »

Tel mari, telle femme ; Tatiane Illinichna était une
femme grave et silencieuse, qui au lieu de bonnet avait,
en toute saison et à toute heure, la tête ceinte d'un
mouchoir de soie brun. Tout en elle semblait froid, et
pourtant jamais personne n'eut à se plaindre de sa sé-
vérité ; il y a plus, les pauvres lui donnaient assez généralement les noms de mère et de bienfaitrice. Ses traits
réguliers, ses grands yeux bruns, ses lèvres fraîches et
finement découpées témoignaient encore de la beauté
peu commune qu'elle devait avoir à vingt ans. Il est
affligeant qu'un pareil couple n'ait pas eu d'enfants.

J'avais fait connaissance avec Ovcianikof chez M. Radilof. Deux jours après j'allais voir ce vieillard chez lui.
Il ne me dit pas un mot de l'aventure de Radilof. Il
était assis dans un grand fauteuil en maroquin et lisait
les Vies des Saints. Un angora gris filait au rouet sur son
épaule. Il me reçut à sa manière avec une politesse
pleine de convenance, et nous causâmes. Entre autres
choses je lui dis :

« Sincèrement, Louka Pétrovitch, autrefois, de votre
temps, il faisait meilleur vivre, n'est-ce pas ?

— Oui, à quelques égards ; nous avions plus de tran-
quillité, plus de contentement au cœur ; mais il faut se
souvenir que nous étions jeunes, nous autres du temps
passé, et toujours est-ce en réalité mieux aujourd'hui

qu'il y a cinquante ans, et ce sera mieux encore pour nos enfants ou nos neveux.

— Eh bien ! savez-vous, Louka Pétrovitch, que je m'attendais à un éloge sans réserve de votre bon vieux temps ?

— Non pas! J'ai peu à me louer du bon vieux temps. Oserais-je vous citer un fait qui vous fera comprendre quel temps mérite mes préférences ? Vous êtes aussi bien seigneur terrier que l'était votre grand-père ; eh bien ! vous ne feriez pas ce qu'il faisait : vous êtes une tout autre génération. Il y a sans doute encore des gens qui nous oppriment, mais c'est que peut-être il n'en saurait être autrement. On tasse la recoupe sous la meule pour avoir le regain ; mais non, je ne reverrai pas, Dieu en soit loué, ce que j'ai trop bien vu au temps de ma jeunesse.

— Quoi donc! par exemple?

— J'ai nommé votre grand-père; c'était un rude voisin, un petit potentat. Vous connaissez, je suppose.... comment ne connaîtriez-vous pas vos terres ? vous connaissez le grand cône de terrain qui s'étend du champ de Tchapline à celui de Maline ? Vous venez d'y faire vos avoines.... Eh bien ! il m'appartient, tel qu'il est, il est à moi. C'est votre grand-père qui nous l'a pris. Il est allé chevaucher de ce côté, s'est arrêté au-delà de sa limite, a étendu la main et a dit : « Ce terrain est à moi! » Et de ce moment, sans accord ni ensaisinement, il a emporté le morceau. Feu mon père, homme droit, probe, mais vif en ces occasions (on ne veut pas être mangé), ne pouvant dompter sa colère, porta plainte en justice. Il n'avait pas été seul dépouillé ; les autres, effrayés, se tinrent tranquilles. On annonça à votre grand-père que Pierre Ovcianikof venait de réclamer son champ devant les magistrats. Votre grand-père envoya sur l'heure chez nous son veneur Bauch, avec sa bande, prendre mon père, qui fut entraîné chez le redoutable seigneur. J'étais alors un tout petit garçon ; je suivis les pieds nus. On le mena devant notre perron, sous vos fenêtres, et il fut passé par les verges. Votre grand-père était là, appuyé sur la balustrade du balcon et votre grand-mère à une fenêtre : tous les deux regardaient. Mon père cria à la dame : « Maria Vacilievna, intercédez, je vous prie ; vous, du moins, ayez pitié ! » Elle fit un mouvement vague et regarda d'un autre côté. Ils ont finalement tiré de mon père sa parole qu'il renonçait à son champ, et l'ont obligé à remercier toute l'assistance de ce qu'on le relâchait labouré de coups, mais vivant. Tel est votre seul titre de propriété sur ce champ d'avoine. Demandez, pour voir, à vos vieux paysans, le nom de ce champ-là ; tous vous répondront : *le champ de la bastonnade*, nom emprunté au prix même qu'il a coûté. Ceci soit dit seulement pour vous démontrer comme quoi les petites gens n'ont pas lieu de beaucoup de regretter le passé. »

Je ne savais que dire à Ovcianikof, et n'osais même lever les yeux sur lui.

« Il y eut un autre voisin qui vint s'établir vers ce même temps dans le pays. Il s'appelait Stepane Komof. Celui-là a pensé rendre fou mon pauvre père. Ivrogne achevé, il aimait à trinquer en grand, et quand il avait sablé une lampée et avait dit en français : *C'est bon !* il n'y avait plus qu'à emporter les saints et voiler la madone [1]. Il envoyait assez souvent chez tous les voisins, les priant de se rendre chez lui ; si l'on n'accourait pas, c'est lui alors qui accourait, à trois chevaux, et il y avait du grabuge. C'était un homme bien étrange : à jeun, il ne mentait jamais ; dès qu'il avait bu et se trouvait en

---

1. Les saintes images qui figurent dans les habitations russes.

verve, il était à peu près sûr qu'il commencerait par
vous raconter comme quoi il avait à Saint-Pétersbourg
trois maisons sur la Fontanka **1** : l'une rouge avec un
seul tuyau de cheminée, l'autre jaune à deux cheminées et la troisième bleue sans cheminée aucune; et
trois fils (notez qu'il était garçon), l'un dans l'infanterie,
l'autre dans la cavalerie, le troisième ni à cheval ni à
pied. Il ajoutait que chaque fils habitait une de ses
maisons, que chez son aîné venaient les amiraux, chez
le second les généraux, et que le troisième ne recevait
que des Anglais. Là-dessus il se levait et disait : « Bu-
vons à mon aîné ; c'est le plus respectable! » et il pleurait. Malheur à qui laissait son verre plein sur la table!
« Toi, lui disait-il, tu veux avoir une balle dans la tête,
tu l'auras tout à l'heure ; mais si tu tiens à être mis en
terre sainte, raye ça de tes papiers. » Puis il sautait de
sa place et criait : « Peuple du bon Dieu, il faut maintenant danser pour votre plaisir et pour le mien! Et
allons donc! et allons donc, tous! Et toi, Chauve laid!
et toi, vieux fou! et toi, Lajaunisse! tous, on vous dit! »
Il a mis sur les dents toutes ses jeunes vassales; il leur
fallait quelquefois chanter à tue-tête toute la nuit en
chœur; celle qui, par un suprême effort, atteignait la
note la plus aiguë, recevait une récompense ; et, quand
la fatigue et l'épuisement mettaient fin à leur sabbat,
le maître emboîtait sa mâchoire inférieure dans la main
gauche et piaillait douloureusement : « O moi, orpheline, orphelinette, mon pigeon me laisse seulette, abandonnée à ma douleur... » Les palefreniers, attendris de
cette douleur, remontaient à l'instant même les seri-
nettes, et les chants s'élevaient plus fort qu'avant la
complainte. Mon père lui avait donné dans l'œil, et

---

1. L'un des canaux de la ville.

cette circonstance aurait certainement mené au tombeau un vieillard déjà tant de fois et si cruellement éprouvé; mais Komof lui-même, ayant grimpé en état de complète ivresse au haut d'un colombier, en est tombé et ne s'est plus relevé. C'était là, monsieur, un de nos voisins du bon temps.

— Que notre époque est différente de celle-là!

— Ah oui, sans doute! reprit Ovcianikof; il faut pourtant dire que la noblesse avait infiniment plus d'éclat, même sans y comprendre les velmojes : ceux-là sont hors ligne, je les ai bien vus à Moscou; on dit qu'à présent c'est là qu'ils se trouvent tous.

— Vous êtes donc allé à Moscou?

— Oui. Il y a longtemps, bien longtemps. J'ai à présent soixante-douze ans, et c'est à seize ans que je suis allé à Moscou. »

Ovcianikof soupira.

« Qui avez-vous vu là en fait de très-grand?

— J'ai vu beaucoup de velmojes, et chacun les pouvait bien voir. Ils tenaient maison ouverte été comme hiver, et se faisaient honneur de leurs richesses. Aucun cependant n'allait à la hanche du comte Alexis Grigoriévitch Orlof Tchesménski. J'avais tout loisir de voir le comte Alexis, il avait pris mon oncle pour son régisseur. Le comte demeurait à la Chabolovka[1], près de la porte de Kalouga. C'était là un velmoje! Quelle haute mine et quel air gracieux! On ne peut rien se figurer de semblable, et on a conscience d'en parler. Cette taille, cette force, ce regard! Ne le connaissant pas, on n'osait entrer chez lui; on avait peur, on se sentait intimidé; mais entrait-on, on se sentait réchauffé et réjoui comme d'un beau lever de soleil. Il

---

1. Quartier de Moscou.

était accessible pour tous et pour chacun. Il était habile
à tout faire; aux courses il menait lui-même et accep-
tait pour adversaire n'importe qui; jamais il ne devan-
çait en hâte son rival, jamais il ne lui faisait de tort ni
ne l'accrochait, et il ne prenait les devants résolûment
qu'en approchant de la borne. Et dans sa bonté il con-
solait le vaincu, il louait son cheval. Il tenait des pigeons ramiers à bec blanc, de premier choix; il lui
arrivait de descendre dans la grande cour, de s'asseoir
dans un fauteuil et de faire envoler tout son colombier;
tout à l'entour, sur les toits, se tenaient les domestiques, armés de fusils contre les oiseaux de proie; aux
pieds du comte était déposé un grand bassin d'argent
rempli d'eau, et c'est dans cette eau qu'il regardait les
exercices de ses pigeons. Les infirmes et les mendiants
venaient par centaines recevoir leur pain aux grilles de
son arrière-cour, et que d'argent après cela il leur faisait distribuer! Si on le fâchait, c'était le tonnerre pour
le bruit; pas de foudre, pas de victime; il souriait, plus
un nuage! S'il donnait une fête, Moscou, ce jour-là,
était ivre. Militaire, on sait comme il a frotté les Turcs
à Tchesmé. Il aimait la lutte corps à corps; il lui vint
des Samsons de Toula, de Kharkhof, de Tambof; on lui
en amenait de tous les côtés. Celui qui était vaincu
avait une récompense; celui qui l'avait renversé lui-
même était baisé aux lèvres comme un frère et comblé
de présents. J'ai eu le bonheur de me trouver à Moscou, quand il a monté une lutte telle qu'on n'en avait
jamais vu en Russie. Il adressa à tous les chasseurs de
l'empire une invitation à venir, trois mois après, à tel
jour fixé, à telle heure, lui faire visite avec leur monde
et leurs bêtes. On s'assembla; chaque chasseur avait
ses veneurs et ses chiens, ce fut une armée, une véritable armée, je vous assure, qui envahit le palais. Il y

eut une collation... vous pouvez vous figurer... Après boire on passa la barrière. Le peuple s'était amassé en nombre incalculable, et... devinez quel est le chien qui emporta l'avantage, le chien qui eut tous les honneurs de la journée, celui qui devança tous les autres chiens... Ce fut un de ceux de votre grand-père, un chien d'O-rel, imaginez.

— Était-ce Milovidka, par hasard?

— Milovidka, Milovidka. Et voilà le comte de prier votre grand-père : « Vends-moi, je te prie, vends-moi ton chien; dis toi-même ce que tu en veux. — Non, monsieur le comte, je ne suis pas un maquignon, un trafiquant. Dans une occasion où il serait question non d'argent, mais d'honneur, je serais bien capable de céder ma femme; mais je ne céderais pas Milovidka; je me constituerais plutôt moi-même votre prisonnier. » Alexis Grigoriévitch le loua de penser ainsi en lui disant : *leoubleou!* (je t'aime). Votre grand-père remporta le vainqueur dans sa voiture; et quand Milovidka mourut, il lui fit un enterrement en musique ; on déposa le corps sous un saule du jardin : oui, il a fait des funérailles à une chienne, car c'était une chienne, et sur cette chienne il a fait mettre une inscription en relief sur une pierre qui doit y être encore.

— On voit à tous ces traits d'Alexis Grigoriévitch qu'il ne faisait injure à personne, lui.

— Eh ! il en est toujours ainsi ; ce sont toujours ceux qui ne naviguent qu'en rivière qui accrochent le bateau des autres.

— Et quel homme était-ce que ce Bauch dont vous avez parlé? demandai-je après une ou deux minutes de silence.

— Vous avez enetndu parler de Milovidka, et non de Bauch? c'est singulier. C'était le premier veneur de votre grand-père, qui ne l'aimait pas moins qu'il n'aimait son chien. Bauch était un homme terrible, et, quoi que votre grand-père lui eût ordonné, fût-ce de courir sur le tranchant d'un couteau, il l'aurait fait à l'instant. Et comme il beuglait l'hallali! C'était comme un cri de la forêt elle-même, et il restait droit comme un pieu sur son cheval. Mais s'il lui venait un caprice, il descendait de cheval et se couchait; les chiens, cessant alors d'entendre sa voix, tournaient sur eux-mêmes, laissaient refroidir la piste, et, ne la retrouvant plus, ils ne seraient allés en avant pour rien au monde. Et votre grand-père de se fâcher. « Je veux être foudroyé si je ne prends ce vaurien! Je lui ferai sortir les genoux par la bouche et le retournerai comme un manchon. Ah misérable, ah scélérat! » Et il finissait par envoyer s'informer de ce qu'il avait, de ce qu'il voulait, des raisons de sa conduite. Bauch, en ces occasions, demandait de l'eau-de-vie à discrétion ; on lui apportait tout ce qu'on en avait pris avec soi; il buvait quelques bons coups, remontait à cheval, et reprenait l'hallali avec un talent magistral.

— Vous êtes vous-même chasseur, je gagerais, Louka Pétrovitch? dis-je à Ovcianikof.

— J'aurais, en effet, beaucoup aimé la chasse dans ma jeunesse; mais vous concevez que, dans ma condition, c'est un divertissement hérissé de difficultés. Le bon sens nous commande de nous tenir à distance des seigneurs. Qu'un homme de notre classe, sûrement un ivrogne, un fainéant, se rapproche des nobles... quel agrément y trouvera-t-il? il ne fera que se couvrir de honte. On lui donne à monter une rosse qui boite, on lui enlève sa casquette et on la jette à vingt pas dans les roseaux; on donne du fouet à sa monture pour l'atteindre, lui, à la jambe ou sur les mains, et il doit tou-

jours rire et faire rire les autres... Non, tenez, on a pu
dire le contraire, je ne sais, mais moi je dis que, plus
on est petit, plus vite on se souille et plus on a de raisons de se bien observer.

« Oui, reprit Ovcianikof en soupirant, il a été effacé
sur la terre bien des traces d'hommes, de chiens, de
renards et de loups depuis que je suis au monde; d'autres temps sont venus. Je vois dans les nobles surtout
un changement bien remarquable. Les gentillâtres ont
tous été au service, ou du moins ils ne restent plus à
croupir sur place dans leurs terres, et il n'y a pas
jusqu'aux bons et riches gentilshommes qui ne soient
devenus méconnaissables. J'en ai vu de ceux-ci, et un
assez bon nombre, à l'occasion du cadastre, et j'avoue
que le cœur se remplit de joie rien qu'à les regarder.
Ils sont non-seulement accessibles, mais affables...
Une chose seulement m'a singulièrement frappé : ces
nobles, qui ne sont étrangers à aucune science, qui
parlent si bien que l'âme en est émue, ne comprennent
rien au fond réel des affaires et n'ont pas le moindre
sentiment de leurs propres avantages. Celui de leurs
serfs qu'ils se sont donné pour intendant les pousse
où il lui plaît, comme il ferait d'un joug de bœufs. Vous
connaissez peut-être Korolef Alexandre Vladimirovitch ;
celui-là est un noble bien conditionné : beau de sa personne, riche, il a étudié dans les universités, et je
crois même à l'étranger, où l'on sait le plus de choses;
aussi il parle agréablement, modestement, il nous
presse la main à nous autres, gens de peu ou de rien.
Vous le connaissez? Eh bien, écoutez ceci :

« Il y a trois semaines, nous nous rendîmes à Béré-
zovka, à une assemblée convoquée par Nicéphore Illitch, arbitre. M. l'arbitre nous dit : « Messieurs, il faut
procéder l'arpentage, à la délimitation, au cadastre de

notre endroit; c'est vraiment une honte que nous soyons ainsi en arrière de tous les autres; mettons-nous donc à la besogne. » On se mit en devoir de procéder; au bout d'un quart d'heure, les propos et les querelles commencèrent, et l'on devait s'y attendre. Les contestations se croisaient en tous sens et plusieurs s'escrimèrent en fort mauvaises paroles. Alexandre Vladimir Korolef se tenait assis dans un coin, mordillant les glands de sa canne et de temps en temps branlant la tête. J'avais honte pour tous les assistants et pour moi-même, je n'y pouvais plus tenir et je songeais à m'enfuir. Mais voilà que notre Alexandre Vladimirovicth se lève et laisse apercevoir son désir d'être entendu. L'arbitre aussitôt se met en quatre, et va de groupe en groupe : « Messieurs, messieurs, silence, de grâce! Alexandre Vladimirovitch veut parler à l'assemblée. » Il faut rendre justice aux gentilshommes, tous s'empressèrent de faire silence; je ne puis vous rapporter qu'en gros ce qu'il a dit, mais vous en aurez une idée : « Pardon, messieurs, mais il me semble que nous avons à peu près perdu de vue l'objet pour lequel nous nous trouvons rassemblés : il s'agit d'une exacte répartition, d'une bonne délimitation des terrains. Une telle œuvre est incontestablement avantageuse aux possesseurs de terres; mais, dans la pensée générale, quel en est le but? C'est d'améliorer la situation du paysan, d'alléger son labeur, de régler après cela plus équitablement ses charges. Nous le savons tous, c'est aujourd'hui un grand mal quele cultivateur de la terre ne sache pas lui-même quel champ il a à cultiver, et que bien souvent il aille labourer à 5 verstes de sa chaumière... Que demander à cet homme-là? C'est, ajouta-t-il, un devoir sacré, trop longtemps négligé, de soulager le paysan, d'assurer son bien-être et de travailler en vue de ce résultat

avec courage et persistance ; car enfin, à le bien prendre,
leurs avantages et les nôtres sont identiques : ce qui leur
est bon nous est bon, ce qui nuit à l'agriculture nous
nuit nécessairement. Ce serait donc, dit-il, de notre
part une conduite déraisonnable et même coupable de
batailler sur des vétilles. » Et il allait, il allait... Ah !
comme il a bien parlé ! Je vous assure que cela allait
droit au fond des âmes. Les nobles étaient tout contrits ;
et quant à moi, j'ai, ma foi, pleuré. Vrai, dans les vieux
livres vous ne trouverez pas un discours de cette force-
là ; il n'y en a pas, il n'y en a jamais eu.

« Mais comment cela a-t-il fini ? Lui-même, il refusa
de laisser partager 4 arpents de marécages mous-
sus, et il ne voulut pas non plus les vendre. Il dit :
« J'emploierai mes gens à les dessécher et j'établirai là,
d'après les nouveaux procédés, une grande fabrique
de drap ; c'est un espace qui me tient au cœur et sur
lequel j'ai mes projets. » Encore si cette raison eût eu
quelque fondement ! La vérité est que l'intendant de
Korolef avait un projet, lui, qui était de vendre ce marécage en écrémant sous main à l'avance le marché.
Nous nous sommes séparés sans être plus avancés
qu'avant la réunion. Alexandre Vladimirovitch est toujours très-content de l'effet momentané du discours
qu'il a tenu et qui était vraiment très-sage en thèse
générale ; il parle plus que jamais de sa future fabrique
de drap, mais on ne voit pas qu'il procède au desséche-
ment.

— Mais comment s'arrange-t-il en particulier dans
son bien ?

— Il y introduit tous les mois de grandes innovations.
Les paysans blâment cela, mais quel besoin y a-t-il de
les écouter ? M. Korolef sait ce qu'il fait ; il va en avant
et n'écoute personne ; je l'approuve !

— Ah! Louka Pétrovitch, et moi qui croyais vous trouver fidèle de fait et de parole à tout ce qui est ancien et en quelque sorte consacré par l'expérience.

— Moi, voyez-vous, c'est une autre affaire; je ne suis ni gentilhomme ni seigneur. Qu'est-ce que mon économie rurale à moi? eh bien! mon savoir ne s'étend pas plus loin. Je tâche de me conduire d'après la justice et l'équité, et je rends grâces à Dieu de l'assistance qu'il me prête. Les jeunes messieurs ne goûtent pas ce qu'ils trouvent établi parmi nous autres campagnards. Ils se conduisent avec le paysan comme ils faisaient il y a quinze ans avec leurs pantins : ils les tournent, les retournent, les cassent et les jettent. L'intendant, qui est un serf, ou M. le régisseur, qui est ordinairement un Allemand, relève le paysan et le tient entre ses pattes. Et quand bien même un jeune seigneur donnerait l'exemple et montrerait par des succès comment il faut s'arranger, par quoi tout cela finirait-il? Il faut bien que j'en prenne mon parti; je vois que je mourrai sans voir le nouvel ordre de choses accompli et partout en œuvre. En quelle ère vivons-nous? Ce qui était n'est plus et ce qui doit être ne se produit pas encore. »

Je réfléchissais à tout ceci, et ne trouvais rien à répondre. Ovcianikof se rapprocha de moi et me dit à demi-voix :

« Vous avez sans doute entendu parler de Vacili Nicolaevicth Lübozvonof?

— Je l'entends nommer pour la première fois.

— Dites-moi un peu, de grâce, quelles sont ces merveilles ; vrai, je m'y perds ; ce sont ses paysans mêmes qui me l'ont raconté, mais leurs récits ne m'expliquent rien. Vous saurez donc que c'est un jeune gentilhomme qui vient de se mettre en possession de l'héritage de sa mère, morte il y a peu de temps. Il était arrivé la nuit dans son habitation patrimoniale; le lendemain, le village sut la nouvelle, et dès le point du jour, les paysans accoururent, se pressèrent dans la vaste cour de l'habitation seigneuriale, très-désireux de voir la mine de leur nouveau maître. Après une attente de deux ou trois heures, ils virent paraître à la porte du perron un homme élégant, d'assez bonne mine, bien coiffé, mais sans chapeau; cet homme regarda l'état du ciel en clignotant et rentra. Évidemment ce n'était pas le jeune seigneur, mais une minute après, Vacili Nicolaytch leur est apparu. Les moujiks regardent et se regardent.... quelle chose étrange! leur bârine est en large pantalon de peluche, en hautes bottes ridées surmontées d'un petit revers rouge, en chemise écarlate, en cafetan de cocher, en petit chapeau à forme basse tant soit peu de fantaisie, tout à fait un cocher petit-maître, jusqu'à un commencement de longue barbe roussâtre.... Ivre, non, il n'est pas ivre, mais, se demandait craintivement la foule, est-il bien dans son bon sens? « Bonjour, mes enfants, leur dit-il; que Dieu nous soit en aide! » Les paysans se courbèrent en deux, mais en gardant le silence, intimidés qu'ils étaient par leurs propres idées. Lubozvonof était lui aussi fort interloqué par leur silence, cependant il prit la parole et dit : « Je suis Russe et vous êtes des Russes; j'aime tout ce qui est russe; oui, j'ai une âme russe, c'est un sang tout russe qui coule en moi.... » Et tout à coup, comme s'il commandait un régiment : « Eh bien donc à présent, enfants, entonnez-moi une chanson nationale russe, allez! » Les fibres du moujik se contractèrent, ils étaient tous ahuris. A l'extrémité du cercle qui s'était formé de lui-même, un affronteur lança en l'air un éclat de voix qui promettait, mais qui ne tint rien, et le chanteur alla honteusement se cacher derrière un groupe de femmes.

Ce qui m'étonne dans tout ceci, ce n'est pas la farce elle-même, mais qu'un homme, un noble du caractère de Lubozvonof s'en soit avisé; nous avons eu dans le pays des seigneurs bizarres, débauchés, fieffés ivrognes : ceux-ci, en effet, s'habillaient en cochers, dansaient des danses hasardées, jouaient de la guitare ou du torban, chantaient à se démonter la mâchoire, godaillaient avec leurs domestiques, prenaient part aux ripailles de leurs paysans.... Mais ce M. Basile Nicolaevitch est une vraie demoiselle : il lit sans cesse, il écrit des lettres sur un papier plus beau que la soie, ou bien il parle tout haut à lui tout seul en mesure que c'est pis que s'il chantait; il ne cause avec personne, il a l'air de se cacher, il erre seul dans son jardin. Il désire ou regrette quelque chose, quoi! ou tout bêtement il s'ennuie. A la nouvelle de la mort de la mère, l'intendant eut de grandes appréhensions; vite, avant l'arrivée du jeune seigneur, il parcourut tous les clos des paysans et fit le gracieux avec chacun. Et les moujiks pensaient en le voyant si doucereux : « Assez voltigé, mon pigeon! tu as beau faire le câlin, il faut croire que tu vas la danser à cette fois et peut-être rendre gorge. » Au lieu de cela, qu'arriva-t-il?... Il arriva, c'est vrai, Vacili Nicolaytch, un beau jeune monsieur qui lui-même rougit, qui retire son haleine à chaque mot qu'il dit comme pressé d'en finir avec un vilain. « Sois juste sur les terres de mon domaine; n'opprime personne, personne! tu m'entends? » lui dit-il devant témoins, le premier jour; et depuis lors il ne l'a pas fait appeler une seule fois. Il vit dans sa maison exactement comme s'il était en visite chez un autre. L'intendant, voyant cela, n'a pas tardé à reprendre bon courage, et les paysans ne peuvent se faire à l'idée d'oser aborder Vacili Nicolaevitch, qui pourtant les salue, les regarde avec bonté, mais ne leur parle point. Cette manière, ce sourire leur fait donc l'effet d'une moquerie bien amère, puisqu'ils ont tous une véritable peur. Je vous répète que ce sont là pour moi des merveilles; est-ce l'effet de mon grand âge, suis-je devenu bien sot? le fait est que je n'y comprends rien du tout.

— M. Lübozvonof est très-probablement malade.

— Quel malade! il est aussi large que haut; il a, malgré sa verte jeunesse, un visage rond, Dieu merci, comme la pleine lune.... Au reste, vous connaissez, vous autres, tant de sortes de maladies.... » Et Ovcianikof fit un gros soupir.

« Eh bien! assez, assez sur les nobles, lui dis-je. Mais, cher Louka Pétrovitch, qu'est-ce que vous me direz des odnovortsi?

— Rien; dispensez-moi d'en parler, répondit l'odno-voretz; vrai.... je vous dirais.... mais bah!... Nous allons plutôt prendre le thé bien tranquillement; les paysans ne sont, après tout, que des paysans, et, au reste, si nous n'étions de simples paysans, dans le fait, que serions-nous? que peut-on faire de nous? »

Il se tut; on servit le thé. Tatiane Illînichna se leva de sa place, et se rapprocha de nous. Dans le cours de la soirée, elle était sortie et rentrée plusieurs fois sans bruit et comme inaperçue. Le silence régnait dans la chambre; Ovcianikof prenait gravement et lentement une tasse après l'autre.

« Mitia [1] est venu nous voir, dit Tatiane à voix basse.

— Qu'est-ce qu'il veut? fit de même Ovcianikof en fronçant les sourcils.

— Il est venu vous demander pardon.

Bah!... » dit-il en branlant la tête. Puis il ajouta,

---

[1] Mitia, diminutif de Dmitri ou Démétrius.

en s'adressant à moi : « Que faire avec les parents qui vous chagrinent ? car, enfin, on ne peut pas les repousser toujours. Dieu m'a affligé d'un neveu, voyez-vous ; c'est un gaillard qui a une tête ! Il a fait des études ; seulement on n'en peut rien attendre de bon. Il était au service de la couronne, il a déserté ses bureaux parce qu'il n'avait pas d'avancement à espérer ; il n'est pas noble. Au reste, on a beau être noble, on n'est pas fait général tout de suite. Il vit maintenant en oisif ; ce ne serait encore là qu'un demi-mal : mais il s'est fait homme d'affaires et artisan de chicanes. Il rédige des suppliques pour les paysans, il écrit des rapports, il style des paysans centeniers, il taille de la besogne productive aux arpenteurs ; il court les cabarets, il fait des connaissances parmi les bourgeois des villes. Avec une vie pareille, il se cassera le cou ; et les gens de police lui ont déjà donné plus d'un petit avertissement. Mais il est grand farceur, et cela le sauve ; il les fait rire tous. Çà, dis-moi, voyons, femme, n'est-il pas là dans ta chambrette ? Je te connais, tu es dix fois trop bonne, et tu le protéges tant que tu peux. »

Tatiane Illînichna baissa la tête, sourit et rougit.

« Allons, j'ai deviné juste. Eh bien, fais le entrer, oui, oui, notre cher hôte nous excusera, et, en son honneur, je serai clément. Appelle-le donc. »

Mitia était un jeune gars de vingt-huit ans, grand, bien constitué, et la chevelure tout en boucles. En entrant dans la chambre, il me vit et s'arrêta sur le seuil. Il était habillé comme l'artisan d'Europe lorsqu'il sort de son atelier ; mais la mauvaise façon des plis de l'épaulette de son surtout témoignait que cet habit était fait non-seulement par un Russe, mais par un Russien, un Roussak.

« Eh bien, avance, avance, dit le vieillard ; tu as donc

bien honte? Remercie ta tante, tu es pardonné. Monsieur, je vous recommande ce beau vaurien-là ; c'est mon neveu, ce qui ne veut pas dire que je vous ferai son éloge ; ah, nous touchons à la fin du monde ! (Nous échangeâmes un salut le jeune homme et moi.) Allons, explique-toi ; qu'est-ce que tu as tripoté là-bas? Pourquoi se plaint-on de toi? dis. »

Mitia désirait bien n'avoir pas à s'expliquer et à se justifier en ma présence.

« Tout à l'heure, mon oncle, murmura-t-il.

— Non pas tout à l'heure, mais sur-le-champ ; je sais fort bien que devant monsieur tu as conscience, et c'est justement ce qu'il faut. Parle, c'est ta pénitence ; parle, nous t'écoutons.

— Je n'ai pas à rougir, dit vivement le jeune homme en se redressant, et vous en jugerez ainsi vous-même, mon oncle : les odnovortsi de Réchétilof viennent à moi et me prient d'intercéder pour eux; je leur demande de quoi il s'agit ; ils me disent : « Les magasins aux blés sont chez nous au complet et bien tenus, on ne peut désirer mieux. Vient un employé qui se dit chargé par l'administration d'inspecter nos magasins. On l'introduit, il regarde et dit : « Vos magasins sont en « désordre, il y a ici un grand relâchement ; mon devoir « est d'en faire le rapport. — Quel désordre? — Ah ! « je sais ce que je sais. » Nous nous rassemblâmes alors, et il fut parlé d'aller lui glisser.... un remercîment de sa bonne visite. Mais le vieux Prokorytch dit : « Vous ne ferez par là qu'attirer la mouche et d'autres « après elle. Nous sommes en règle ou nous n'y sommes « pas. » On en crut le vieillard : l'employé cria, se plaignit et écrivit un méchant rapport. Maintenant une enquête est commencée. Je leur ai demandé si en effet leurs magasins étaient bien au complet : « Dieu nous est témoin, dirent-ils, que tout y est tenu dans le meilleur ordre, et que la quantité de blé voulue par la loi est là. — Eh bien ! leur ai-je dit, vous n'avez rien à craindre. » Et j'écrivis pour eux un papier qu'ils ont produit dans l'enquête. On ne sait pas encore de quel côté sera mis le tort ; mais que l'on soit venu à vous se plaindre de moi en cette occasion, c'est facile à expliquer : on sait que ce qui tient de plus près au corps après la peau, c'est la chemise, et je suis votre neveu ; c'est donc sur vous qu'on me pince.

— Bon, j'y suis. Et l'autre tripotage avec les paysans de Choutolomovski.

— Comment savez-vous cela ?

— Tu vois que j'en sais quelque chose.

— Là encore, je n'ai aucun tort ; là encore je vous prends pour juge. Les paysans de ce village ont pour voisin un certain Bezpandine, qui a mis en culture 4 arpents de leurs terres. Il dit que ces terres sont à lui, les paysans de Choutolomovski soutiennent unanimement le contraire, mais leur seigneur est à l'étranger : qui donc défendra leurs droits ? La terre est pourtant bien à eux, c'est incontestable, à eux depuis plus d'un siècle, les actes en font foi. Ils sont venus me prier d'écrire pour eux une supplique. Pourquoi leur aurais-je refusé ce service ? Bezpandine l'a su, et de là des cris et des colères. « Je lui arracherai les pattes du corps, dit-il, si je ne lui arrache pas d'abord les yeux et la tête. » Pour le moment, j'ai encore ma tête et mes pattes, bien à votre service, mon cher oncle.

— Là là, ne te surfais pas, ne te vante de rien ; il ne lui arrivera rien de bon à ta tête ; tu es aux trois quarts fou, je te le garantis.

— Eh quoi ! mon oncle, n'avez-vous pas vous-même bien souvent daigné...

— Je sais, je sais ce que tu vas nous chanter. Eh bien! oui, sans doute, l'homme doit vivre selon la justice et la droiture, et il doit venir au secours des défaillances du prochain. Il y a des cas où il faut payer, sans balancer, de sa personne. Mais est-ce toujours bien honorablement que tu agis? Ne te fais-tu pas mener au cabaret? hein? Ne te fais-tu pas régaler, saluer, cajoler? dis! Ne souffres-tu pas qu'en te suppliant ces malheureux te glissent dans la main un tselkove ou un billet bleu? Est-ce vrai, voyons, est-ce vrai?

— Pardon, là, j'ai tort, pardon, pardon! Mais je ne reçois jamais rien des pauvres; non, des pauvres, jamais, jamais un sou ni quoi que ce soit.

— Jusqu'à présent, non, je le crois, mais cela viendra. Et d'ailleurs, ne viens pas me dire que tu ne prends pour clients que de petits saints. Mais qu'es-tu devenu tous ces jours-ci, Mitia?

— Je suis allé à la ville.

— Bien; tu as joué au billard, pris le thé six fois le jour, gratté sur plus d'une guitare, flairé l'air des greffes, composé des suppliques dans les arrière-chambres, et tu t'es bien pavané avec des fils de marchands. Est-ce bien cela? dis,

— Ça bien été, oui, à peu près comme cela, mon oncle, dit en souriant le beau Mitia. J'ai rencontré Fédocie Mikhaïlovna.

— Quelle Fédocie?

— Eh! la Fédocie de M. Garpéntchénko, du seigneur qui acheté Mikoulino aux enchères. Fédocie est de Mikoulino. Elle a vécu à Moscou de son aiguille comme couturière, et elle payait très-bravement une redevance annuelle de 182 roubles 50 kopecks. Elle est habile dans son état; on lui faisait beaucoup de commandes : elle était heureuse à Moscou. M. Garpéntchénko l'a fait venir au village, et il la retient sans lui donner aucune fonction. Elle voudrait se racheter ; elle en a parlé au maître, mais celui-ci ne donne aucune réponse. Vous connaissez ce M. Garpéntchénko, mon oncle ; ne pourriez-vous pas lui dire un petit mot en faveur de Fédocie ? Elle payerait un bon prix.

— Tiré de ta poche, peut-être, hein?... C'est bon, je lui parlerai ; seulement, toi, prends garde... Je te pardonne le passé ; mais à l'avenir... Dieu m'est témoin que je t'avertis, tu te casseras le cou, à moins que tu ne deviennes plus sage. Eh bien ! tout est dit ; va. »

Mitia sortit ; Tatiane Illinichna se disposait à sortir après lui.

« Oui, va bien vite, indulgente que tu es, régaler de notre meilleur thé ce garnement. (Elle sortit.) Le gaillard n'est pas sot, savez-vous, monsieur, et il a un excellent cœur. Je m'eff aye pour lui... Ah ! pardon, cent fois pardon de vous occuper de niaiseries pareilles. »

La porte de l'antichambre s'ouvrit, puis celle de la chambre, et nous vîmes entrer un petit homme à tête grise, en surtout de velours noir.

« Ah ! Frantz Ivanovitch ! s'écria Ovcianikof, bonjour ! Comment vont les affaires et la santé ? »

Frantz Ivanovitch Lejeune, mon voisin de campagne, seigneur terrier, était un Français d'origine ; il était arrivé à la condition de gentilhomme et seigneur russe d'une manière qui n'est pas tout à fait la grande route de ces sortes de transmigrations ascendantes. Il était né à Orléans de père et de mère français, et il vint avec Napoléon le Grand conquérir la Russie, en sa qualité de tambour. D'abord, tant que le baromètre fut au beau fixe, les affaires allèrent comme sur des rails, et notre Français entra dans Moscou le nez au vent et tambour battant. Mais quand le baromètre eut tourné aux pluies et aux bourrasques neigeuses, quand on fut en pleine retraite, le pauvre M. Lejeune, transi de froid, et n'ayant plus rien à battre, tomba aux mains des paysans de Smolensk. Ceux-ci l'enfermèrent pour la nuit dans un moulin à foulon dévasté, où ils vinrent le reprendre le lendemain matin pour le mener dans une clairière où il y avait une digue ; près de cette digue, ils s'arrêtèrent et prièrent le brave tambour de la grande armée de prendre congé d'eux gentiment en faisant une profonde révérence, c'est-à-dire de plonger un peu sous la glace qui alors couvrait déjà la rivière. M. Lejeune parut ne pouvoir réellement se rendre à leur invitation, et se mit à son tour à représenter aux moujiks de Smolensk qu'ils feraient une excellente œuvre en lui permettant de se rendre de son pied léger à Orléans.

« Messieurs, leur disait-il en un fort bon langage de son pays, et qui n'avait plus rien ni de la rudesse ni de la crânerie militaire de MM. les tambours, songez que j'ai là une tendre mère... » Mais les moujiks, qui probablement ne savaient pas bien exactement la position géographique de la ville d'Aurélien, continuaient à lui proposer le véhicule des eaux fermées de la Gniloterka, et même ils commençaient à lui jouer un peu des mains sur la nuque et autour de la taille, quand tout à coup, à la grande joie de M. Lejeune, un tintement de sonnette se fit entendre, et sur la digue parut un immense traîneau couvert d'un tapis bariolé au dossier, tiré par trois petits chevaux rondelets de Viatka tout à fait de même pelage. Dans ce traîneau se carrait un gros et vermeil seigneur en pelisse de loup.

« Qu'est-ce que vous faites là, enfants ? demanda-t-il aux paysans.

— Nous noyons un Français, bârine.

— Ah! fit avec le plus grand sang-froid le monsieur, et il se détourna du groupe.

— Monsieur! monsieur! cria à tue-tête le pauvre diable.

— Tiens, dit la pelisse de loup mécontente, ce drôle est venu en Russie avec le ban et l'arrière-ban des ving; peuples de la gentilité; il a mis Moscou en flammes, l'enragé; il a arraché la croix de la coupole d'Ivan le Grand... et maintenant... Mossié, mossié!! Ah! ah! nous avons à cette heure la queue et l'oreille basses; mort et torture aux brigands!... Fouette, Filka, fouette! (Les chevaux font un mouvement.) Au reste, un moment, Filka. Hé! toi, monsieur, sais-tu la musique? dit-il, en russe toujours.

— Sauvez-moi, sauvez-moi, mon bon monsieur! répétait Lejeune, qui n'avait qu'une seule idée en tête, et point de temps devant lui.

— Ah! mon Dieu! quel peuple que ces gens-là! ils sont venus, je crois, un million, et dire que pas un ne parle russe! dit-il, et, s'efforçant, lui, de parler le français, il dit à Lejeune : « Meousique, meousique, savé méousique, vous? savé? Eh bienn, réponndonn; compréné? savé meousique vous, Francé, savé? sur forte-piano joué... joué savé? »

Lejeune, pour qui ces mots, quoi qu'on en pense, étaient tout un monde, vit en ce moment des horizons immenses ouverts devant lui; il comprit le bon seigneur, il le comprit mieux que si un des tapins ses anciens camarades lui eût parlé l'argot des camps et de la cantine.

« Oui, monsieur, oui, oui, je suis musicien, je joue de tous les instruments possibles, vous verrez; oui, monsieur, sauvez-moi, monsieur; je vous ferai de la musique tant que vous voudrez.

— Allons, ton Dieu va bien se réjouir, répondit le seigneur; enfants, lâchez-le. Tenez, voilà 20 kopecks pour boire.

— Merci, bârine, merci; eh bien! soit, prenez-le. »

On mit Lejeune dans le traîneau; il était tout suffoqué de joie, il pleurait, il se tâtait, il saluait, il remerciait, et le seigneur, et le cocher, et les moujicks qui, le moment d'avant, allaient le jeter à l'eau. Il n'avait sur le corps qu'une camisole verte à cordons roses, et la gelée était forte. Le bârine regarda ses membres bleuissants, l'enveloppa dans l'ampleur de sa pelisse, et le déposa chez lui en donnant quelques ordres à son égard. Les gens accoururent, on se hâta de réchauffer le Frantsouzz, on le fit bien manger et on l'habilla. Puis il fut présenté par le propriétaire à mesdemoiselles ses filles.

« Voilà, mes enfants, un instituteur tout trouvé. Vous ne cessiez de me prier de vous faire enseigner la musique et le *dialecte* français... Çà, vous, monsié, poursuivit-il en *français*, en montrant à Lejeune une méchante petite crépinette achetée en 1807 à un juif qui trafiquait de lacets, de tableaux des grands maîtres et d'eau de Cologne. Allonn, allonn, fésé vous à nous voir votre talent; joué, joué; soyé pas hontée. »

Lejeune, la mort dans le cœur, s'assit devant l'instrument; de sa vie il ne lui était arrivé de poser les doigts sur un forte-piano quelconque.

« Joué, joué, » répétait opiniâtrément le maître de la maison.

Le malheureux au désespoir frappa sur les touches à tout hasard, sauf qu'il réglait sa mesure sur les airs du fifre de son régiment, qu'il chantonnait en balançant la tête à droite et à gauche. Lui-même il racontait plus tard, en assez bon russe et fort gaiement, toutes ces circonstances. « J'ai bien cru alors, disait-il, que mon sauveur me ferait saisir par deux laquais et jeter hors de la cour ; aussi, tout en faisant mon sabbat, surveillais-je tous ses mouvements... Mais à mon extrême surprise, après deux minutes de doute, le bârine vint me frapper familièrement l'épaule en me disant : « Tré bienn, tré bienn, jé vois qué vous savé ; vous allé dor mé, do rmé, dormé. »

Au bout de quinze jours Lejeune fut gracieusement cédé par son patron à un gentilhomme opulent et civilisé ; il lui plut tant par son caractère doux et jovial, qu'il le maria à une jeune personne qu'il avait élevée. Lejeune ayant rapidement appris à lire, à écrire et à parler passablement le russe, entra au service, et servit si honorablement qu'il conquit la noblesse personnelle, puis la noblesse héréditaire, un peu de protection aidant ; et comme il était devenu père d'une fille, il devint dans la suite beau-père de Lobysanief, gentilhomme du gouvernement d'Orel, ex-dragon, versificateur enragé. Lejeune finit, à la sollicitation de son gendre, par venir vivre dans nos contrées.

Tel est ce Lejeune, ou, comme on le nomme maintenant partout, ce Frantz Ivanovitch qui venait d'entrer chez Ovcianikof, avec qui il était lié de très-bonne amitié.

Mais il y a bien grande apparence que mon lecteur est fatigué de me voir assis depuis si longtemps chez l'odnovoretz Ovcianikof ; aussi me hâté-je, quoique un peu tard, je le crains, de mettre un point ; et le voici.

VII

Lgof. — Condition mobile des serfs.

« Monsieur, allons chasser à Lgof, me dit Ermolaï;
là, nous tuerons des canards par centaines et par milliers. »

Le canard sauvage, pour un vrai chasseur, a, comme
on sait, bien peu d'attrait; mais, faute d'avoir en vue
aucun autre gibier (nous étions au commencement de
septembre; la grive et la bécasse ne donnaient pas encore, et quant à courir la perdrix dans les champs, j'en
avais plus qu'assez), j'écoutai mon homme et pris avec
lui le chemin de Lgof.

Lgof est un grand village situé loin de toute commu-
nication et possédant une très-antique église en pierre
à une seule coupole et deux moulins sur le cours limo-
neux de la rivière Rossota. La Rossota, à 5 verstes
de Lgof, se change en un vaste étang dont la surface, tant au milieu que sur les bords, est égayée
par la verdure d'épaisses jonchaies; dans les anses et
dans les baies qui se trouvaient entre les jonchaies, il
s'était établi tout un peuple de toutes les sortes de canards du monde : barboteurs, demi-barboteurs à longue
queue, blairiers, sarcelles, harles, piettes et autres. De
petites volées s'élèvent en voletant çà et là au-dessus de
l'eau; on tire, et il en monte de telles nuées, que le
chasseur pose involontairement sa main droite sur le
fond de sa casquette, et fait de la bouche un tbrrrrou!!

très-prolongé. Ermolaï et moi nous commençâmes par longer l'étang; nous savions fort bien que le canard est un oiseau qui, sur la rive, est toujours en garde et ne tient pas, et que, si quelque imprudente sarcelle attardée s'exposait à notre feu et perdait la vie, nos chiens seraient incapables de la retirer du fouillis des joncs; malgré tout leur noble dévouement, ils ne pourraient ni nager ni marcher sur un fond de vase, et ne feraient que se couper le museau jusqu'au sang sur le tranchant acéré des roseaux.

« Allons, dit Ermolaï, il est clair que nous devons maintenant nous procurer un bateau. Retournons à Lgof, puisqu'on n'en voit ici nulle part.

— Allons à Lgof nous pourvoir d'un bateau. »

Nous eûmes à peine fait vingt pas, que de derrière un aubour touffu parut un assez misérable chien couchant, et immédiatement après un homme de taille moyenne, avec un très-chétif surtout bleu, un gilet jaunâtre; un pantalon gris de lin enfoncé à la hâte dans des bottes trouées, un mouchoir de cou écarlate et un fusil à un coup posé sur l'épaule. Tandis que nos chiens, amateurs, comme ils le sont tous, du cérémonial chinois, mettaient nez contre nez avec le nouveau venu, et par le flair se faisaient déjà une idée de sa personnalité, tandis que nous observions la terreur de mauvais goût de ce chien inconnu, qui, au lieu de répondre gentiment à des politesses, serrait la queue, baissait les oreilles, se retournait tout d'une pièce sans plier les articulations, et, qui pis est, en retroussant la lèvre et en montrant les dents, l'homme, faisant preuve à notre égard de plus de savoir-vivre, s'approchait de nous et nous saluait très-galamment. Sa figure portait vingt-cinq ans; ses longs cheveux blonds, fortement imprégnés de kvass, se tordaient en crocs d'amour immobiles;

ses petits yeux gris pétillaient du désir de plaire; son visage, encadré dans un bandeau d'étoffe noire, comme s'il eût souffert des dents, souriait ineffablement.

« Permettez-moi de me recommander, me dit-il d'une voix souple et insinuante. Je suis Vladimir, chasseur habitant; ayant su l'arrivée de deux chasseurs qu'on me dit s'être dirigés vers les bords de notre étang, j'ai résolu de venir vous offrir mes services, si cela ne vous est pas désagréable. »

Vladimir, dans sa manière de nous égrener son compliment, parlait exactement comme font les jeunes acteurs de province chargés de l'emploi de premier amoureux. J'acceptai sa proposition, et je sus son histoire avant que nous eussions regagné Lgof. C'était un affranchi; dans son enfance, il avait appris la musique; dès l'adolescence, il avait été employé chez son maître comme valet de chambre; il savait lire; il avait lu, ainsi que je pus le remarquer, quelques-uns de ces petits livres qui des champs de foire pénètrent partout, et maintenant il vivait, comme beaucoup vivent en Russie, sans un sou vaillant, sans métier ni industrie quelconque, et semblait, pour se nourrir, devoir compter sur la manne céleste. Il s'exprimait en termes excessivement recherchés, parlait avec un petit air pincé, et en général composait avec soin ses poses et ses manières; ce devait certainement être un grand roué, un galant redouté, et il est fort probable qu'il avait des succès. Les filles, en Russie, raffolent de l'éloquence. Il me fit entendre, entre autres choses, qu'il fréquentait les gentilshommes des environs, qu'il avait beaucoup de bonnes connaissances dans la ville du district, qu'il jouait à la préférence, et qu'il connaissait des habitants de nos capitales. Il souriait beaucoup, et il variait à l'infini ses sourires; de tous, celui qui lui allait le mieux, c'était un certain sourire modeste, contenu, un sourire d'attention sympathique qui éclairait ses lèvres lorsqu'il avait à écouter. Il écoutait bien ; il approuvait convenablement ce qu'il entendait ; mais, comme il ne perdait pas de vue pour cela le sentiment de son propre mérite, il vous laissait lire dans ses traits que lui aussi, l'occasion donnée, il pourrait formuler une opinion. Ermolaï, homme peu civilisé et point subtil, voulut se mettre à le tutoyer ; il eût fallu voir avec quelle fine ironie Vladimir lui distillait les *vous* les plus gracieux.

« Pourquoi, lui demandai-je, mettez-vous ce bandeau ? vous avez donc mal aux dents ?

— Non, répondit-il ; c'est une déplorable suite de mon imprudence. J'avais un ami, excellent homme, mais complétement étranger à toute espèce de chasse. Cela se voit, même dans les campagnes. Voilà qu'un soir il s'avise de me dire : « Cher, mène-moi demain matin à la chasse, je veux voir un peu par moi-même en quoi consiste ce plaisir-là. » Je ne voulus pas contrarier un ami ; je lui procurai un fusil, et dès l'aurore nous voilà en campagne. J'abattis quelques pièces, il effraya quelques moineaux ; à la fin nous dûmes songer à prendre un peu de repos. Je m'assis sous un arbre ; lui, au lieu de cela, se mit à faire l'exercice au fusil comme les soldats, et en vint à me mettre en joue. Je le priai de finir ce jeu ; mais, comme il avait le doigt sur la détente, le coup partit à sa grande stupeur et m'emporta, avec l'index de ma main droite, tout un quart du menton. »

Nous arrivâmes à Lgof, en quête d'un bateau, d'un batelet ou d'un radeau.

« Soutchok a un radeau en forme de bateau plat [1],

---

1. C'était un bateau plat des plus primitifs, un assemblage bien peu solide de vieilles planches de barques.

dit Vladimir; seulement je ne sais pas où il l'a attaché. Il faut aller le trouver lui-même.

— Qui çà?

— Un homme du village qu'on a surnommé Soutchok (broutilles, bois sec). »

Ermolaï voulut suivre Vladimir chez Soutchok; je leur dis qu'ils me retrouveraient à l'église, et j'allai en faire le tour. En regardant les tombeaux du cimetière je fus attiré par une urne quadrangulaire, brunie par le temps, et sur un des côtes de laquelle on lisait en français : *Ci-gît Théophile-Henri, vicomte de Blangy*, et du côté opposé, en russe : *Sous cette pierre a été enseveli le comte de Blangy, sujet français, qui, né en* 1737, *est mort à l'âge de* 62 *ans, en* 1799. — *Paix à ses cendres!* était-il dit seulement sur la troisième face; mais la quatrième portait toute une octave russe à l'éloge du pauvre émigré, qui, comme tant d'autres, s'était fait instituteur, et, selon toute apparence, avait conquis l'estime et la reconnaissance des personnes à qui sa mémoire et les Blangy, s'il en existe encore, doivent ce monument, érigé de manière à rester longtemps debout.

L'arrivée d'Ermolaï, de Vladimir et du paysan Broutilles interrompit la méditation.

Soutchok, boiteux, déguenillé, la barbe et les cheveux hérissés et souillés, me fit l'effet d'un homme de soixante ans, qui aurait passé par l'état de domesticité chez un maître peu difficile en fait de figure.

« Tu as un bateau? lui dis-je.

— Oui, répondit-il d'une voix rauque et entrecoupée de hoquets, mais il est bien mauvais.

— Qu'est-ce qu'il a donc?

— Les planches se sont disjointes et les bouchons des trous à chevilles ont sauté.

— Le mal n'est pas grand, dit Ermolaï; avec du chanvre ensuiffé on peut boucher tout cela.

— Ah! oui sûrement, ayez du chanvre et du suif, ça se trouve.

— Qui es-tu? ton métier?

— Je suis le pêcheur de notre dame.

— Beau pêcheur, qui ne tient pas un bateau en rivière!

— A quoi bon, si dans la rivière il n'y a pas de poisson.

— Le poisson n'aime pas le goût de rouille des eaux de marais, dit majestueusement mon chasseur.

— Eh bien, dis-je à Ermolaï, va donc acheter le chanvre qu'il faut et radoube-nous vite le radeau. »

Ermolaï partit; j'ajoutai : « Après cela nous partirons, nous arriverons aux roselières, et... nous coulerons tous ensemble.

— Dieu nous garde! dit Vladimir, dont je suspectais le courage; en tous cas, il est probable que l'étang n'est pas bien profond.

— Non, pas profond, non, fit Soutchok, qui parlait habituellement comme un lourdaud qui ne peut parvenir à se réveiller; mais il y a une vase énorme sous des herbes longues, vivaces et fortes... et puis, il y a aussi des fosses.

— Ah çà, si l'herbe est si forte, dit Vladimir, il n'y aura pas moyen de ramer.

— Eh! qui est-ce qui rame sur des radeaux! On pousse à la perche. J'irai avec vous, j'ai là-bas une bonne perche, Et puis on se sert aussi d'une pelle.

— Une pelle n'est bonne à rien, dit Vladimir. Il y a bien peu d'endroits où l'on puisse toucher le fond avec une méchante bêche.

— C'est vrai, » dit le rustre pour couper court.

Je m'adossai au tombeau du noble émigré, dans l'attente du retour d'Ermolaï. Vladimir par convenance s'éloigna et alla s'asseoir à vingt pas derrière moi. Soutchok resta debout, la tête penchée en avant et les mains croisées derrière l'échine, ce qui était évidemment sa posture ordinaire. Je lui adressai la parole.

« Dis-moi, je te prie, y a-t-il longtemps que tu es pêcheur ?

— Sept ans, bârine.

— Seulement ! et avant cela ; que faisais-tu ?

— J'étais cocher.

— Pourquoi ne t'a-t-on pas laissé cocher ?

— La nouvelle dame m'a renvoyé des écuries.

— Quelle dame ?

— Celle qui nous a achetés, Aléona Timoféevna ; une grosse, grosse, qui n'est plus jeune... vous ne la connaissez pas ?

— Non. Quelle idée a-t-elle eu de faire de toi son pêcheur ?

— Dieu sait. Elle est arrivée de sa terre de Tombof ; elle a fait assembler tous les gens de service ; elle s'est montrée ; nous nous sommes tous précipités pour lui baiser la main ; elle ne s'est pas fâchée ; quand ça fut fini, elle se mit à demander successivement à chacun de quoi il était occupé, quel était son emploi. Quand mon tour fut venu, et qu'elle eut su que j'étais cocher, elle dit : « Cocher, cocher, toi ! quel cocher peux-tu être, fait comme tu es ? voilà en vérité un beau cocher ! Tu cesses d'appartenir aux écuries ; va te faire raser la barbe et accourcir les cheveux, tu es le pêcheur de ma maison : toutes les fois que je serai ici, tu fourniras ma table de poisson, tu m'entends, et si mon étang n'est pas tenu en ordre, c'est à toi que je m'en prendrai.... » Voyez un peu, du poisson ! Dame, je ne peux pas en faire, moi, et je vous prie de me dire comment on peut s'y prendre pour tenir en ordre un étang comme le nôtre.

— A qui apparteniez-vous auparavant?

— A Serge Serghéitch Pehtiref, qui nous avait eus en héritage; nous ne l'avons eu pour maître que six ans. C'est moi qui le menais quand il était ici; à la ville il y avait un autre cocher.

— Tu avais été cocher dès ta jeunesse?

— Eh non, eh non; c'est du temps de Serge Serghéitch que j'ai été fait cocher; auparavant j'étais cuisinier; seulement pas pour la ville, mais ici à la campagne

— Cuisinier, bon, mais cuisinier de qui?

— Eh! de l'ancien maître, d'Athanase Nefédytch, qui était oncle de Serge Serghéitch. Le vieux avait acheté Lgof, et voilà comment Sergheï Serghéitch en est devenu maître; c'est lui qui a hérité.

— Le vieux Athanase avait acheté à qui?

— Eh! à Tatiana Vacilievna.

— Quelle Tatiana Vacilievna?

— Eh! celle qui est morte fille à Bolkhof, près de Karatchof, fille, voyez-vous; elle n'a jamais été mariée. Est-ce que vous ne l'avez pas connue? Elle nous tenait de son père Vacili Séménitch. Celle-là a été longtemps notre maîtresse... oh! bien vingt ans.

— N'étais-tu pas son cuisinier?

— Oui, d'abord; mais elle n'a pas tardé à me faire son kofichénok 1.

— Son quoi?

---

1. Mot fabriqué. M. Mérimé a cru le rectifier par celui de *konfetchik*, qu'on rend dans le français de Saint-Pétersbourg par *confiturier*. Mais, quoiqu'en effet on n'y boive le café que dans les magasins de confiseur, le mot est ici formé de *kofe*, café en russe, et répond à la fonction domestique du *kafetgi* des Turcs, ou préposé au café.

— Son ko-fi-ché-nok.

— Quelle fonction est-ce là?

— Eh! je ne sais pas, moi, bârine. Seulement j'étais attaché à l'office, et l'on devait me nommer Anntonn, et non plus Kouzma. Madame l'avait ordonné ainsi.

— Ton vrai nom était Kouzma?

— Eh oui, Kouzma.

— Et tu as été dix-sept ou dix-huit ans kofichénok?

— Eh non; j'ai été akhter (*acteur*).

— Bah! comment donc, akhter?

— Je jouais sur le kéâtre (*théâtre*). Notre dame avait fait faire un kéâtre dans une grande chambre.

— Quel y était ton emploi?

— Plaît-il?

— Qu'est-ce que tu faisais là sur le théâtre?

— Eh, vous ne savez donc pas! on me prenait et on m'habillait; moi, je marchais comme ça avec ces habits; je m'arrêtais, je m'asseyais. On me disait : « Parle, dis ça et ça; » moi, qu'est-ce que ça me faisait? je parlais tout de suite et je disais. Un jour j'ai représenté un aveugle.... comment donc! oui, monsieur, un aveugle

— Ensuite, qu'as-tu été?

— Ensuite? ah! ensuite, j'ai encore été cuisinier.

— Pourquoi donc encore cuisinier?

— Eh! un frère à moi s'était enfui.

— Bien. Et chez le père de ta première maîtresse, qu'étais-tu?

— Chez le père? chez le père, j'ai été, voyez-vous, toutes sortes de choses : d'abord j'ai été petit kazac, je me tenais debout contre une porte; puis postillon, nous n'allions qu'à quatre chevaux, je montais sur une haute selle le cheval de gauche de la paire de devant; mais on m'a fait veneur et....

— Veneur? à cheval? avec des chiens?

— Oui, aussi à cheval et avec des chiens; mais je suis tombé de cheval, je me suis estropié et la bête aussi a été estropiée. Le vieux bârine était très-sévère; il m'a fait rosser, et j'ai été envoyé à Moscou en apprentissage chez un bottier.

— En apprentissage! qu'est-ce que tu dis? tu n'étais plus un enfant lorsqu'on t'a fait veneur ou valet de meute.

— Eh! j'avais bien comme vingt ans.

— En apprentissage à vingt ans!

— Eh! ça ne fait rien, ça se pouvait, puisque le maître l'avait ordonné; mais comme il est mort peu après, on me fit revenir au village.

— Et quand est-ce donc que tu as fait ton apprentissage comme cuisinier?

— Tiens! est-ce qu'on a besoin d'apprendre ça? on fait cuisiner les femmes donc, et on goûte, c'est tout, dit Soutchok en relevant son visage maigre et jaunâtre, où le rire voulut en vain se faire jour.

— Allons, allons, repris-je, tu as fait bien des figures en ta vie; mais à présent que tu es pêcheur, que fais-tu donc, puisqu'il n'y a pas de poisson?

— Eh! je ne me plains pas, je rends grâces à Dieu de ce qu'on m'a fait pêcheur, comme ils disent; mais il y a un autre vieillard, André Poutyr, que la dame a attaché au puisage de la fabrique de papier; on ne fabriquait pas. Poutyr disait lui-même que c'est un péché de manger un pain qu'on n'a pas gagné, et en même temps il rêvait récompense; c'est qu'il avait un neveu scribe dans le comptoir de la barynia [1], et celui-ci avait promis de parler de lui à la dame, d'obtenir pour lui je ne sais quoi. Il a rempli sa promesse, il a parlé, et

1. La dame, la maîtresse.

l'oncle Poutyr est tombé aux pieds du neveu... j'étais là.

— Laissons. Tu as une famille ? tu as été marié ?

— Non, monsieur, impossible. Tatiana Vacilievna, Dieu lui ouvre le ciel, je le veux bien ; la feue maîtresse ne permettait à personne ici de se marier. Il lui arrivait de dire, même devant le prêtre : « Dieu me préserve de souffrir cela ! moi je suis demoiselle, et je vis ; je reste fille... Et qu'est-ce que c'est donc ? et sont-ils gâtés, et qu'est-ce qu'ils veulent encore ?

— De quoi vis-tu ? reçois-tu des gages, un salaire fixe ?

— Un salaire ! Eh ! bârine, on nous donne des denrées pour le manger ; c'est bien tout ce qu'il nous faut, Seigneur Dieu ! et le ciel accorde de longs jours à notre dame ! »

Ermolaï reparut, m'annonça d'un ton assez bourru que le radeau était calfeutré et consolidé, et envoya Soutchok vite prendre sa perche

Pendant tout l'entretien que j'eus avec Soutchok, Vladimir avait regardé ce brave homme avec le sourire le plus dédaigneux. « Quel imbécile, dit-il en le voyant s'éloigner, une vraie brute, un grossier moujik, et rien de plus ; on ne peut pàs appeler ça un domestique... et il se vante encore... Comment aurait-il joué la comédie ? là, je vous le demande, monsieur. Vous lui avez fait par trop d'honneur que de causer avec lui. »

Au bout d'un quart d'heure, nous étions assis tous quatre sur les rebords du bateau plat ; quant aux chiens, nous les avons laissés sous la garde de mon cocher Jérondil. Nous étions assez peu à notre aise sur le radeau ; mais les chasseurs sont une race accommodante. Soutchok manœuvrait à l'arrière ; Ermolaï regardait en avant ; Vladimir et moi nous regardions à nos pieds, que l'eau ne tarda pas à venir baigner en se faisant jour malgré le calfeutrage. Par bonheur, le temps était très-calme et les eaux de l'étang n'avaient pas une ride à la surface.

Nous avancions lentement. Le vieillard avait bien de la peine chaque fois à retirer sa perche de plusieurs pieds de vase, et il fallait la dégager aussi souvent des longues herbes qui s'y entortillaient ; les larges feuilles et les tiges flexibles du nénufar résistaient aussi au passage de notre embarcation. Enfin pourtant nous gagnâmes les jonchaies et le spectacle commença : les canards s'élevèrent en faisant une véritable éruption, épouvantés de l'importune visite que nous rendions à leurs domaines ; notre fusillade fut assez nourrie, et ce fut un plaisir de voir comme ces oiseaux courts, lourds et rondelets descendaient en tournoyant dans l'air, et heurtaient l'eau en tombant comme un coup frappé à plat par le battoir des laveuses. Il va sans dire que nous ne pûmes nous saisir de tous ceux qui furent atteints ; ceux qui n'avaient attrapé que quelques grains plongeaient avec une grande présence d'esprit ; d'autres bien tués tombaient en pleine roselière, et là les yeux même d'Ermolaï, dont la portée était pourtant décuple de celle de son fusil, ne parvenaient pas à les retrouver. Toujours est-il qu'à midi notre bateau était encombré de victimes amoncelées en pyramides.

Vladimir, à la grande joie d'Ermolaï, tirait fort mal, et, après chaque coup perdu, faisait mine de s'étonner, examinait, soufflait à la batterie et finissait par vouloir nous expliquer les causes de sa déconvenue. Ermolaï tirait comme toujours, victorieusement bien, moi assez mal, comme d'ordinaire. Soutchok nous regardait de l'œil d'un homme qui dès l'enfance a vécu dans l'état de domesticité ; de temps en temps il s'écriait : « Voilà, voilà encore un canard! Puis, tout honteux d'avoir placé un mot, il se grattait le dos, non avec les mains, mais par un remuement particulier des deux épaules et de l'arrière-train. Le temps se soutenait au beau fixe; de petits nuages blancs arrondis erraient dans l'air à une grande hauteur et se miraient dans l'eau; les roseaux avaient des mouvements et des murmures que ne provoquait aucun vent; l'étang, en de certains endroits semblable à un bel acier poli, s'imprégnait de soleil resplendissant. Déjà enfin nous faisions nos dispositions pour regagner le village, quand tout à coup il nous arriva une chose assez fâcheuse.

Nous aurions dû remarquer depuis longtemps que l'eau montait toujours au fond de notre radeau; Vladimir fut chargé de nous en débarrasser au moyen d'une sébile dérobée à tout événement par mon prévoyant Ermolaï à une femme qui bayait aux corneilles. L'opération marcha bien tant que Vladimir fut zélé dans ses fonctions. Mais à la fin de notre chasse, et comme pour nous dire adieu, harles, piettes, sarcelles et barboteur s'élevèrent en nuages si épais et si fréquents que nous ne trouvions plus le temps de recharger. Dans la fin de notre fusillade, nous perdîmes si bien de vue l'état de notre embarcation que par suite d'un mouvement trop vif d'Ermolaï, qui, penché sur le bord pour saisir le corps expirant d'un maître canard, fit incliner le radeau, celui-ci puisa l'eau largement, et descendit avec majesté sur un bas-fond. Nous criâmes tous à la fois : « Doucement! » mais il était trop tard; en deux minutes, nous avions tous de l'eau jusqu'au menton, et nos victimes innombrables, en flottant tout autour de nous, venaient innocemment nous couper la respiration. A présent, je ne puis sans rire me rappeler la piteuse mine de mes pauvres compagnons, et il est probable que la mienne ne valait guère mieux; car, au moment même de ce bain, il ne m'est guère venu à l'idée de rire. Chacun de nous tenait son fusil au-dessus de sa tête, et Soutchok, sans doute par habitude d'imiter, tenait aussi en l'air sa longue perche. Ce fut Ermolaï qui le premier rompit le silence.

« Pouah, vociférait-il en crachant sur l'eau; voilà une noyade abominable! C'est ta faute, vieux démon, dit-il avec colère à Souchok, avec ton prétendu radeau... Pouah!

— Pardon, marmotta le vieillard.

— Et toi, reprit Ermolaï en s'adressant à Vladimir, toi, drôle, dis un peu, dis pourquoi tu as cessé de puiser; oui, toi, toi, toi!... »

Vladimir songeait à autre chose qu'à répliquer, il tremblait comme la feuille, ses dents ne se rencontraient plus, et il avait un sourire de stupeur sur la face. Adieu toute son éloquence, adieu son tact exquis des convenances, adieu son sentiment de dignité!...

Le maudit radeau se balançait sans nulle consistance sous nos pieds. Au moment où il avait coulé, l'eau nous avait paru extrêmement froide; mais il n'en fut bientôt plus ainsi. Quand la première peur fut dissipée, je regardai de tous côtés : à dix pas de nous, en fer à cheval, se prolongeait une roselière, au travers de laquelle, en quelques endroits moins hauts, on apercevait la rive; c'était loin; le cas était très-grave. « Qu'allons-nous faire? dis-je à Ermolaï.

— D'abord il est sûr que nous ne passerons pas la soirée comme ça, répondit-il : il faut voir.... Tiens, dit-il à Vladimir, charge-toi de mon fusil. Bien; à présent j'irai chercher quelque endroit guéable, peut-être qu'il y en a. »

Il prit la perche de Soutchok, et se dirigea vers la rive, ayant grand soin d'agiter les pieds et de ne point peser sur un fond de vase très-perfide.

Sais-tu nager? lui criai-je.

— Non, me répondit-il de derrière la barrière de roseaux, qu'il avait heureusement franchie.

— Alors il sera le premier noyé, » dit froidement Soutchok, qui tout à l'heure craignait non pas le danger, mais notre colère. Il était devenu indifférent; il soufflait bien un peu dans ses joues, mais il ne changeait plus de position.

Ermolaï ne donna pas signe de vie durant une heure; cette heure nous parut un siècle. D'abord nous criâmes; ses réponses étaient rares, et enfin il ne répondit plus. Au village, on sonnait vêpres. Nous cessâmes et de nous adresser la parole et même de nous regarder. Les canards voletaient nombreux autour de nos têtes, et quelques-uns paraissaient vouloir se poser tout contre nous; mais tout à coup ils montaient dans l'air perpendiculairement, et s'envolaient au loin. Nous commencions à nous sentir tout engourdis. Soutchok clignait des paupières comme un homme qui tombe de sommeil.

A la fin, Ermolaï reparut. Qu'on se figure notre joie. « Eh bien?

— Eh bien! allons, j'ai trouvé un terrain solide et qui va jusqu'à la rive. En avant!... Non, attendez. »

Il fouilla dans sa poche, en retira une très-longue ficelle, attacha par une patte des centaines de canards, puis prit entre ses dents les deux bouts de la ficelle, et partit en avant; Vladimir le suivit; Soutchok ferma la marche. Jusqu'à la rive, il y avait quelque deux cents pas. Ermolaï marchait hardiment et sans relâche; il avait si bien observé la route à suivre qu'il nous criait continuellement : « A gauche! prenez garde, il y a à droite un tourbillon, là un grand creux; à droite, ou vous tombez dans la vase! » L'eau nous montait parfois au-dessus de la bouche, et deux fois même Soutchok, le plus petit de nous quatre, perdit pied et lâcha des bouteilles à la surface de l'eau…. « Courage ! remue donc ! » lui criait Ermolaï en le poussant et en le secouant avec énergie. Et Soutchok, rendu à l'espérance, devenait presque nageur. Nous gagnâmes les bas-fonds solides. Même dans les extrémités où il s'était trouvé, le paysan n'avait pas eu la hardiesse si naturelle de s'accrocher à mes basques.

Harassés, souillés de vase, trempés jusqu'aux os, nous nous réjouîmes d'avoir enfin le pied sur la rive.

Deux heures après, nous étions déjà assis (séchés plus ou moins, il est vrai) dans un grand hangar à foin, et nous nous disposions à souper de ce qu'on nous trouverait dans le village. Mon cocher, Jérondil, homme très-lambin, difficile à remuer, pensif ou plutôt somnolent, se tenait à la grande porte, et régalait cordialement Soutchok de son tabac. Les cochers, en Russie, se lient d'amitié tout de suite. Soutchok prisait, prisait à s'en faire mal au cœur. Il toussait, il crachait et reprisait encore ; il faut croire qu'il y trouvait un grand plaisir après le bain. Vladimir, tempérament lymphatique, avait une mine sombre et la tête penchée de côté ; il parlait peu. Ermolaï, lui, essuyait avec zèle nos deux fusils. Les chiens faisaient tournoyer leurs queues avec une rapidité incroyable, dans l'attente de leur pâtée. Les chevaux hennissaient sous un hangar ouvert. Le soleil baissait ; ses derniers rayons teignaient l'occident d'une magnifique couleur ponceau ; des nuages dorés s'étendaient, s'étiraient, s'affaiblissaient comme s'ils eussent fondu en petites vagues frisées ; et dans le village on entendait des chants nationaux.

VIII

Béejine lough. — Les superstitions populaires en Russie.

C'était un beau jour de juillet, un de ces jours qu'on ne voit que quand le beau fixe est depuis longtemps établi. Immédiatement après l'aube, le ciel est serein; l'aurore n'est pas un vaste incendie, elle n'est que modestement vermeille; le soleil n'est pas de feu, de fer rouge, comme dans les jours de grande sécheresse caniculaire, ni de ce ponceau très-foncé, messager des tempêtes, mais clair et doucement radieux; il surnage dans une nuée étroite et longue, il resplendit de fraîcheur, il est comme baigné de vapeurs qu'il semble produire lui-même en s'élevant sur le monde enchanté. La couleur de l'horizon est légère et d'un lilas pâle, la même à tous les points, et invariable tout le jour; nulle part la moindre nu menaçante ne brunit, ne s'épaissit, si ce n'est peut-être quelques bandes bleuâtres descendant presque perpendiculairement sur la terre et semant dans le lointain une bruine à peine perceptible. Le soir ces nuages disparaissent; les derniers, bruns et vagues comme la fumée, s'abaissent à l'orient en flocons roses, en face du soleil qui se précipite à l'occident; à l'endroit où il a disparu dans sa majesté, aussi paisiblement qu'il s'était élevé après l'aube, une lueur empourprée demeure peu d'instants au-dessus de la terre livrée à la nuit; mais l'étoile du soir s'y allume en paraissant douter un moment d'elle-même, comme la lumière d'une bougie que la main déplace avec précaution. En de pareilles journées toutes les couleurs sont adoucies et claires sans être éclatantes; tout porte le cachet d'une touchante modestie. Ces jours-là, les chaleurs sont parfois très-fortes, au point même que les champs en pente exhalent une vapeur particulière; mais le vent chasse et dissipe la chaleur qui s'est accumulée ainsi; des souffles tourbillonnants, symptôme indubitable d'un beau fixe durable, glissent en hautes colonnes blanches dans les chemins et sur les guérets. L'air sec et pur exhale par bouffées un parfum d'absinthe, de seigle et de sarrasin. Aucune humidité ne règne dans l'atmosphère jusqu'à une heure après minuit. Telles sont les journées d'été après lesquelles soupire le laboureur, dès que le temps de la moisson est venu.

C'était un jour pareil que je chassais aux perdrix dans le district de Tchensk, qui fait partie du gouvernement de Toula, et je fis très-bonne chasse; ma gibecière était tellement chargée, que la courroie me coupait cruellement l'épaule en m'oppressant la poitrine. Mais les feux du soir venaient de s'éteindre, et dans l'atmosphère encore lumineuse commençaient à s'épaissir et à se répandre des ombres qui, pour mon corps échauffé à l'excès par une chasse si active, étaient froides et pouvaient n'être pas sans danger; aussi me décidai-je à regagner le logis. Je traversai à très-grands pas un immense terrain semé de buissons et de taillis; je gravis un monticule, et de là, au lieu d'une plaine que j'avais souvent parcourue, d'un petit bois à droite et d'une église villageoise dans le lointain, je vis, tout contrairement à mon attente, des lieux qui m'étaient complétement inconnus. A mes pieds s'étendait une plaine étroite; droit devant moi s'élevait comme un mur une épaisse tremblaie; je m'arrêtai tout ébahi : « Hé! hé! pensai-je, je ne me reconnais plus ici; allons, j'aurai trop appuyé à gauche. » Et je descendis lestement du monticule. A peine arrivé au bas, je me sentis enveloppé d'une humidité fort maligne; c'était comme si j'eusse pénétré dans de vieux souterrains. Les herbes hautes et serrées qui se trouvaient au fond du vallon étaient couvertes d'un immense linceul de vapeur blanchâtre qui ressemblait à un lac d'eau laiteuse; il eût été peu prudent de marcher là dedans. J'eus hâte de me jeter du côté opposé, et j'allai, en prenant à gauche, longer la tremblaie. Déjà les chauves-souris décrivaient en volant leurs ronds mystérieux au-dessus du faîte des trembles, tandis qu'un autour attardé s'élevait perpendiculairement sans se préoccuper des cercles de l'oiseau de nuit, et allait en hâte regagner son aire. « Je vais bientôt sortir de cette impasse, me disais-je; il doit y avoir une route près d'ici; il paraît que je me serai écarté d'une bonne verste! »

Je gagnai enfin la corne du bois, mais là encore il n'y avait aucune espèce de route tracée; de basses touffes de je ne sais quelles pousses se prolongeaient éparpillées devant moi; je m'étonnais que tout cela n'eût pas été retranché par le fer; au delà, mais loin, bien loin, je croyais distinguer une plaine sans bornes, un désert. Je m'arrêtai de nouveau. « Quelle aventure! Ah çà, où suis-je donc? » dis-je tout haut. Et je me mis à récapituler dans ma mémoire tout le chemin que j'avais suivi dans la journée.... « Ah! à présent, j'y suis! ce sont là les buissons de Parakhinks; et ceci doit être le bois de Sindéef. Mais comment suis-je donc venu me perdre à des distances....? c'est bien étrange, à présent il faut que j'appuie à droite. »

J'allai à droite à travers les buissons. Pendant ce temps, la nuit devenait toujours plus obscure, le ciel était comme couvert d'un gros nuage orageux; les ombres fondaient de derrière moi, et d'en haut et d'en bas ; je sentis que je venais de mettre le pied sur un sentier bien mauvais, bien encombré d'herbes, mais enfin sur un sentier ; il va sans dire que je me mis à en suivre la direction en l'étudiant avec grande attention. Tout, autour de moi, était d'un silence inimaginable, sauf l'interruption assez rare produite par le cri de la caille. Il y eut aussi un moment où un petit oiseau de nuit, qui volait bas et sans aucun bruit, faillit se jeter contre moi et s'éloigna bien vite avec frayeur. J'arrivai aux derniers buissons et me sentis dans les champs. Je distinguais avec peine les objets éloignés ; un blanc trouble plutôt que grisâtre s'étendait sur la plaine ; au delà, une morne obscurité affluait de minute en minute, et se pelotonnait en grandes masses mouvantes. Mon pas retentissait sourdement dans l'atmosphère refroidie et condensée. Au ciel blafard de tout à l'heure succéda peu à peu l'azur ordinaire de la nuit ; et les étoiles en scintillant s'y firent jour les unes après les autres selon leur distance.

Ce que j'avais pris pour un bocage était un mamelon.

« Mais, mon Dieu, où suis-je donc ? » répétai-je. Je m'arrêtai pour la troisième fois et je regardai interrogativement ma Diane, qui était une chienne anglaise blonde, le plus spirituel certainement de tous les quadrupèdes. J'avouerai cependant que le plus intelligent des quadrupèdes, tout en remuant la queue et en jouant des paupières sous mon regard, ne sut me donner aucun bon avis sur la conjoncture. J'eus la conscience, moi, homme, que je n'en savais pas davantage, et je me lançai désespérément en avant, tout à fait comme si j'eusse enfin deviné où il fallait aller. Je tournai le tertre et je me trouvai dans une vallée étroite

où, çà et là, avait passé la charrue. Un étrange sentiment s'empara aussitôt de moi : cette vallée avait
presque l'aspect régulier d'une chaudière évasée par
le haut ; au fond se dressaient comme posés à dessein
d'énormes blocs de pierres blanches; on eût vraiment
dit qu'elles étaient là rangées comme pour les conci-
liabules d'êtres mystérieux. En effet, tout était silencieux et morne dans cette gorge; le ciel qui la domi-
nait était si plat et si mélancolique que j'en avais le
cœur oppressé. Un faible souffle de vent bruissait plaintivement entre les blocs. Je me hâtai de sortir de cette
espèce d'impasse et me mis à gravir une hauteur sur
laquelle je me tournai et retournai en tous sens. Jusqu'à ce moment, je n'avais pas perdu l'espoir de trouver un chemin qui me ramenât chez moi; mais là je
reconnus pleinement que j'étais égaré, et n'essayant
plus le moins du monde de reconnaître des lieux qui,
du reste, étaient tout à fait plongés dans les ténèbres,
je marchai au hasard, sans plus rien regarder que la
situation des étoiles. Je cheminai ainsi tout un bon
quart d'heure, et je ne dirai pas sans soupirer de fatigue; il me semblait n'avoir jamais vu de lieux aussi
complétement déserts; pas une lumière au loin, souvent pas un son dans l'air. Une colline succédait à une
autre, puis des champs qui s'étendaient sans fin, puis
des buissons qui semblaient sortir de terre comme
pour me cingler le visage... Je commençais à songer
que le seul parti à prendre serait de chercher quelque
arbre, quelque petit espace tapissé de mousse, et de
m'y accroupir pour attendre la fin de cette cruelle
nuit.

J'y songeais plus que jamais, quand tout à coup je
me sentis au-dessus d'un affreux précipice. Je retirai
à temps le pied que j'avais imprudemment avancé, et

à travers une nuit qui me sembla devenir un peu plus transparente, je découvris, à force d'attention, les lointains d'une plaine immense. Une large rivière ceignait cette plaine du superbe demi-cercle qu'elle formait à partir du point où je me trouvais ; les eaux avaient l'éclat de l'acier poli, et cet éclat dessinait au regard son cours, bien qu'obscur en certains endroits. Le tertre où je me tenais et dont les contours se détachaient en bistre sur le vide azuré de l'air, descendait presque à pic, droit au-dessous de moi, dans l'angle même que formaient l'escarpement et la plaine, près de la rivière, qui était semblable à un sombre miroir immobile au pied du versant ; à ma droite s'élevait la fumée de deux petits feux de bivouac voisins l'un de l'autre. Alentour étaient des silhouettes humaines, des ombres mouvantes ; par moments je distinguais même la chevelure bouclée d'une toute jeune tête.

Enfin je ne devais plus me regarder comme égaré, je savais en quel lieu j'étais venu me perdre. La plaine que j'entrevoyais était une prairie bien connue dans nos contrées sous le nom de *Béegine lough*[1] ; il fallait renoncer à l'idée de regagner de nuit ma maison, d'autant plus que j'éprouvais une excessive lassitude. Je résolus d'approcher des feux et d'attendre l'aurore dans le cercle de ces hommes, que je prenais pour des marchands en expédition. Je dévalai sans mésaventure, mais j'eus à peine lâché le dernier rameau de broussailles dont j'avais dû m'aider pour éviter une descente trop rapide, que soudainement deux grands chiens blancs s'avancèrent contre moi avec des aboiements furieux. De sonores voix d'enfants s'élevèrent autour

1. Le pré des Coureurs (chevaux).

des feux, et deux ou trois jeunes garçons furent en un moment sur le qui-vive... Je me hâtai de répondre à leurs cris interrogatifs... Ils accoururent de mon côté en rappelant leurs chiens, qu'avait surtout animés l'apparition de ma Diane. J'allai au-devant des enfants.

Je m'étais trompé en prenant de loin pour des marchands ces jeunes garçons; les paysans d'un village voisin avaient là plusieurs de leurs enfants qui gardaient un taboun [1]. Pendant les ardeurs de la canicule, il est d'usage, dans nos contrées, de mener la nuit les chevaux paître à la prairie : les taons et les œstres ne leur donneraient pas de repos pendant le jour. Pousser aux prés avant la nuit tout un taboun et le ramener sain et sauf au point du jour est pour les petits villageois une partie de plaisir; chevauchant tête nue sur les plus vifs poulains, ils galopent en riant, ils crient, balancent pieds et bras, bondissent de joie, s'épanouissent de bonheur; une poussière fine s'élève en colonne jaunâtre et les suit sur la route; loin, bien loin, on entend leur réjouissant galop; les chevaux courent l'oreille dressée; en avant de tous, file, la queue au vent, on ne sait quel roussin ébouriffé, qui porte des grappes de bardane dans sa crinière inextricable.

Après avoir informé les enfants que je m'étais égaré, je m'assis sur un gros caillou à côté d'eux. Ils me demandèrent de quel endroit j'étais, se turent et se mirent à l'écart. Notre conversation ne fut pas longue. J'allai m'étendre à six pas des feux, sous un buisson presque dépouillé, et me mis à regarder de là les objets environnants. Autour des feux frémissait et semblait expirer, en s'appuyant contre l'obscurité, un reflet rougeâtre arrondi à son sommet. Une petite flamme, qui s'élève

---

1. Grand troupeau de chevaux laissés libres sans bride ni entrave,

de temps à autre, lance au-delà de ce cercle de rapides lueurs; un mince jet de lumière passe sur les rameaux dépouillés de l'osier sauvage et disparaît aussi vite qu'il a paru; de longues pointes d'ombres s'élancent à leur tour en un clin d'œil, arrivent jusqu'aux feux, et les ténèbres luttent avec la lumière. Parfois, quand la flamme était bien faible et que le dôme lumineux se resserrait et s'affaissait sensiblement, il arrivait que sur le fond de l'obscurité croissante perçait une tête de cheval brun marbré de gris ou tout à fait blanche; cette tête nous regardait d'un air de stupide attention, tout en broutant les hautes herbes, puis tout à coup s'abaissait ou s'effaçait dans l'ombre. Seulement on l'entendait encore brouter et s'ébrouer. Du lieu qui se trouvait éclairé, il était impossible de bien distinguer ce qui restait plongé dans les ombres environnantes, de sorte que jusqu'à de grandes distances tout semblait couvert d'un impénétrable rideau noir; mais plus loin, à l'horizon, on apercevait de longues taches confuses, qui devaient être des collines et des forêts. Le ciel sans lune, sombre, mais pur, s'étendait solennellement au-dessus de nous, perceptible jusqu'à des hauteurs infinies, où le regard obstiné à le chercher parvenait à le voir dans toute sa mystérieuse splendeur; la poitrine humaine se resserrait voluptueusement en aspirant ces fraîches senteurs.... les senteurs d'une nuit d'été russe. Alentour on n'entendait presque aucun bruit, sinon de temps en temps, dans la rivière qui coulait près de nous, le remous causé par quelques gros poissons qui se mettaient en chasse, ou bien un léger frôlement de roseaux dans une baie de la rive, et par intervalles certains pétillements sourds de nos feux.

Les enfants étaient assis tout à l'entour du bivouac en compagnie des deux chiens qui avaient eu une si grande envie de me dévorer. Ces deux braves gardiens ne purent de longtemps se faire à ma présence, et, tout couchés qu'ils étaient près des feux, de temps en temps ils murmuraient avec un sentiment extraordinaire de leur propre valeur; ils grondaient, puis ils hurlaient un peu, comme pour témoigner du regret qu'ils avaient de ne pouvoir se passer leur fantaisie. Les petits garçons étaient au nombre de cinq : Fédia (Théodore), Pavloucha (Paul), Ileoucha (Élie), Kostia (Constantin) et Vania (Ivan ou Jean). C'est d'après leurs entretiens que j'ai su leurs noms, et je demande humblement au lecteur l'autorisation de l'introduire dans le cercle de mes jeunes hôtes. Le premier de ces enfants, le jeune Fédia, est un garçon à qui vous donneriez bien quatorze ans. C'est un jouvenceau dont les traits sont fins et corrects, dont les cheveux sont naturellement bouclés, dont l'œil est brillant, le regard pur, le visage animé par un sourire empreint de sérieux et de jovialité. Tout en lui semblait annoncer qu'appartenant à une famille aisée, il n'allait ainsi bivouaquer dans la steppe que volontairement et pour son plaisir. Il avait sur lui une chemise-blouse d'indienne bariolée, bordée d'un cordon ou d'une broderie rustique jaune; et, par-dessus, un petit armiak neuf dont il n'avait pas passé les manches, de sorte que ce vêtement glissait souvent sur ses épaules un peu étroites; sa chemise était assujettie par une ceinture bleue d'où pendait un petit peigne de corne. Ses bottes, dont les tiges ne montaient que jusqu'au mollet, étaient bien ses bottes et non pas celles de son père[1].

---

1. Dans les campagnes, une paire de bottes achetée par le père à la mesure de son pied sert fréquemment à la femme, aux filles et aux jeunes garçons; il s'agit seulement de demander au père la permission de les mettre. On voit souvent passer, même

Le second enfant, Paul ou Pavloucha, avait une chevelure noire ébouriffée, des yeux gris, les pommettes fortes, un teint blême et marqué de rousseurs, la bouche grande, mais régulière, la tête énorme, ou, selon une comparaison toute d'Orel, grosse comme une chaudière à bière, un corps ramassé et trapu. A vrai dire, il n'y avait pas à louer celui-là de sa bonne mine; ce qui n'empêcha pas ce jeune garçon de me plaire beaucoup. C'est qu'il avait le regard franc et spirituel, c'est que le timbre toujours net de sa voix annonçait je ne sais quoi de ferme dans le caractère. Son costume n'était pas plus élégant que sa coiffure; il consistait en une chemise sale et grossière avec des culottes rapiécées aux genoux et à la ceinture.

dans les capitales, les jours de pluie, tout un troupeau de jeunes villageoises en grands atours, et chacune une paire de bottes à la main ou sur le dos en sautoir; cela a bon air; elles ont chacune les bottes de leur famille; seulement, comme il pleut, elles n'osent les chausser.

Ce que nous indiquions ici comme une singularité piquante de mœurs a été pris au tragique par un critique très-bienveillant pour le livre, mais qui a cru voir dans ce fait le dernier degré de l'abjection et de la misère, et en a pris texte pour une éloquente tirade contre le servage. Mais il ne s'est pas aperçu que les *grands atours* de nos villageoises supposent qu'elles ont au moins la faculté de s'acheter des souliers. Le même usage a lieu aux Antilles, où la mulâtresse, devenue libre, explique surtout cette liberté par le droit de lutter de luxe et d'élégance avec la créole; mais comme elle a pris l'habitude de marcher pieds nus, et ne peut se résoudre à porter une chaussure, elle complète sa toilette en tenant à la main une paire de souliers de satin. Le servage a contre lui assez d'arguments sérieux sans lui laisser celui-là, et il y a telle partie de la Russie où la femme du paysan, serf ou autre, porte sur elle en bijoux jusqu'à la valeur d'une fortune. Ne sait-on pas, du reste, par toutes les relations de voyages, que le servage, heureusement inconséquent comme presque toutes les institutions humaines, présente souvent cette anomalie de serfs enrichis par le commerce et devenus millionnaires qui jouissent paisiblement de leur fortune sous des maîtres quelquefois moins riches que leurs vassaux.

La physionomie du troisième enfant , Ileoucha ou Élie, était assez insignifiante : son galbe allongé et bosselé, son regard de myope, son air tour à tour stupide et maladivement inquiet, ses lèvres serrées et immobiles, ses sourcils rapprochés qui ne s'écartaient plus, son interminable clignotement devant des feux déjà endormis sous la cendre, ses cheveux de filasse qui pendaient de dessous une laide casquette de gros feutre, et qu'il renvoyait des deux mains contre ses oreilles ; tout cela formait un ensemble peu gracieux. Il avait des souliers d'écorce tressée, sous les bandelettes de toile dont les paysans s'entortillent les pieds jusqu'au-dessus de la cheville en guise de chaussettes ; un triple tour de corde à puits assujettissait au-dessus des hanches sa souquenille de toile noire, qui était assez propre. Élie et Paul avaient également l'air de garçons de douze ans.

Constantin (Kostia) n'annonçait pas plus de dix ans, et pourtant il m'intéressait par son air pensif et son regard triste ; son visage était petit, maigre, pointu ; la partie inférieure était effilée comme un museau d'écureuil ; on avait de la peine à lui trouver des lèvres. Ce qui faisait surtout une étrange impression, c'étaient ses grands yeux noirs qui brillaient d'un éclat fondant et semblaient toujours vouloir dire quelque chose, tandis que jamais un mot ne lui venait à la bouche. Il était de petite taille, de complexion grêle, et vêtu pauvrement.

Quant au cinquième, Vania ou Jeannot, je ne l'avais pas d'abord aperçu ; il était étendu par terre, bien tranquillement entortillé d'une natte carrée, et rarement il dégageait à demi de dessous cette enveloppe sa petite tête frisottée. C'était un enfant qui ne pouvait guère avoir plus de sept ans.

J'étais couché sous la feuillée, un peu à l'écart, et je regardais ces enfants. Un chaudron était suspendu au-dessus de l'un des feux ; ils y faisaient cuire de petites pommes de terre. Paul y avait l'œil, et se tenant sur les genoux, il les remuait avec un éclat de bois dans l'eau bouillante. Fédia était couché aux trois quarts sur un endroit tant soit peu incliné ; il se tenait appuyé sur son coude et laissait retomber à droite et à gauche la robe de son armiak. Élie était étendu tout près du petit Kostia et continuait à clignoter d'un air de grande attention. Kostia leva un peu la tête et sembla regarder au loin quelque chose. Vania (Jean) se tint immobile sous sa natte ; moi je feignis de dormir. Peu à peu les enfants se remirent à causer.

D'abord ils caquetèrent sur ceci, sur cela, sur les travaux du lendemain, sur tels et tels chevaux. Fédia se tourna soudainement vers Élie, et reprenant une conversation interrompue probablement lors de mon apparition, il lui dit :

« Eh bien, tu dis donc que tu as vu le *domovoï* [1] ?

— Non ; je ne l'ai pas vu, et on ne peut pas le voir, répondit Ileoucha d'une voix faible et chevrotante, dont le son correspondait parfaitement avec l'expression de ses traits ; mais je l'ai entendu, et je ne suis pas le seul qui l'ait entendu.

— Et où est-ce qu'il est chez vous ? demanda Paul.

— Dans la cuvière, tu sais, l'endroit aux cuves, tout contre la roue, près de la digue, dans la papeterie.

— Comment ? vous allez donc dans la papeterie, vous autres petits ?

---

1. Le *domovoï-doukh* est l'esprit familier d'une maison. Il passe pour y maintenir l'ordre ; mais personne ne souhaite ses visites.

— Eh oui; mon frère, le petit Avdée et moi, nous travaillons un peu avec les lisseurs.

— Oh! oh! vous voilà ouvriers.

— Bon! mais comment as-tu entendu le domovoï? demanda Fédia.

— Voici comment : nous étions, mon frère Avdée, Fédor Mikhéïtch, Ivan Koçoï et l'autre Ivan des Belles-Collines, et un troisième Ivan, Soukhoroukof, et encore d'autres gars, en tout dix, tous ceux du jour; le soir, nous allions nous séparer; il était déjà tard; le régisseur nous dit : « Vous reviendrez demain de bonne heure; demain il y a beaucoup d'ouvrage. Vous allez partir, mes gars; pourquoi? restez plutôt ici.... » Et voilà; nous sommes restés, et nous avons choisi la cuvière pour dormir. A peine nous étions couchés, qu'Avdée nous dit : « Et si nous avons la visite du domovoï!... » Avdée n'avait pas fini de parler, que sur nos têtes quelque chose passa avec un drôle de bruit. Nous étions tout en bas, et le bruit était en haut, sur nous, puis sur la roue; ça marche, ça grogne, les planches plient et craquent; le domovoï repasse sur nos têtes, et alors l'eau gronde, gronde, elle bat, rebat plus fort; la roue tourne... Pourtant la pelle du goulot de la digue avait été bien rabattue. C'est étonnant, que nous nous disions, elle ne s'est pas relevée toute seule. Mais la roue tourne bien des fois, et puis elle s'arrête, et l'eau ne vient plus; et le domovoï est à la porte d'en haut; tiens, il descend l'échelle... lentement : il est lourd, les échelons crient sous lui... Allons, le voilà derrière notre porte... Qu'est-ce qu'il attend là? Nous regardons... la porte s'ouvre toute grande. Nous sommes transis de peur; nous regardons toujours... rien! Mais voilà près d'une cuve une cuiller à filet qui se remue; elle se dresse, se plonge dans la tonne, puis elle marche,

marche toute seule dans l'air, comme si quelqu'un la rinçait, et la voilà remise à sa place. Et puis, près d'une autre cuve, le crochet s'est ôté... ôté du clou, et, un moment après, il s'y est replacé. Ensuite, c'était comme si quelqu'un regagnait la porte, et ça s'est mis à tousser et à bêler comme une brebis, à crier comme le butor... Nous nous étions tous mis en un tas, les uns sur les autres, comme des sacs de blé. Oh! c'est que nous avions joliment peur, allez.

— Qu'est-ce que le domovoï pouvait avoir à tousser comme ça? dit Paul.

— Je ne sais pas; peut-être l'humidité... »

Après quelques moments de silence, Fédia dit : « Çà, les pommes de terre sont-elles cuites? »

Paul tâta une pomme de terre, et dit : « Non, pas encore. » Puis, se retournant vivement vers la rivière, il ajouta : « Comme il a sauté! vous avez entendu? Ce doit être un brochet. » Puis, regardant en haut « Allons, une étoile filante à présent!

— Camarades, dit Constantin de sa voix grêle, écoutez, écoutez que je vous raconte une chose que ma tante, ces jours derniers, a dite devant moi.

— Fort bien; nous écoutons, dit Fédia d'un air protecteur.

— Vous connaissez tous, n'est-ce pas, Gavrîlo, le charpentier de la slobode [1]?

— Oui, oui... eh bien?

— Savez-vous pourquoi il est si triste, pourquoi il ne parle à personne? Voici pourquoi il est triste : il était allé une fois, comme le raconte ma tante, il était allé cueillir la noisette; il en a cueilli assez, mais il s'est égaré dans le bois... Il allait, il allait encore, en-

---

1. La bourgade ou bien la grande rue du village.

core, et Dieu sait où; il s'arrêtait, regardait, rêvait, puis il marchait, marchait... point, il ne pouvait trouver sa route, et la nuit était venue. Il s'assit sous un arbre. « Eh bien, se dit-il, j'attendrai ici le matin. » Il se pelotonna et s'endormit. Il dormait déjà fort, quand il s'entendit appeler : « Gavrilo! Gavrilo! » Il se frotte les yeux, regarde... Rien. Il s'endort de nouveau, de nouveau on l'appelle. Il se reprend à mieux regarder... et à la fin il voit devant lui, sur une branche, une *roussalka* [1] qui se balance et qui rit, qui rit, qui se pâme de rire... La lune brillait beaucoup, beaucoup, comme si c'eût été exprès, et le follet lui-même brillait comme la lune, et elle était bien blanche, blanche et luisante, tout comme argentée. Elle voit que le pauvre Gavrilo était moitié mort de peur, et elle rit, et elle l'appelle comme ça de la main. Gavrilo se leva, et il était, figurez-vous, presque prêt à s'approcher de la roussalka, quand, grâce à Dieu, il se ravisa ; il voulut chercher des deux mains sa croix de baptême, et comme ça lui fut difficile ! Ah ! camarades, il l'a dit lui-même, sa main était comme de pierre : il la soulevait, et les doigts ne pliaient pas... Mais il parvint à mettre sa croix en dehors sur sa chemise, au milieu de sa poitrine. La roussalka ne riait plus, au contraire... la voilà qui se met à pleurer... et des larmes, des larmes! Elle s'essuyait avec ses cheveux verts, et verts de verdure, tout à fait du chanvre sur pied. Gavrilo, un peu plus tranquille, la regarda tout son soûl d'abord, et puis il lui dit : « Eh! verdure des bois, tu sais parler, dis, voyons, dis pourquoi tu pleures. » La roussalka lui répondit : « Il ne fallait pas, petit homme, il ne fallait pas toucher à ta croix ; tu aurais vécu avec moi dans la joie jusqu'à la fin de tout ;

1. Fée des bois, et aussi naïade, de *rouslo*, lit de rivière.

mais je pleure et je vais bien souffrir; je ne souffrirai pas seule, tu souffriras aussi, toi, jusqu'à la fin des temps. » Et Gavrîlo la vit s'affaisser, se dissoudre, s'évanouir... et Gavrîlo comprit dans le même instant comment il pouvait sortir du bois; en vingt pas il était à la lisière... Depuis cette nuit-là, il n'a plus eu aucun plaisir à vivre.

« Maudite roussalka! dit Fédia après une minute de réflexion silencieuse; mais comment se peut-il qu'une pareille vermine gâte ainsi une âme de chrétien? car enfin il ne lui a pas obéi, il a tenu bon.

— C'est égal; d'ailleurs, c'est comme ça, répondit Kostia... et Gavrîlo dit que la voix de la roussalka était grêle, lamentable comme celle du crapaud.

— Ce sont tes parents eux-mêmes, vraiment, qui ont raconté tout cela? dit Fédia.

— Mais oui; et j'étais couché sur la soupente; je n'en ai pas perdu un mot.

— C'est singulier. Qu'est-ce qu'il a donc pour languir à présent? Est-ce qu'elle l'a touché? Il plaisait à cette maudite, puisqu'elle l'appelait.

— Oui, il lui avait plu!... Comment donc! 'elle voulait le chatouiller, voilà ce qu'elle voulait; c'est affaire aux roussalkis, cela.

— Mais ici même il doit y avoir des roussalkis? dit Fédia.

— Non, répondit Kostia; ici, c'est un endroit découvert, un lieu pur... et premièrement voici la rivière. »

Tous réfléchirent en silence. Tout à coup, dans le lointain, retentit comme un long cri de plainte et d'angoisse, un de ces sons de la nuit, de ces bruits indéfinissable set inconcevables qui naissent au sein même du silence, s'élèvent, s'arrêtent quelque part dans l'air, et

s'en vont à la fin comme en mourant. Vous écoutez :
il semble qu'il n'y ait rien; et pourtant c'est un son
qui vous a frappé. Cette fois, c'était comme si de là-
bas, là-bas, à l'horizon, quelqu'un en effet eût crié ;
puis, comme si dans la forêt une autre personne eût
répondu par un aigre petit éclat de rire; et un sifflement faible et strident à la fois semblait fuir à la surface
de la rivière.

Les enfants s'entre-regardèrent... Ils avaient le
frisson.

« A nous la protection de la croix! murmura Ilia.

— Ah çà, vous autres, cria Paul, n'allez-vous pas
avoir peur? Tenez, vous voyez bien que les pommes
de terre sont cuites à point. »

Quatre petites têtes se penchèrent au-dessus du
chaudron, et ils se mirent, à l'envi les uns des autres,
à manger les tubercules fumants ; le seul Ivan ne bougea pas.

« Eh bien! et toi? » lui cria Paul.

Mais il ne voulut pas même retirer les bras d'entre les
plis de sa natte.

La chaudière ne tarda pas à être vide.

« Avez-vous su, vous autres, dit Ileoucha (Elie), ce
qui est arrivé de nos côtés aux *Barnabitzis* ?

— A la digue? dit Fédia.

— Oui, oui, oui, à la vieille digue abandonnée...
Voilà un abominable endroit! tout environné de cavées,
de ravins, de rocailles... et des serpents à foison.

— Eh bien! qu'est-ce qui est arrivé là? voyons.

— Voici quoi. Peut-être bien, Fédia, tu ignores
qu'un homme y a été enterré; un homme qui s'était
noyé, il y a bien longtemps de ça, quand l'étang était
profond. Le corps a été enterré sur le bord; ce n'est
pas très-visible, mais pourtant il y a une petite éléva-

tion de terre. A présent, écoutez. L'intendant fit venir, il y a quelques jours, le veneur Ermill, et lui ordonna d'aller à la poste. C'est toujours Ermill qu'on envoie à la poste; il n'a pas un seul chien à exercer, pas même un chien quelconque à lui : tous meurent; jamais aucun n'a pu vivre avec lui ou près de lui. Un beau veneur, n'est-ce pas? Ermill est donc parti pour la poste. Étant à la ville, il s'y attarda un peu, et il avait bien des fumées dans la tête quand il monta à cheval pour regagner le village. La nuit tomba, puis elle devint très-claire; il y avait pleine lune. Voilà notre Ermill arrivé, sans savoir lui-même comment, à la vieille digue; il lui faut traverser tout ce vilain endroit. Il s'y engage sans répugnance, il arrive à la tombe du noyé; il regarde, et il voit couché dessus un moutonnet tout blanc, tout frisé, très-joli; le petit animal se met à marcher sur la tombe. Le veneur Ermill a bon cœur : il pense que c'est un animal perdu, s'il reste en ce mauvais lieu; il descend de cheval et le prend; le moutonnet est tout tranquille dans ses bras; Ermill se rapproche de sa monture, le cheval s'éloigne, regimbe, rue, renifle, hennit, branle la tête; pourtant Ermill le met à la raison; il remonte, et le voilà cheminant, tenant le joli moutonnet devant lui. Ermill regarde le moutonnet, celui-ci le regarde bien droit en face. Cela parut bien étrange à Ermill, qui avait bien la mémoire un peu troublée, mais qui pourtant n'avait jamais entendu dire que les moutons regardassent ainsi les gens face à face. Il finit par se dire que c'était un cas particulier; il n'y fit plus attention; il caressa de la main son moutonnet, et, dans sa joie de lui trouver la laine si douce, il prononça le mot qu'on dit toujours aux agneaux : Bêacha! bêacha! sur quoi le mouton aussitôt lui montra les dents et lui envoya les mêmes mots : Bêacha! bêacha!... »

Le conteur n'avait pas achevé de prononcer ces deux derniers mots, que les deux chiens du bivouac se soulevèrent en même temps, et, s'élançant avec une fureur convulsive, disparurent dans l'ombre. L'alerte fut générale parmi les enfants; Vania (Ivan) même sortit des contours de sa natte. Paul, en criant à tue-tête, se précipita à la suite des chiens, dont les aboiements étaient de minute en minute plus lointains. On entendait la course désordonnée et inquiète de tout le taboun effarouché. Paul redoublait ses cris pour encourager les chiens : « Séeri! joutka! pille! pille! » Quelques moments après, les aboiements cessèrent; les derniers cris de Paul nous arrivèrent fort affaiblis par la distance. Il se passa ensuite un bon quart d'heure de silence; les jeunes gars se regardèrent avec le sentiment de l'incertitude commune... Enfin résonna le galop d'un cheval, qui vint s'arrêter net devant le bivouac, et Paul mit pied à terre en s'aidant de la crinière du coursier. Les deux chiens vinrent aussi bondir dans le cercle lumineux, où tout d'abord ils se couchèrent en nous tirant des langues du plus beau rouge.

« Qu'est-ce que c'est? qu'est-ce qu'il y avait là-bas? crièrent les enfants.

— Ce n'était rien, répondit Paul, faisant du bras un signe de congé au cheval; les chiens ont flairé la trace de quelque bête; je pense que c'était celle d'un loup; par cette obscurité, je n'ai pu voir, » ajouta-t-il très-froidement; et puis il se mit à respirer à pleine poitrine.

Je ne pouvais m'empêcher d'admirer ce petit Paul; c'est qu'il était beau à voir en ce moment-là, lui qui était, je l'ai dit, fort laid; son visage, animé par une course rapide et pleine d'émotions, brillait de résolution et d'intrépidité. Sans avoir même une houssine à la main, dans les ténèbres, croyant à un danger, il s'élance

sans hésitation contre un loup, peut-être contre plusieurs... Je pensai, en le voyant alors si calme, si modeste, et me dis en moi-même : « Voilà un charmant
enfant ! »

« Et y en avait-il, dis-moi, des loups, hein? dit Kostia
le poltron.

— Il y en a ici beaucoup en tout temps, la nuit, répondit négligemment mon Paul; mais ce n'est que l'hiver qu'ils sont incommodes. »

Et il se blottit de nouveau près du feu. En s'arrangeant à terre pour être à son aise, il laissa tomber un
de ses bras sur le dos tout mouillé de sueur de l'un des
chiens; celui-ci, heureux de cette caresse fortuite, regarda Paul avec une fierté reconnaissante et resta
longtemps sans détourner la tête, tout harassé qu'il
devait être de sa course.

Vania, le plus jeune de tous, se roula de nouveau dans
sa natte.

« Ah çà, toi, Ileoucha (Elie), de quelles terreurs nous
parlais-tu? tu te souviens, dit Fédia, qui, en sa qualité
d'enfant de riche paysan, avait l'habitude d'être bercé
d'histoires (quant à lui, il parlait peu, comme s'il avait
eu à sauvegarder son mérite reconnu). Tu t'es arrêté
au moment où les chiens se sont levés... Oui, oui, chez
vous il y a un lieu mal hanté.

— Les *Barnabitzis?* Ah! mais on voit là des revenants
aussi. Là, plus d'une fois on a vu errer feu le vieux seigneur. On dit qu'il va là en long cafetan; il marche,
il fait des soupirs, il cherche des yeux à terre, Dieu sait
quoi. Une fois, la nuit, le père Trofime l'a rencontré et
lui a dit : « Seigneur Ivan Ivanovitch, que te plaît-il
donc de chercher ainsi à terre? »

— Comment! Trofime a osé lui parler, dit Fédia con-
fondu de surprise.

— Eh oui, il lui a parlé.

— Ah bien! c'est un fameux gaillard que le vieux Trofime, allons. Eh bien! qu'a dit le défunt.

« Je cherche de l'herbe à tout fendre, a répondu le revenant d'une voix bien creuse, bien sourde. Oui, l'herbe à tout fendre, a-t-il dit. — Et qu'as-tu à faire à présent de l'herbe des sorciers, puisque tu es mort, seigneur Ivan Ivanovitch? — La terre m'étouffe, je suffoque là-dessous, dit le défunt.... il faut que je sorte de là, Trofime. »

— Voyez-moi donc ce vieux, dit Fédia, un mort, il lui faut de l'air. Il paraît qu'il n'avait pas vécu son soûl.

— C'est étonnant, reprit Kostia, je pensais qu'on n'avait chance de voir les morts que le samedi roditelskaïa 1.

— On peut voir les morts à chaque heure, dit avec assurance Ileoucha (Elie), qui, autant que je pus l'observer, possédait le mieux toutes les traditions du village. Seulement, quand vient le samedi roditelskaïa, tu peux voir les vivants marqués pour la mort, c'est-à-dire ceux qui mourront dans l'année. Il ne faut pour cela qu'aller s'asseoir à la nuit tombée sur le perron de l'église et regarder sans bouger toujours droit devant soi. Si tu fais cela, tu verras dans ceux qui passeront là-bas devant toi justement ceux dont le tour de mourir est venu. La vieille Ouliane, l'an passé, est allée se mettre sur le perron.

— Bon, mais a-t-elle vu quelqu'un? demanda Kostia avec empressement.

— Comment donc! D'abord elle a été longtemps, bien longtemps là, assise sans mouvement, regardant, écou-

---

1. Celui des samedis de l'année qu'on a choisi pour commémorer et célébrer la mémoire de ses parents défunts.

tant, sans voir, sans entendre personne... seulement il lui semblait qu'un chien aboyait, hurlait étrangement quelque part comme au fond d'une cave... Enfin, un petit garçon en chemise passe par le sentier; elle le voit, et, en le suivant bien de l'œil, elle reconnaît que c'est le petit de Fédocia.

— Le petit Ivan? celui qui est mort au printemps?

— Lui-même. Ce qui fait qu'elle ne l'avait pas d'abord reconnu, c'est qu'il marchait la tête basse.... mais elle l'a bien reconnu avant qu'il fût passé. Quelque temps après l'enfant, il passe lentement une baba [1]. Ouliane la reconnaît tout de suite, je veux dire se reconnaît; c'était elle-même, elle, Ouliane, qui traversait la route.

— Quoi c'était elle-même qui passait là-bas et elle-même qui s'est vue? dit Fédia.

— Eh oui, elle-même, quoi!

— Eh bien, mais elle n'est pas encore morte.

— C'est que l'année n'est pas passée. Viens demain à notre village et regarde-la bien; l'âme ne lui tient plus au corps. »

Là-dessus les enfants firent silence. Paul jeta une poignée de bois sec sur le brasier; les branches, en tombant, firent élever des myriades d'étincelles; elles noircirent, se tordirent, craquèrent, émirent des jets de fumée grisâtre, relevèrent leurs extrémités en becs de gaz allumés qui s'agrandirent et se mêlèrent en prenant des teintes fortes, et une flamme générale s'éleva, lançant plus haut une grande lueur rousse frémissante et mêlée d'étincelles folâtres. Une colombe vola, on ne sait d'où, juste à la crête de cette grande lueur, dont elle fit le tour à trois reprises, et aussitôt s'en éloigna avec de grands battements d'ailes.

1. Femme de village.

« Voilà, dit Paul, une colombe égarée loin de chez
elle; elle va maintenant voler un peu partout, jusqu'à
ce qu'elle ait trouvé un endroit sûr pour la nuit, afin d'y
attendre l'aurore.

— Mais, dis-moi, Paul... ne serait-ce pas, dit Kostia,
l'âme d'un juste partie pour gagner le ciel, hein?

— Peut-être... peut-être bien, répondit Paul en
jetant sur l'autre feu une autre poignée de branchages.

— Hé! Paul, dit Fédia, qui désirait qu'on ne mît pas
d'interruption dans les récits, de grâce, dis-moi si chez
vous, à Chalachof, on a vu comme chez nous le *félomèle
célesse* 1.

— Ah!... quand le soleil s'est barbouillé de noir! je
sais... Eh oui, nous l'avons vu.

— Vous avez été bien effrayés aussi, vous autres, sûrement?

— Et pas seulement nous autres paysans. Notre seigneur nous avait dit lui-même, bien d'avance, qu'il
allait y avoir là-haut le félomèle.... et sitôt qu'il a vu la
nuit se mettre à la place du jour en plein midi, il a eu
lui-même bien peur, à ce qu'on raconte. Il y a chez lui,
au nombre des gens, une vieille femme employée dans
les cuisines; dès qu'elle vit que la nuit venait à cette
heure, elle crut qu'il n'y avait plus rien à cuire; elle
prit pots, jattes, terrines, casseroles, et lança et caram-
bola le tout dans le four, en marmottant : « Personne
n'a plus besoin de manger au jour du jugement. » Et
les choux et le gruau ont sauté dans le four. Et dans
tout le village on disait que les loups blancs allaient
couvrir la terre, et, aidés des oiseaux de proie, dévorer
tous les hommes, et qu'on verrait d'abord et avant tout

1. Pour le phénomène céleste ou l'éclipse.

Trichka, vous savez, Trichka, que le curé appelle l'*An-techrist*.

— Bon, mais qu'est-ce que c'est enfin que Trichka? demanda Kostia.

— Tu ne le sais pas! dit Ileoucha avec chaleur; eh bien, frère, tu es une fameuse bûche de n'avoir pas l'idée de Trichka. Qu'est-ce qu'ils font donc dans ton village, quand ils sont assis ensemble? ils ne font qu'un avec les bancs, il paraît. Trichka, c'est un homme étonnant qui viendra, oui, qui viendra. Et comment étonnant? à ce point, qu'on ne pourra d'aucune façon le saisir ni lui rien faire; à ce point étonnant, que le monde baptisé voudra l'empoigner; on sortira des cours avec des fourches et des gourdins, et des chaînes et des cordes, et on voudra le garrotter, l'enchaîner et le taper; et lui, il les fera tous loucher, et loucher de telle sorte, qu'ils se taperont, se bûcheront, se garrotteront les uns les autres. Y es-tu, maintenant? Ah! ce n'est pas tout; il se laissera pousser dans la prison; eh bien, on le tient, on le garde à vue; il demande à boire un peu d'eau; on lui apporte de l'eau dans une tasse de bois, et lui alors se recroqueville en l'air, plonge tout entier dans la jatte.... et cherche-le à présent!!! On le charge de fers, il se secoue un peu, et les anneaux brisés roulent autour de lui. Ce même Trichka, vois-tu, courra les hameaux, les grands villages et les villes, et ce sera un homme retors; il scandalisera et affolera le bon peuple, et il n'y aura rien à entreprendre contre lui.... oui, oui, ce sera un être malin, rusé, très-mauvais.

— C'est vrai, reprit Paul sans animation et sans hâte; c'est bien ça; c'est ce Trichka justement qui était attendu chez nous. Les vieillards disaient : « S'il y a vraiment le *félomèle célesse* dont parlent les bârines, eh bien, Trichka paraîtra pour sûr. » Le félomèle commença

donc : tout le peuple sortit des maisons, et on se répandit
dans la rue, sur les chemins, aux champs; on attend,
on veut voir; chez nous l'endroit est découvert, le terrain haut.... Pas un œil n'était fermé.... Voilà que du
côté de la slobode, sur le sentier du versant qu'on appelle le Raccourci, paraît tout là-haut, puis commence
à descendre on ne sait quel homme étrangement fait,
la tête grosse et haute comme tout le corps.... On regarde, on clignote, on se regarde, et tous de crier :
« Ohi! ohi! ohi! Trichka! Trichka! » Et de se jeter de
tous côtés : brr brr brr... comme des rats. Notre staroste
(l'ancien) se plongea dans le fossé jusqu'au menton; sa
femme alla se glisser ventre contre terre sous le bas de
sa porte cochère, criant comme une possédée, si bien
qu'elle effaroucha son chien de basse-cour; il rompit sa
chaîne, se jeta dans le jardin, franchit la clôture et gagna
le bois; le père Kouzmine se jeta dans les avoines, s'y
accroupit et se mit à imiter tant qu'il put le cri de la
caille. « L'ennemi des âmes, l'enragé diable n'en voudra
peut-être pas à un pauvre oiseau des blés! pensait-il. »
Voilà comme tous étaient ahuris et la tête à l'envers....
Eh bien! figurez-vous; cet homme qui avançait toujours
dévalant, dévalant avec l'idée de venir ajouter sa peur
à celle des autres, c'était Vavil, notre tonnelier; il était
allé acheter pour son usage un grand broc cerclé de
fer, et il s'en était coiffé tant bien que mal par commo-
dité. »

Les cinq enfants rirent de l'aventure, et ensuite restèrent un moment tout à fait silencieux, comme il arrive
à toutes les personnes qui conversent en plein air. Je
promenai mes regards de tous côtés; partout régnait la
nuit triomphante et solennelle; à la fraîcheur du soir
avancé avait succédé la bonne et saine chaleur de minuit; elle avait encore plusieurs heures à séjourner sur

la campagne, endormie sous d'amples et moelleux rideaux aériens : longtemps encore il fallait attendre les premières teintes rosées de l'aurore, les premiers bégayements du réveil de la nature. La lune, absente de l'horizon, ne devait y paraître que plus tard. Les innombrables étoiles du ciel semblaient avoir là-haut un courant qui les emportait toutes à l'envi les unes des autres, comme si elles eussent eu dans la Voie lactée un rendez-vous auquel elles voulaient et ne pouvaient arriver; et en les regardant exécuter leur course au clocher, il me sembla plusieurs fois sentir sous moi la rotation rapide, incessante de la terre.... J'en étais là de ma rêvasserie, quand soudain un cri perçant, douloureux, retentit deux fois au-dessus de la rivière, puis quelques minutes après se répéta de la même manière, mais plus loin...

Kostia frisonna...

« Qu'est-ce là ? dit-il.

— C'est le cri du héron, répondit fort tranquillement Paul.

— Du héron?... du héron?... Mais, Paul, qu'est-ce qu'on m'a donc dit hier au soir?... que... Peut-être que tu sais cela, toi, Paul.

— Que je sais quoi ? parle donc.

— Voici ce que j'ai entendu dire. Je me rendais de Kamennaïa-Grade à Chachkino; j'ai longé d'abord toute notre coudraie, et puis j'ai pris par les bas prés; tu sais, là-bas, à l'endroit où le pré côtoie le tournant rapide de la rivière... là, tu te rappelles qu'il y a tout près un boutchilo [1] dont une grande partie s'est changée en jonchaies; moi, je serrais d'assez près ce bout-

---

1. Un boutchilo ou espace creux où, après les inondations du printemps, les eaux s'accumulent au point que la canicule même ne vient pas à bout de les faire évaporer.

chilo, quand j'entends pas loin de moi des : « Ouh ! ouh !
ouh ! ohi ! ! ! » C'était si triste, si plaintif... O mon Dieu,
mon Dieu ! camarades, comme j'ai eu le cœur serré ; et
mes jambes ne me portaient plus. Il était tard ; la voix
allait toujours : ah ! j'ai pensé pleuré toutes les larmes
de ma tête. Dis-moi, je te prie, qu'est-ce que ça pouvait être ?

— Il y a un an, dit Paul, des voleurs ont noyé en cet
endroit le garde champêtre Akime ; c'est peut-être son
âme qui se plaint.

— Ah ! j'ignorais que les voleurs eussent noyé là le
pauvre Akime; si je l'eusse su, je me serais bien moins
effrayé.

— Et puis, je te dirai, ajouta Paul, qu'il y a, à ce
qu'on raconte, de petites grenouilles dont le cri, pour
celui qui ne sait pas, ressemble beaucoup à la plainte
des hommes.

— Des grenouilles ? non, Paul, ce n'étaient pas des
grenouilles ; quelles grenouilles ?... »

Le héron de nouveau jeta son cri au-dessus de la rivière.

« Allons, encore un autre, à présent, s'écria involontairement Kostia ; c'est tout à fait le cri du lée-
ch ie .

— Le léechie ne crie pas, il est muet, se hâta de dire
Élie; tout ce qu'il fait, c'est de frapper d'une main dans
l'autre et de claquer de la langue.

— Apparemment que tu l'as vu, toi, le léechie, hein ?
demanda railleusement l'important Fédia.

— Non, je ne l'ai pas vu, camarade, et Dieu nous préserve à jamais de le voir ! mais d'autres l'ont vu. Der-

1. Le *léechie* est le lutin des bois, esprit qui se plaît à jouer
de mauvais tours, et passe pour un grand mauvais sujet, un
grand scélérat.

nièrement, à la lisière du bois, il a joint un de nos moujiks ; il l'a poussé, poussé toujours vers le fourré ; le moujik a fait comme ça dix fois le tour d'un champ, sans se laisser jeter dans le fourré, mais il n'est parvenu qu'au lever du soleil à s'arracher de là pour regagner sa chaumière, éreinté qu'il était.

— Et il l'a vu.

—Eh oui ! il dit que le léechie est grand, grand, qu'il est très-brun, toujours enveloppé jusqu'au pied comme d'une écorce d'arbre, qu'on n'a jamais le temps de le bien dévisager, parce qu'il évite la clarté de la lune, mais il regarde, regarde en clignotant...

— Fi, fi, l'horreur ! s'écria Fédia en frissonnant et en enflant le dos.

— Ce que je ne peux comprendre, dit Paul, c'est que cette vermine-là ait pu s'engendrer et rester comme ça sur la terre.

— Ne dis pas de mal de lui, prends garde, il entendrait; il est muet, mais il n'est pas sourd, dit Elie, et il est rancuneux comme personne. »

Après quelques minutes de méditation sur la nécessité de ne pas irriter le lutin des bois, le petit Vania s'écria : « Frères ! voyez, voyez... (Le premier mouvement fut de frémir.) Voyez les étoiles du bon Dieu; c'est comme des essaims d'abeilles ! »

En disant cela, il avait retiré tout à fait son frais petit visage de son enveloppe de nattes, et s'étant appuyé sur le coude, il tenait son regard brillant fixé sur le firmament. Ses quatre sages amis, à son exemple très-bon à suivre, élevèrent leurs regards innocents vers la sublime voûte, et je vis avec plaisir qu'ils ne les ramenaient pas volontiers vers la terre. Mais comme toute contemplation a une fin, Fédia, fils de riche manant, dit au petit Ivan :

« Donne-moi donc des nouvelles de ta sœur Ancouta ;
se porte-t-elle bien ?

— Oui, répond Vania, bien.

— Demande-lui donc un peu pourquoi elle ne vient
pas chez nous.

— Moi, je ne sais pas pourrrquoi, répondit Vania,
qui grasseyait beaucoup.

— Eh bien, dis-lui qu'elle vienne.

— Bon, je le lui dirrrai.

— Dis-lui que je la régalerai.

— Et à moi, tu me donneras quelque chose ?

— Bon, à toi aussi. »

Jean Jeannot soupira, et après cela, il dit : « A moi,
non, à moi, il ne me faut rien ; ce que tu me donnerais,
donne-le-lui à elle. Elle est si bonne, si bonne, ma
sœur ! » Et il laissa retomber mollement sa tête.

Paul se leva, et prit de la main gauche le chaudron
vide.

« Où est-ce que tu vas ? lui demanda Fédia.

— A la rivière prendre de l'eau ; je veux boire. »

Les chiens se levèrent, et suivirent Paul à la rivière.

« En te penchant, Paul, prends garde, ne va pas
tomber à l'eau, lui cria Ileoucha.

— Pourquoi tomberait-il ? dit à cela Fédia ; il n'a
garde de se laisser tomber.

— Il n'a garde, il n'a garde ! mais que n'arrive-t-il
pas ? Il se penche, n'est-ce pas, il puise... et le *Vodianoï* [1] lui saisit le bras et l'entraîne avec lui. Et on
dira après cela : « Il est tombé, le pauvre enfant, il
est tombé à l'eau. » Il est tombé ! c'est bientôt dit...
Eh bien ! eh bien ! quelque chose a remué dans les roseaux. »

1. Le *Vodianoï*, de *voda*, eau ; le *Wassergheist* ou l'esprit des
eaux, l'ondin des Allemands.

Et il écouta et tous écoutèrent. En effet, les roseaux et les joncs s'étaient frôlés.

« Et est-il vrai, dit Kostia, qu'Akoulina, la pauvre folle, est dans cet état depuis le jour qu'elle a passé quelque temps au fond de l'eau?

— Oui, oui. Est-elle affreuse à présent! Eh bien, on assure que c'était une beauté. C'est le Vodianoï qui l'a défigurée et perdue. Il ne s'attendait pas qu'on la retirerait si vite... mais il a tout de même eu le temps de la tortiller, comme on voit. »

J'ai moi-même bien des fois rencontré cette Akoulina. La malheureuse est couverte de haillons, affreusement maigre, le visage noir comme du charbon, les yeux hagards, les dents toujours grinçantes; elle frappe du pied la terre longtemps au même endroit, n'importe où, sur les chemins, en serrant sa poitrine de ses bras osseux et en se balançant d'une jambe sur l'autre, comme une bête féroce retenue dans une cage trop étroite. Elle ne comprend pas un mot de ce qu'on lui peut dire, et il lui arrive de rire convulsivement, mais sans vous regarder.

« On dit, reprit Kostia, qu'Akoulina s'est jetée elle-même à l'eau, parce que son galant l'avait trompée.

— Justement.

— Et tu te rappelles Vacia (Basile)? ajouta tristement Kostia.

— De quel Vacia parles-tu? dit Fédia.

— Eh mais, de celui qui s'est noyé, répondit Kostia, noyé dans cette même rivière. Et qu'il était gentil! mais gentil, gentil! Féclista, sa mère, l'aimait tant! Savez-vous qu'elle sentait... oui, elle sentait très-bien que son Vacia périrait justement par l'eau. Quelquefois Vacia venait avec nous autres gars, l'été, se baigner dans la rivière; Féclista, chaque fois, était toute tremblante.

Toutes les autres femmes, sans penser à rien, passaient bien tranquillement avec leur évier allant au lavoir; Féclista était avec elles sans être avec elles; elle posait en passant son évier par terre, et se mettait à crier à Vacia : « Sors de l'eau, mon petit chou, sors, viens ici, viens, mon agneau, viens! » Comment il a pu se noyer, Dieu le sait. Il jouait sur le bord ; la mère n'était pas par là; elle retournait les foins au pré; tout à coup elle s'inquiète, elle accourt, elle regarde : un bouillonnement monte à la surface de l'eau, et la casquette de Vacia flotte, flotte... C'est depuis ce jour que Féclista, vous le savez, n'a plus du tout sa tête : elle vient à cet endroit, elle s'étend par terre, et elle entonne la chansonnette, cette chansonnette que chantait toujours Vacia; c'est ça qu'elle chante, et puis elle pleure, elle pleure, que Dieu doit en avoir grand'pitié.

— Voilà Pavloucha qui revient, » dit Fédia.

Paul rejoignit ses amis; il rapportait à la main la chaudière pleine. Il était fort silencieux d'abord, puis on l'entendit murmurer ces mots :

« Ah! chers camarades, c'est une vilaine chose....

— Qu'est-ce que c'est? qu'est-ce que tu as? dit impétueusement Kostia.

— J'ai entendu dans la rivière la voix si douce de Vacia!.... »

Tout le petit cercle frissonna, terrifié.

« Que dis-tu? hein! quoi? bégaya Kostia.

— Dieu m'est témoin que, dès que je me suis penché au-dessus de l'eau, j'ai entendu, justement au fond de la rivière, la voix de Vacia qui me criait : « Pavloucha, « Pavloucha, viens ici, viens! » Je me suis vite rejeté en arrière; et cependant, vous voyez, j'ai retiré ma chaudière pleine de belle eau bien fraîche.

— Oh! Seigneur Dieu, Seigneur Dieu! ayez pitié de

nous! dirent les quatre enfants en se signant (et Paul,
après eux, se signa plus solennellement encore).

— C'était le *Vodianoï* qui t'appelait, vois-tu, Paul;
c'était le Vodianoï, dit Fédia; et figure-toi que, tout à
l'heure précisément, nous parlions du pauvre Vacia.

— C'est... un... mauvais signe... un... mauvais signe,
cela, dit Ileoucha d'une voix entrecoupée par l'émotion.

— Bon, ce qui doit être sera; à la garde de Dieu! dit
Paul avec résolution et en s'asseyant près du feu. On
ne fuit pas son sort. »

Les enfants restèrent comme atterrés; les paroles de
Paul avaient produit sur eux une impression profonde.
Ils se mirent à s'arranger autour du bivouac, comme
s'ils se disposaient enfin à dormir.

« Qu'est-ce que c'est ? » dit Kostia en levant les yeux.

Paul prêta l'oreille : « Ce sont des bécasses, dit-il :
ce sifflement... oui, c'est une volée de bécassines.

— Et où vont-elles comme ça?

— Elles vont gagner le pays où il n'y a pas d'hiver.

— Comment, est-ce qu'il y a donc une terre si malheureuse?

— Eh oui, un pays chaud.

— C'est loin?

— Loin, loin; c'est au-delà des mers tièdes. »

Kostia soupira, et un instant après ses yeux se fer-
mèrent.

Il s'était déjà écoulé trois bonnes heures depuis que
je m'étais approché de ces enfants et que j'écoutais
leurs propos. Tout harassé que j'étais, il me semble
que je leur aurais consacré encore trois heures d'attention; mais le silence était bien établi. La lune parut; je ne la remarquai pas tout d'abord, tant elle était
étroite et de mesquine proportion. Cette nuit sans clair
de lune n'en était pas moins magnifique, comme toutes

les nuits de la saison. Mais déjà beaucoup d'étoiles avaient incliné vers l'extrémité sombre du ciel, après avoir occupé un point si élevé sous la grande voûte. Tout se tut dans l'air et sur la terre, comme il arrive toujours aux premières heures qui suivent minuit ; tout s'endormit d'un sommeil immobile et puissant. L'air me parut bien moins imprégné de senteurs, et une vague humidité erra dans les basses régions de l'atmosphère... Les nuits d'été ne sont pas longues. Les feux s'endormirent en même temps que les esprits des cinq jeunes garçons. Les chiens profitaient du calme de notre groupe ; les chevaux, autant du moins que je pouvais les apercevoir aux faibles et vacillantes clartés que projetaient les étoiles, étaient tous étendus de la plus grande longueur de leur robuste corps. Mes paupières s'appesantirent... et... je passai en une seconde de la veille au sommeil.

Une fraîche et légère brise courut sur mon visage. J'ouvris les yeux.... L'ombre était attaquée et repoussée vers l'est ; ce n'était pas encore la vermeille aurore, mais déjà c'était l'aube. Tout devint invisible à travers les ténèbres émues et inquiètes. Le ciel gris blanc s'éclairait, froidissait, bleuissait ; les étoiles chatoyaient comme le diamant sous la gaze et disparaissaient ; la terre dégageait sa moiteur superficielle, les feuilles transpiraient doucement aussi ; quelque part, je ne saurais dire où, il se fit entendre des sons, je ne puis dire quels sons, des voix sans doute, les premiers sons, les premières voix de la vie encore endormie ; une brise onctueuse, la brise matinière, passa errante, capricieuse, en effleurant la terre. Mon corps la salua par un léger et volupteux frissonnement.... Je me levai lestement et allai vers les enfants ; ils dormaient comme des corps inertes près du foyer représenté par des couches de cendre blanche; le seul Paul se souleva, se mit sur son séant et me regarda.

Je le saluai, le regardai, le saluai encore, et je partis pour me rendre chez moi en longeant la rivière couverte de blanches vapeurs. Je n'avais pas fait deux verstes que déjà, jaillissant autour de moi, sur la vaste prairie humide de rosée, sur les verdoyantes collines, de bocage en bocage, et plus loin sur les chemins poudreux, sur les buissons tout diamantés et irisés de larmes, sur la rivière qui bleuissait sous son brouillard déconcerté et fondant, le jour fit tomber d'abord des rayons de feu pourpre, puis des cataractes d'une fraîche et resplendissante lumière d'or... Tout s'agita, tout s'éveilla, tout soupira d'aise, tout chanta, tout prit la parole; partout de grosses gouttes de rosée reflétèrent en se mouvant toutes ces mille lueurs à la fois.... Dans le lointain, devant moi, retentirent purs, clairs, distincts et comme baignés eux-mêmes par la fraîcheur du matin, les sons de la cloche du temple villageois, et presque aussitôt de derrière moi s'élança tout le taboun du PRÉ DES COUREURS, poussé en avant par les cinq bons jeunes enfants que je pouvais nommer par leurs noms et qui ne savaient pas le mien.

J'ai le chagrin d'être obligé d'ajouter à ce récit, déjà peut-être trop long, que Paul mourut dans l'année. Mais qu'on ne croie pas qu'il se soit noyé : il est mort d'une chute de cheval. C'est bien dommage : Paul était un enfant qui promettait un excellent jeune homme.

IX

La rencontre du mort et le nain Raciane.

Je revenais de la chasse dans un petit chariot sautil-
lant, et sous le poids des ardeurs suffocantes d'un jour
d'été nuageux (on sait que ces jours-là les chaleurs
sont encore plus lourdes que dans les jours clairs où il
n'y a pas de vent). Je sommeillais le corps balancé en
tout sens, la mine singulièrement morose, livré en proie
à cette fine et subtile poussière blanche que soulèvent
continuellement les roues sur le grand chemin....
quand je fus tout à coup réveillé et rendu attentif par
l'agitation extraordinaire et l'air effaré de l'homme qui
me menait; jusqu'à ce moment, il avait dormi en équi-
libre sur sa planche bien plus profondément que moi
qui étais à demi couché dans le chariot. Il tirait à lui
les rênes, s'agitait sur son siége et commençait à gron-
der les chevaux en regardant obliquement cà et là; je
me mis à mon tour à regarder de tous les côtés en
avant. Nous cheminions dans une grande plaine la-
bourée, fort accidentée par de nombreuses collines qui
étaient labourées aussi et offraient l'aspect des vagues
d'une mer quelque peu houleuse au regard de l'homme
qui galope en voiture. Dans le sens du chemin, l'œil ne
pouvait embrasser que quatre ou cinq verstes d'un espace désert; dans le lointain, de petits massifs de bouleaux coupaient seuls de leurs cimes arrondies et dente-
lées la ligne presque droite de l'horizon. D'étroits sentiers s'étendaient dans les champs, disparaissaient dans
les creux, ceignaient les collines; et sur l'une de ces-der-

nières qui, à quelque cinq cents pas de l'endroit où nous
roulions alors, avait l'air de nous fermer le passage, je
distinguai un convoi quelconque. C'était justement l'objet qui fixait l'attention particulière de mon cocher.

C'était un convoi funèbre. Sur le devant d'une télègue attelée d'un seul cheval qui marchait au pas, était
assis un vieux prêtre; le sacristain, placé à côté de lui,
guidait; derrière le chariot, quatre paysans, tête nue,
portaient un cercueil recouvert d'un linceul de toile
blanche; deux femmes suivaient. La voix faible et
plaintive de l'une d'elles arrivait jusqu'à moi. J'écoutai... Elle paraissait dire quelque chose; il était triste
d'entendre au milieu de ces campagnes peu habitées
cette cantilène monotone, saccadée par la douleur.
Mon cocher poussait en avant, il tenait à dépasser vite
ce cortége; on sait que c'est un *mauvais présage* de
rencontrer un convoi funèbre sur son chemin. Il réus-
sit, en effet, à dépasser le carrefour avant que le mort
fût parvenu à la route que nous parcourions; mais nous
n'en étions pas à cent pas que tout à coup notre chariot reçut un fort ébranlement; il craqua et fut au moment de verser. Mon homme arrêta les chevaux trop
bien lancés pour la circonstance, fit de la main un
geste de dépit et cracha à ses pieds.

« Qu'est-ce qu'il y a donc là? » demandai-je.

Il mit pied à terre sans répondre et sans montrer
aucune hâte.

« Mais qu'est-ce que c'est donc? répétai-je.

— L'essieu est cassé, brûlé, » répondit-il maussade-
ment; et il rajusta l'arc et le harnais du timonier avec
une brusquerie si folle que l'animal faillit tomber sur
le flanc; cependant il tint bon, s'ébroua, se secoua, et
se mit bien tranquillement à se mordiller la jambe au-
dessous du genou.

J'étais descendu : je me tins sur la route, tant soit
peu ému de la déconvenue. La roue du côté droit était
aux deux tiers inclinée en dessous du chariot, et semblait désespérée de soutenir en l'air, à ses dépens, la
petite roue de devant du côté gauche.

« Que faire, à présent?

— Voilà ce qui en est cause! dit mon cocher en
montrant du manche de son fouet le convoi, qui avait
déjà tourné l'angle du carrefour et approchait de nous.
J'ai toujours vu ça ainsi; c'est un présage sûr, la rencontre d'un mort... oui. »

Et il se mit à tourmenter de nouveau le timonier,
qui, voyant sa mauvaise humeur dans la rudesse de
ses mouvements et de sa voix, prit le parti de rester
immobile; de temps en temps seulement, il faisait aller
sa queue à droite et à gauche en toute modestie. Moi,
j'allais et venais tout aussi modestement, et je m'arrêtais devant la roue, qui n'était ni debout ni couchée.
Plus modeste encore, le défunt, qui nous avait rejoints,
descendit sur la pelouse du bas côté de la route, sans
interrompre un seul moment sa lente et lugubre marche. Mon cocher et moi nous nous découvrîmes, nous
saluâmes le prêtre, nous échangeâmes quelques regards
avec les porteurs du cercueil; ils devaient être bien
fatigués, les malheureux, car on voyait saillir très-haut
leurs larges poitrines. L'une des femmes qui suivaient
la bière était très-vieille et très-pâle; ses traits, ravagés
et comme figés par la chagrin, avaient une expression
sévère et solennelle. Elle marchait silencieuse, portant
de temps en temps une main sèche à ses lèvres effacées. Sa compagne, qui était une femme de vingt-cinq
ans, avait les yeux rouges et humides; tout son visage
était gonflé à force d'avoir pleuré. En passant à côté
de nous elle fit silence et se couvrit le visage de ses

avant-bras ; dès que le mort eut, dix pas plus loin, repris le milieu du chemin, elle recommença sa cantilène funéraire d'un ton d'angoisse contenue qui ne
laissa pas que de m'émouvoir beaucoup. Mon cocher,
après avoir suivi des yeux le cercueil balancé en mesure, se tourna vers moi et me dit : « C'est le charpentier Martyne qu'ils enterrent, Martyne de Reaba.

— Qu'en sais-tu ?

— Et les femmes donc ! la vieille est sa mère ; la
jeune était sa femme.

— Est-ce qu'il était malade ?

— Oui, il avait les fièvres. Avant-hier, l'intendant a
envoyé chercher le dohtour (docteur), mais on ne l'a
pas trouvé à la maison. Martyne était un bon charpentier, il tapait un peu dru..... mais c'était un bon charpentier. Voyez comme sa femme est désolée... Ah !
c'est la femme... ces larmes-là n'ont pas été achetées...
Mettons que les larmes des femmes c'est de l'eau.....
mais pourtant... »

Et il se pencha, passa sous la bouche du timonier,
et saisit des deux mains l'arc qui s'élève au-dessus du
collier. D'abord il s'appuya d'un genou contre l'épaule
de la bête, secoua deux ou trois fois l'arc pesant, rajusta le harnais sur l'échine, repassa sous la bride, joua
du poing sur le naseau de l'animal, et vint enfin près
de la roue inclinée. Là il s'arrêta, la regarda, et, sans
cesser de la considérer attentivement, il tira avec une
sage lenteur de dessous la robe de son cafetan une tabatière de deux sous, en écorce de bouleau, plongea
avec précaution et non sans efforts deux gros doigts
dans cette boîte, où il fit un travail préparatoire sur la
poudre qu'elle contenait ; puis, après s'être d'avance
pressé le nez, il prisa à grand bruit et à trois ou quatre
reprises, ce qui eut pour effet de bouleverser ses

traits en remplissant ses yeux d'une grande humidité sans nom. Voyant qu'il avait fait en ceci tout ce qui pouvait dissiper les épaisses vapeurs de son cerveau, mais impatient à la fin des lenteurs de sa délibération intime, je l'interrogeai ; à ma voix, il remit soigneusement sa *tavlinnka* [1] dans sa poche, enfonça son chapeau sur ses yeux par un mouvement de la tête et sans le secours des mains, et grimpa pensivement sur sa planchette.

« Qu'est-ce que tu fais donc ! lui demandai-je avec surprise.

— Veuillez monter, me répondit-il en relevant les guides avec le plus grand sang-froid.

— Et comment irons-nous ?

— Nous irons.

— Et l'essieu ?...

— Veuillez bien vous asseoir.

— Mais l'essieu est rompu.

— Rompu, oui, rompu ; mais nous pourrons toujours bien gagner au pas *Métairies* (Vycelki). Là, derrière le bois, à droite, sont des chaumières qu'on appelle les *Métairies-Ioudine*.

— Tu crois que nous nous traînerons jusque-là ? »

Mon cocher ne daigna pas m'honorer d'une réponse.

« Eh bien ! moi, j'irai à pied.

— Soit ! » dit le manant.

Il remua son fouet ; les chevaux se mirent en mouvement. Nous parvînmes en effet jusqu'aux Vycelki,

---

1. La tavlinnka est la tabatière légère et profonde, cintrée devant et derrière, plate dessus et dessous, anguleuse aux extrémités, dont se sert le paysan russe. Le couvercle est un bouchon qu'on saisit par un tout petit morceau de cuir placé au milieu.

bien que la petite roue de gauche tînt à peine et tour-
nât étrangement quand elle posait à terre. A la descente d'un tertre, elle faillit bien se dégager, mais le
cocher se pencha sur elle pour lui faire une terrible
querelle, et tout se passa sans autre éclat.

Les soi-disant Métairies-Ioudines consistaient en six
misérables huttes qui étaient fort peu anciennes et
pourtant déjà penchées soit à droite, soit à gauche,
soit en avant. Les cours n'étaient pas toutes ceintes
d'une haie de branchages entrelacés. A notre arrivée
entre les huttes nous n'aperçûmes pas un être vivant;
il n'y avait même de poules nulle part; point de chiens
non plus; un fantôme de chien noir, il est vrai, sortit,
la queue serrée, d'un vieux évier desséché, et aussitôt,
sans aboyer, rentra en passant sous une porte cochère.
Je franchis un seuil, je poussai la porte d'une chaumière,
j'appelai; personne ne me répondit. Je criai de nouveau; un miaulement d'angoisse se fit entendre derrière une seconde porte que je poussai du pied; un
chat maigre et demi-mort de faim passa près de moi
en faisant briller ses yeux verts dans l'ombre. J'avan-
çai la tête dans la chambre, je regardai, tout y était
sombre et enfumé, désert. Je fis dix pas dans la cour,
là non plus il n'y avait personne... Dans un lieu ceint
de clayonnage, il y avait un veau accroupi qui beuglait, une oie grise qui allait canetant avec une
grande difficulté, car elle avait une patte disloquée. Je
me jetai dans un autre clos que je trouvai bien plus
désert et plus triste encore.

Enfin dans une cour, tout au beau milieu de cette
cour, à l'endroit qui, sous le soleil d'été, devait être à
peu près à la température d'un four qu'on vient de
chauffer, je trouvai étendue, le nez contre terre et le
corps couvert de son armiak, une créature humaine

que je devinai être un jeune garçon. A quelques pas de lui, contre une charrette délabrée, se tenait sous une petite toiture de chaume une méchante rosse décharnée portant un harnais de pièces et de morceaux. La lumière du soleil, tombant en jets vifs à travers les étroites ouvertures de la vieille paroi, émaillait de grandes taches claires la robe roussâtre et pelucheuse de la haridelle. Dans ce même endroit, dans la petite loge hissée sur une haute perche au-dessus du toit, des étourneaux babillaient tout en regardant avec curiosité dans la cour, du haut de leur pavillon aérien. J'allai droit au dormeur, voulant le réveiller...

Il redressa la tête, me vit et se leva lestement.

« Quoi ?... qu'est-ce qu'il vous faut ?... qu'est-ce que c'est ?... » marmotta-t-il en secouant un reste de sommeil.

Je ne répondis pas tout de suite ; j'étais frappé de l'extérieur de l'individu. Qu'on se représente un nain de cinquante ans, avec un tout petit visage brun et ridé, un nez pointu, des yeux presque imperceptibles, et cet ensemble de traits à peine ébauchés surmonté par un monstrueux fouillis d'épais cheveux noirs qui étaient sur sa tête comme un énorme champignon frisé sur sa tige terreuse. Tout le corps de cet homme était extrêmement chétif, et on ne saurait exprimer en aucun terme l'effet que produisait la vue d'un si étrange objet.

« Qu'est-ce qu'il vous faut ? » me demanda-t-il encore.

Je lui expliquai de quoi il s'agissait ; il m'écouta sans détourner de moi un instant ses yeux clignotants.

« Eh bien, pouvons-nous avoir un nouvel essieu ? Je payerai avec plaisir ce qu'il faut.

— Qui êtes-vous ? des chasseurs ? dit-il en m'examinant des pieds à la tête.

— Oui.

— Vous ne craignez pas de percer dans l'air les oiseaux du ciel! d'abattre les animaux du bois! Croyez-vous que ce ne soit pas un péché de verser le sang de l'innocent, le sang des oiseaux du ciel? »

L'étrange petit vieillard parlait très-distinctement; le son de sa voix me confondait : on n'y sentait rien d'hésitant, rien de rustique; c'était un timbre étonnamment doux, jeune, tendre et flexible comme une voix de femme.

« Je n'ai pas d'essieu, ajouta-t-il ensuite; celui de mon chariot, tu le vois, ne vaudrait rien pour ta télègue, qui est sûrement un grand chariot.

— Mais n'en peut-on pas trouver un dans ce village?

— De quel village parles-tu? Ce n'est pas ici un village, ici on n'a rien, ici il n'y a personne; tout le monde est à l'ouvrage. Allez votre chemin! » Et il s'accroupit de nouveau sur la terre brûlante.

J'étais loin de m'attendre et surtout de pouvoir acquiescer à cette conclusion.

« Écoute, brave homme, lui dis-je en lui frappant du bout des doigts sur l'épaule, je te demande un service; j'ai besoin de ton secours.

— Dieu vous soit en aide! moi, je suis très-fatigué; je suis allé à la ville, il me faut du repos, me dit-il sans humeur; et il remonta son armiak sur sa tête.

— Je te demande un service, un secours, répétai-je, et je payerai, je payerai bien.

— Je n'ai pas besoin de ton argent.

— Mais tu vois que je te prie, mon brave homme. »

Il se mit sur son séant en croisant ses petites jambes difformes, et me dit :

« Eh bien, soit, je peux te mener à la coupe; là est une partie de forêt que des marchands ont achetée....

Dieu soit leur juge! ils ont acheté la toison verte; ils
l'emportent peu à peu.... ils s'entendent à détruire....
Dieu les jugera! C'est là que tu pourrais commander un
essieu, ou bien ils t'en vendront un tout fait.

— Eh! c'est charmant, c'est charmant! partons! m'é-
criai-je.

— Et un bon essieu de cœur de chêne, reprit-il, mais
sans bouger de place.

— Y a-t-il loin d'ici à cette coupe?

— Trois verstes.

— Eh bien! nous pourrons y aller sur ton chariot.

— Je ne sais....

— Allons, allons, en route, mon brave homme; le
cocher nous attend dans la rue. »

Le nain se leva d'assez mauvaise grâce et sortit avec
moi. Mon cocher était singulièrement irritable; il avait
voulu abreuver les chevaux; le puits se trouva être
presque à sec et l'eau en était détestable. L'eau, disent les cochers, l'eau est la première chose au monde.
Cependant, à la vue du petit vieillard, il écarquilla les
yeux, branla la tête et s'écria :

« Ah! Kacianouchko, bonjour!

— Bonjour à Iérofée, bonjour à l'homme juste, » répondit d'une voie dolente le nain Kaciane.

Je m'empressai de communiquer à l'homme juste la
proposition du nain. Iérofée approuva et entra dans la
cour sur notre chariot. Pendant qu'avec un empressement mesuré il détèlait les chevaux, le nain se tenait
épaulé à la porte cochère et regardait d'un air morose
tantôt le cocher, tantôt moi. Il avait l'air d'un homme
pris au dépourvu; et autant que l'on pouvait lire dans
ses yeux microscopiques, notre soudaine irruption
chez lui ne lui était nullement agréable.

« Comment! toi aussi, tu as été transplanté dans ce

trou perdu! lui dit Iérofée en rangeant l'arc de son timonier contre le petit hangar.

— Tu vois.

— Ahi, ahi! marmotta mon cocher. Et tu sais... le charpentier Martyne?... Çà, oui, tu connais le charpentier Martyne de Reabof?

— Oui.

— Eh bien, il est mort, nous avons tout à l'heure rencontré son convoi. »

Kaciane frémit.

« Mort! murmura-t-il, et il baissa la tête.

— Oui, il est mort. Pourquoi ne l'as-tu pas guéri, hein? Car enfin tu peux guérir les gens; tu es un guérisseur, toi, n'est-ce pas? »

Mon cocher évidemment raillait; il s'égayait un peu sur le compte du pauvre nain.

« Et c'est là ton chariot, hein? reprit Iérofée en montrant du coude la méchante petite charrette.

— Eh oui.

— C'est une télègue, c'est une télègue, ça! dit Iérofée en la prenant par le brancard avec une rudesse à la jeter sens dessus dessous. Une télègue! Et dans quoi irez-vous donc à la coupe? Aucun de nos chevaux n'entrera entre ces brancards-là; nos chevaux sont grands, et ça, qu'est-ce que c'est?

— Je ne sais pas vraiment, dit Kaciane, avec quel cheval vous ferez le chemin. Dame, à moins que vous ne preniez cette petite bête-là, qui vient de la ville, ajouta-t-il en soupirant.

— Çà? s'écria Iérofée; et allant à la pauvre rosse de Kaciane, il lui donna une chiquenaude humiliante sur le cou. Vois donc, il dormait ton quogelot! »

Je priai Iérofée d'atteler le pauvre animal. Je désirais aller avec Kaciane à l'abatage. Dans ces endroits-là on trouve souvent des cailles. Quand la bête fut attelée, je montai et m'arrangeai de mon mieux sur un fond en forme de bateau; mon chien fut mis à mes pieds par Iérofée, qui aussitôt s'approcha de moi et me chuchota à l'oreille :

« Vous avez fort bien fait de vous faire accompagner par lui. Cet homme-là, voyez-vous, c'est un *iourodivetz* [1]; on l'a surnommé *la Puce*. Je ne sais comment vous aurez fait pour le comprendre... »

Je voulais faire observer à Iérofée que jusqu'à ce moment Kaciane m'avait paru être plein de sens; mais mon cocher continua de me parler à demi-voix :

« Regardez seulement à ce qu'il vous mène bien où vous avez dessein d'aller, et... et là, choisissez vous-même l'essieu, vous-même, et prenez-en un bien solide ! »

Et il ajouta en élevant la voix :

« Hé ! dis donc, Puce, on peut trouver du pain dans votre endroit?...

— Cherche bien, peut-être tu en trouveras, dit Kaciane en grimpant et en s'arrangeant sur l'angle aplati de la carriole.

— Comment? dit Iérofée.

— Cherche ! on te dit, » répondit le nain, en tirant les guides. Et nous roulâmes.

Son petit cheval, à ma grande surprise, trottait fort joliment. Pendant tout le trajet, Kaciane garda un silence opiniâtre, et à toutes mes questions il répondit en monosyllabes et du ton d'un homme très-contrarié. Nous fûmes bien vite arrivés à l'abatage; nous grimpâmes au comptoir, haute chaumière isolée que les marchands

1. Un saint homme très-pauvre mais très-respecté, un espèce de santon, vénéré dans les campagnes et les petites villes en Russie comme chez tous les Orientaux.

avaient fait bâcler, à coups de hache, au-dessus d'un petit ravin qu'ils avaient tant bien que mal endigué de manière à former un étang. Je trouvai dans ce comptoir deux jeunes commis dont les dents étaient remarquablement blanches, les yeux doucereux, la langue pateline et déliée, le sourire aigre-doux et faux. Je fis prix pour un essieu, et je me dirigeai vers l'éclaircie. Je pensais que Kaciane resterait près de son cheval à m'attendre, mais il me joignit et me dit, en m'abordant d'un air attristé :

« Tu vas donc tirer sur les oiseaux, hein ?

— Oui, si j'en trouve.

— Je t'accompagnerai, si tu le permets.

— Pourquoi pas ? viens. »

Et nous partîmes : l'abatage s'était étendu à peu près sur un kilomètre de terrain. J'avoue que je m'occupai bien plus de Kaciane que de mon chien. C'est au bois que je pus bien comprendre pourquoi on lui avait donné ce surnom de *Puce*. Il allait, comme toujours, tête nue, et, au fait, la masse énorme de crins noirs ébouriffés dont son chef était pourvu le dispensait parfaitement de toute autre coiffure ; on voyait cette tête monter, descendre, passer, disparaître et ressortir, comme on pourrait voir l'insecte dont il s'agit prendre ses ébats dans une botte de foin étendue sur un plancher. Il allait extraordinairement vite, s'aidant des bras et des jambes à la fois pour sautiller, grimper et descendre ; il se baissait continuellement et arrachait des simples qu'il fourrait dans son sein, en marmottant Dieu sait quelles paroles connues peut-être de lui seul ; puis, à tous moments, il nous regardait tour à tour, mon chien et moi, mais avec un regard scrutateur des plus étranges.

Un fait bien connu des chasseurs, c'est qu'au bois dans les bas taillis, dans les plantes buissonnières et

dans les clairières, se jouent très-souvent en grand
nombre de petits oiseaux gris cendré, qui s'élancent
par volées, d'un arbre sur un autre, en sifflant et en
plongeant à l'improviste dans le trajet. Kaciane les aga-
çait, échangeait avec eux des cris; une caillette s'en-
vola, en faisant sa plainte, comme de dessous ses pieds,
il improvisa un accompagnement curieux au cri de la
caillette; une alouette étourdie s'abaissa en volant au-
dessus de son affreuse teignasse, il saisit à l'instant le
chant même de l'alouette. Mais avec moi Kaciane n'é-
changeait pas un mot.

Le temps était magnifique, bien plus beau encore
qu'auparavant,; mais la chaleur était accablante. A
peine au plus haut des airs apercevait-on quelques légers
petits nuages jaunâtres. Leurs bords festonnés, pelu-
cheux, cotonneux, changeaient de forme à chaque instant; ils semblaient en fusion et ne donnaient aucune
ombre. Nous errâmes longtemps, Kaciane et moi, dans
ce lieu privé de ses grands ombrages. De jeunes pousses,
qui n'étaient pas encore parvenues à la hauteur de deux
coudées, entouraient chaque souche veuve du géant
qu'elle nourrissait de sa séve, et ces jets fins, lisses et
droits couvraient d'une couronne de fraîche verdure le
noir débris abandonné. Des excroissances circulaires à
grosses lèvres, ces mêmes excroissances dont on fait
l'amadou, apparaissaient entre les tiges sur le lieu où
la hache s'était évertuée, et tout à côté le fraisier des
bois étalait ses petites moustaches rosées près de champignons réunis, groupés en plantureuses familles.

Mes pieds à tous moments s'entortillaient, s'embar-
rassaient dans les hautes herbes rassasiées de soleil
brûlant. Partout les yeux étaient éblouis de l'éclat mé-
tallique, vif et tranché des feuilles rougeâtres des arbris-
seaux; tout était émaillé des clous bleus de l'herbe

Robert [1], des coupes d'or du glaucome et de la chéli-
doine, des pétales mélancoliques de l'humble pensée.
Dans certains détours abandonnés, où des traces de
roues étaient marquées par des rubans de fine herbe
rouge, s'élevaient, tout contre ces traces, des monceaux
réguliers de bois de chauffage déjà noirci par la succession du chaud, du froid et de l'humidité; la pénombre
qui descendait de ces sortes de murs exactement toisés
affectait une forme de losange; et c'était la seule ombre
qu'on rencontrât dans cet endroit. Une brise légère tantôt s'élevait, tantôt s'abattait : si elle venait à souffler,
soudain tout s'animait, bruissait, se mouvait, se croi-
sait en marchant et en courant sous cette haleine bien-
faisante; la fougère faisait ondoyer gracieusement ses
flexibles panaches; l'homme, l'oiseau, le quadrupède
et l'insecte se réjouissaient... si elle retenait son souffle
ou si elle expirait, tout rentrait à l'instant même dans
le silence et l'immobilité.... Les grillons seuls criaient
ou sifflaient avec une sorte de rage : leur cri sec, aigre,
ininterrompu est fort déplaisant; il est l'assaisonnement
des inévitables ardeurs de l'heure de midi; il semble
sortir alors de la terre embrasée, à l'appel des plus
puissants rayons du soleil.

Ayant eu la chance de ne rencontrer sur notre passage aucun transport [2], nous nous trouvâmes arrivés

1. Le pois aux grues.
2. Il y a souvent en Russie un homme pour quatre ou cinq
attelages; il en résulte que partout un transport quelconque
fait caravane, et ne livre passage à personne. A Pétersbourg et
à Moscou, cependant, en 1851, il a été mis un peu d'ordre dans
ces convois de charrettes et de voitures de tout genre, et, de
trois en trois attelages, il doit y avoir solution de continuité.
Partout ailleurs que dans les deux capitales, à plus forte raison
aux champs et dans les bois, quand la tête du boa a passé devant vous, restez tranquille jusqu'au passage de la queue; votre
impatience ne vous mènerait à rien.

aux nouveaux abatages. Là, des trembles fraîchement
coupés s'étendaient tristement par terre, écrasant de
leur masse les herbages et les arbustes : les uns avaient
un feuillage vert encore dans leur agonie silencieuse,
et leurs feuilles pantelaient inertes sur les branches
immobiles; sur d'autres, les feuilles déjà se tortillaient
en se desséchant; autour du pied amputé de ces Titans
gisaient des monceaux de frais copeaux humides, d'une
teinte blanc et or, d'où s'exhalaient de saines et déli-
cieuses senteurs amères sans âcreté. Plus loin, contre
le fourré, la hache frappait sourdement en mesure, et
d'heure en heure on entendait un craquement suivi de
la lourde chute de quelque grand arbre.

Longtemps, on le voit, je n'avais trouvé aucun gibier;
enfin, d'un large massif de chêneteaux nains envahis à
la tige par les absinthes parasites, s'élança un râle de
genêts. Je tirai; il tourna dans l'air et tomba. Kaciane,
au moment de la détonation, se couvrit les yeux de la
main droite et ne bougea pas pendant que je réarmais
ma batterie et que je ramassais la pièce abattue. Dès
que j'eus fait vingt pas en avant, il vint à l'endroit où
l'oiseau était tombé, se pencha vers le gazon tacheté de
quelques gouttes de sang, branla la tête et me regarda
avec un sentiment d'effroi.... Puis, je l'entendis murmurer : « Un péché!... ah oui! c'est là certainement un
péché! »

L'excès de la chaleur nous obligea à la fin d'entrer
dans le bois; je me jetai sous un haut massif de coudriers, au-dessus duquel un beau jeune érable étendait
la protection de ses légers rameaux; Kaciane s'assit sur
un tronc de bouleau abattu. Je me mis involontairement
à le regarder. Les feuilles étaient légèrement émues à
la cime de la voûte qui nous couvrait, et leur ombre,
d'un vert fuyant, glissait doucement, avec un mouve-

ment de va-et-vient , sur le chétif individu tant bien que
mal accoutré de son armiak noir, et sur son petit visage
anguleux et tout contracté. Il ne relevait ni n'abaissait
la tête, et son regard était fixe. Ennuyé de cet aspect
morose, je m'étendis sur le dos et me mis à observer le
jeu des feuilles livrées à elles-mêmes en l'absence du
vent : leur position croisée et leur mouvement doux
tranchent et se laissent bien apercevoir sur un fond uni
de ciel serein. La mobilité du feuillage n'est là que le
travail même de la séve à son plus haut point d'ascen-
sion.

C'est une charmante chose que de se tenir couché
ainsi sur la mousse du bois et de faire face aux objets
d'en haut! Vous êtes libre de vous imaginer que vous
voyez les abîmes du grand Océan étendu sous vous sans
la distraction du vaisseau. Il vous semble que les arbres,
au lieu de s'élever de la terre, sont eux-mêmes les racines d'immenses plantes maritimes qui poussent et
tombent droit dans ces vagues cristallines; les feuilles,
sur les arbres, tantôt se font diaphanes comme des
émeraudes, tantôt deviennent opaques en prenant une
teinte vert et or; quelque part, loin, bien loin, termi-
nant un mince rameau, se tient une feuille isolée, immobile sur un coin azuré du ciel, et tout à côté d'elle
il en est une autre qui s'agite, simulant par ses mouvements le jeu de la queue du poisson, comme si ce jeu
était l'effet, non de l'air, mais de la volonté et de la joie
d'un être vivant. Semblables aux îles flottantes de la
féerie, des nuages blancs plus ou moins circulaires vo-
guent doucement, se succèdent et passent.... et voilà
que tout à coup toute cette mer, cet éther radieux, ces
branches et ces feuilles incandescentes, tout à la fois
s'agite, frémit d'un éclat qui fuit; voilà qu'il s'élève un
chuchotement frais, vif et vague , semblable aux

clapotements continus de la houle ou du flux qui envahit la grève. Vous vous gardez de bouger; ce spectacle
est trop doux, trop sain au cœur pour qu'on s'en prive
sitôt. Cet azur si profond, si pur que vous contemplez,
amène sur vos lèvres un sourire de sérénité et d'inno-
cence. Ainsi que les brillants nuages qui dominent l'atmosphère, et en quelque sorte avec eux, vous voyez
dans le passé se dérouler, comme une lente et belle
théorie, vos plus chers souvenirs de bonheur, et toujours
il vous semble que votre regard s'étend de plus en plus
loin et vous entraîne après lui dans ces abîmes tranquilles et lumineux où l'on se complaît, où l'on voudrait
demeurer....

« Bârine! hé! bârine! » dit tout à coup Kaciane de sa
voix sonore.

Je me soulevai avec surprise; cet homme, jusqu'à ce
moment, avait répondu à peine à mes questions, et
maintenant c'est lui qui parle, qui m'apostrophe.

« Quoi? lui dis-je.

— Pourquoi as-tu tué un oiseau? dit-il en me regardant fixement.

— Comment, pourquoi? Le râle de genêts est un
gibier; cela se mange.

— Ce n'est pas pour le manger que tu l'as tué, bârine; tu ne le mangeras pas! Tu l'as tué pour ton
plaisir.

— Et toi, tu ne crains pas, apparemment, de manger
une poule ou un canard, bien sûr?

— La poule et le canard sont destinés à la nourriture
de l'homme; le râle est un libre oiseau des bois, et il
n'est pas le seul être créé libre; tout hôte des forêts,
des champs, des rivières, des marais, des prairies, de
la plaine et de la montagne, de la terre et des eaux, doit
être sûr de la bonté de l'homme; c'est un péché de le

tuer; laissez-le vivre jusqu'à son terme. L'homme a
sans cela de quoi se nourrir, de quoi calmer sa faim et
sa soif : il a le blé, premier bienfait de Dieu, et l'eau du
ciel, et les animaux qui se donnent à lui, selon ce que
nous savons d'après tous nos pères et patriarches. »

Je regardais avec un redoublement de curiosité ce
singulier petit homme, dont les paroles, en ce moment,
coulaient d'abondance, car il ne les cherchait pas; il
parlait avec une onctueuse animation et avec une gravité douce, en fermant les yeux par intervalles.

« Ainsi, ce serait, à t'entendre, un péché aussi de tuer
un poisson?

— Le sang du poisson est froid, répliqua-t-il d'un
ton de conviction et d'assurance; le poisson est un être
muet; il est étranger par lui-même à la crainte et à la
joie; il n'a pas voix dans la vie; il a peu ou point de
sensibilité, en lui le sang n'est pas vif.... Le sang, poursuivit-il, le sang n'est pas une chose sainte et sacrée;
le soleil, œil de Dieu, ne regarde pas le sang; le sang
est à couvert de la lumière.... c'est un grand péché
d'exposer le sang à la lumière, c'est affreux.... Oh! c'est
un très-grand péché! »

Il soupira et se tut. J'avoue naïvement l'étonnement
profond avec lequel je contemplais l'étrange vieillard.
Son langage différait de celui que j'avais pu entendre
tenir à tous les paysans que j'avais connus en ma vie;
nos gens du commerce, comme beaux diseurs, ne parlent point du tout ainsi. C'était là une langue volontairement solennelle, très-bizarre en pleine solitude russe.

« Dis-moi, de grâce, Kaciane, lui dis-je en regardant
bien en face cette figure un peu animée par l'émotion,
de quoi trafiques-tu? »

Son regard se troubla légèrement à cette question,
et il prit son temps pour y répondre.

« Je vis, dit-il enfin, comme Dieu l'ordonne, et quant à ce qui est un trafic…. non, je ne fais aucun trafic. Je suis très-sot, et cela depuis l'enfance; je travaille si je le peux; vous voyez, je n'ai pas l'air d'un abatteur d'ouvrage; je n'ai pas de taille, pas de santé; mes bras sont de sots bras. Eh bien! au printemps, j'attrape des rossignols.

— Tu attrapes des rossignols? Comment accordes-tu cela avec ce que tu disais tout à l'heure, qu'on ne doit toucher à aucun hôte libre des bois, des prés, des montagnes?

— C'est tuer qu'il ne faut point; la mort prend elle-même ce qui lui revient. Voyez le charpentier Martyne; il a vécu, cet homme, il a vécu peu, et il est mort; la femme, à force de regretter son homme et de se tourmenter pour leurs enfants, mourra elle-même. Il n'est donné ni à l'homme ni à la bête de ruser avec la mort; la mort ne recule pas et on ne se recule pas d'elle; mais il ne faut pas lui aider, se mettre odieusement à son service…. Je prends des rossignols, mais Dieu me préserve d'en tuer un seul! je ne les prends pas pour les tuer, je ne suis pas un bourreau; je les prends pour le plaisir de l'homme, pour qu'il se complaise au chant de l'oiseau, pour qu'il aime les oiseaux.

— Tu vas les prendre à Koursk [1], sans doute?

— Je vais à Koursk, et quelquefois plus loin, selon l'occasion. Je passe la nuit dans les marais, à la lisière des bocages, toujours seul, ou bien dans la campagne, mais dans un endroit couvert : ici les bécasses sifflotent, là les lièvres criaillent, plus loin les canards cancanent… Le soir je remarque, le matin j'écoute, avant l'aurore je tends mes gluaux. Un rossignol chante

1. Il a déjà été question des rossignols de Koursk, où ils abondent.

plaintivement; son chant est bien doux, mais douloureux...

— Et tu vends tes petits captifs ?

— Je les donne, bârine, je les donne à de bonnes
gens.

— Et qu'est-ce que tu fais encore ?

— Comment, ce que je fais ?

— De quoi t'occupes-tu ?

— Eh mais, je ne m'occupe point; je suis un très-
mauvais travailleur. Comme je sais lire...

— Quoi! tu sais lire ?

— Oui, je sais un peu lire. Dieu m'a aidé en cela, et
aussi un peu quelques braves gens m'ont aidé.

— Tu as de la famille ?

— Non.

— Comment donc? tous les tiens sont morts, hein ?

— Non ; je ne sais, mais ma vie n'avait pas été arran-
gée pour cela : je m'en rapporte à Dieu ; nous sommes
tous à sa disposition, il nous mène quand nous ne prenons pas le soin de nous mener. Il ne faut à l'homme
qu'être juste, c'est tout; et quand il est juste, il est
l'homme de Dieu, l'enfant de Dieu.

— Tu as bien quelque parent, pourtant.

— Oui... oui et non...

— Dis-moi, je te prie... souviens-toi que j'ai entendu là-bas mon cocher demander pourquoi tu n'as
pas guéri le charpentier Martyne... Est-ce que tu sais
des moyens de conserver la vie aux malades en danger
de mourir ?

— Ton cocher est un homme juste, dit Kaciane tout
rêveur, il a du bon, mais il n'est pas sans péché. Il
m'appelle le petit guérisseur... Qui est-ce que je gué-
ris?... et qui a le pouvoir de guérir? C'est à faire à
Dieu seul d'ôter ou de laisser. Mais il y a, oui, il y a des

herbes, des fleurs qui soulagent. Le poivre d'eau est
une herbe salutaire à l'homme, le plantain aussi est
bon. On peut les recommander tous deux; ce sont des
simples du bon Dieu. Il y en a d'autres qui sont utiles
aussi, mais rien que d'en parler c'est un péché. Si l'on
s'en sert en priant... Il est, c'est vrai, certaines paroles
qu'il faut dire alors... Et il ajouta en baissant la voix :
Le salut est à ceux qui croient, pas à d'autres.

— Tu n'a donc rien donné à Martyne?

— J'ai su trop tard.... Mais ce qui doit nous arriver
est écrit. Martyne ne devait pas plus durer qu'il n'a
duré, c'est réglé ainsi; à ceux qui n'ont pas à demeurer vivants, le soleil refuse sa chaleur et le pain même
fait reproche; on se sent appelé ailleurs. Dieu fasse
grâce à l'âme de ce brave homme !

— Y a-t-il longtemps qu'on vous a colonisés dans nos
pays?

— Non, il y a quatre ans, dit Kaciane avec un peu
d'agitation. Du vivant de notre feu maître, nous vivions
tous sans rien prévoir, et voilà que la tutelle nous a
dépaysés. Notre ancien maître était une bonne âme,
un homme doux et pieux... Dieu le reçoive en son paradis ! La tutelle a examiné, délibéré, disposé; elle a
eu ses raisons certainement, et tout cela devait se faire
ainsi.

— Où demeuriez-vous auparavant?

— Nous demeurions sur la Metcha, à la Belle-Metcha

— C'est loin d'ici?

— A cent verstes.

— C'était mieux là-bas ?

— Oh ! bien mieux. Là ce sont des campagnes décou-
vertes, de grandes rivières; c'était notre nid. Ici c'est
étroit et c'est sec... Ici nous sommes des orphelins. Là-
bas, à Belle-Metcha, on gravit une colline, et, Seigneur

Dieu, quelle vue on a ! Rivière, prairies, forêts; ici une
église, là encore de vastes prés. On voit loin, loin, loin,
mais si loin, vrai... Ici, c'est vrai aussi, la terre est
meilleure, c'est de l'argile, de la bonne et belle argile,
disent les paysans... mais pour moi il y a toujours
assez de blé partout.

— Avoue pourtant, frère, que tu voudrais bien être
dans ton pays.

— J'y-réfléchirai ; car, au fait, on est bien partout.
Je suis sans famille et point casanier. Eh quoi donc,
quand je suis si peu à la maison...Lorsqu'on va, on va,
ajouta-t-il en élevant la voix, on se sent plus léger en
vérité ; le soleil nous réchauffe mieux; nous sommes
plus sous les yeux de Dieu, et dans le cœur ça chante
des chants plus doux. Je vois croître l'herbe, je l'épie,
j'y reviens, je l'arrache, elle est à moi.' L'eau, une
bonne eau, tu la goûtes, tu remarques l'eau et aussi
l'endroit. Les oiseaux chantent. Ah !... Mais c'est à
Koursk surtout... des steppes! quelles steppes! voilà
des endroits faits pour l'admiration, pour la joie de
l'homme! voilà où l'on se donne du large, voilà une
bénédiction de Dieu! Les steppes vont, à ce qu'on dit,
jusqu'aux mers chaudes où vit l'oiseau *gamaïoun* [1] aux
chants délicieux; là le feuillage des arbres ne tombe
ni l'automne ni l'hiver, et il vient des pommes d'or sur
des arbustes d'argent, et les hommes vivent dans l'abondance et la justice... J'aurais fini par aller là... Et suis-je
donc allé en si peu de lieux? J'ai vu Romène, j'ai vu
Simbirsk, la belle cité; j'ai vu Moscou, la ville aux cou-
poles d'or ; j'ai visité l'Oka, nourrice des populations ; la
Tsna, douce colombe, et maman Volga; et combien j'ai
vu d'hommes, de bons et pieux paysans ! et combien
j'ai traversé d'honnêtes villes ! et je serais allé aussi là-

1. Oiseau merveilleux des légendes populaires.

bas... et alors... et déjà... Et je ne suis pas le seul pêcheur; beaucoup de paysans chaussés de laptis errent
dans le monde, à la recherche du vrai... oui... Et que
gagne-t-on à rester chez soi ? Oh ! il n'y a pas de justice
dans l'homme... voilà ce qu'il y a... »

Ces derniers mots avaient été prononcés par Kaciane
avec volubilité et fort peu distinctement. Il ajouta plusieurs autres phrases qui m'ont décidément échappé
tout à fait ; mais ce qui me frappait surtout, c'était
l'expression étrange qu'avaient prise ses traits. Il y avait
là quelque chose de si peu conforme à ce que nous
voyons et entendons tous les jours dans nos campagnes,
que le mot de *Iourodivetz* me vint dix fois sur les lèvres.
Après qu'il se fut reposé quelques moments et qu'il
eut légèrement toussé, il parut revenir doucement à
des idées plus riantes, et dit :

« Quel beau soleil !... Seigneur, quelle bénédiction
que la lumière de ton soleil ! et quelle bonne chaleur
dans ce bois ! »

Après une minute de silencieuse extase, il fut profondément distrait ; il ne me voyait plus, il chantait ; mais
ne se servant pas de la voix pour être entendu, il ne
prononçait qu'à peine les mots, en sorte que de toute
sa chanson, tout ce que je pus bien saisir se borne à
ces mots :

> De mon vrai nom je suis Cassien,
> Mais on m'a surnommé la Puce...

« Eh bien, mais, qu'est-ce donc ? il compose, » me
disais-je. Ayant rencontré mon regard, il frissonna et
se tut ; puis il regarda avec une grande attention dans
le bois. Je me retournai et je vis une petite villageoise
d'environ huit ans, en petit sarafane bleu, avec un
mouchoir à carreaux sur la tête et un panier d'osier

tressé à la main. Il y a toute apparence qu'elle ne s'attendait pas à notre rencontre ; elle se tenait immobile dans un vert massif de coudriers, sur la pelouse, dans l'ombre ; elle me regardait timidement de ses deux petits yeux noirs. Je l'eus à peine aperçue qu'elle s'effaça entièrement derrière un arbre. « Anna, Anna, viens ici ; ne crains rien ! lui cria Kaciane d'un son de voix caressant.

— J'ai peur, répondit la voix de l'enfant.

— N'aie pas peur, je te dis ; viens. »

Anna, sans répliquer, quitta sa citadelle et fit un détour pour arriver vers le nain ; ses petits pieds laissaient à peine dans les hautes herbes la trace de son passage et c'est en sortant de la coudraie qu'elle se trouva près du vieillard. C'était une enfant non pas de huit ans, comme je l'avais cru d'abord, mais bien de treize ou de quatorze. Elle était petite et maigre, et son joli petit visage ressemblait d'une manière frappante à celui de Kaciane, bien que celui-ci ne fût pas, tant s'en faut, un joli garçon. C'étaient les mêmes traits anguleux, le même regard étrange, malin et confiant, distrait et pénétrant ; c'étaient les mêmes mouvements... Kaciane la regardait des pieds à la tête ; elle se tenait debout à sa droite.

« Tu as ramassé des champignons ? lui dit-il.

— Oui, répondit-elle avec un sourire timide.

— Tu en as trouvé beaucoup ?

— Beaucoup, dit-elle en regardant son interlocuteur et en souriant encore.

— En as-tu trouvé de blancs ?

— Oui, il y en a de blancs.

— Fais-nous voir cela, voyons. »

Elle baissa son panier et souleva à demi la grande feuille de bardane dont elle avait couvert ses champignons.

« Eh! dit Kaciane en s'inclinant sur le panier, quels beaux champignons! C'est bien, très-bien, Annouchka!

— C'est ta fille, n'est-ce pas, Kaciane? » demandai-je.

Le visage d'Anna rougit un peu.

« Non, mais... elle est ma parente, répondit Kaciane avec une feinte négligence. Eh bien, Annouchka, va maintenant, va ton chemin, et prends garde.

— Çà, pourquoi s'en retournerait-elle à pied? me hâtai-je de dire; nous pouvons la prendre avec nous...»

Annouchka devint rouge comme le pavot des champs; elle saisit des deux mains la corde tordue double qui tenait lieu d'anse à son panier, et regarda avec agitation le vieillard.

« Non pas, elle a bon pied; elle arrivera, répondit-il de ce même ton paresseux et indifférent. Elle n'a pas besoin d'être voiturée. Va, Annouchka, va. »

Anna disparut dans l'épaisseur du bois; Kaciane la suivit du regard, puis de la pensée, puis il baissa la tête et sourit longtemps. Dans ce sourire, comme dans le sobre dialogue qu'il avait eu avec elle tout à l'heure, dans le son même de sa voix, tandis qu'il parlait à l'enfant, il y avait une ineffable tendresse : c'était une passion, c'était de l'amour. Il regarda encore vers les endroits où elle avait passé, sourit de nouveau, et, s'essuyant le visage, branla la tête à plusieurs reprises.

« Pourquoi l'as-tu si vite renvoyée? lui demandai-je Je lui aurais acheté sa cueillette.

— Eh mais! *vous* pourrez l'acheter tout aussi bien à la maison, si telle est votre envie, me répondit-il en employant pour la première fois le mot *vous*.

— Tu as là une très-jolie petite compagne de solitude.

— Hum... bah! comme ça... » répondit-il d'assez mauvaise grâce ; et dès ce moment il retomba dans sa précédente taciturnité.

Je fis plusieurs tentatives pour le remettre en humeur de conversation ; mais, voyant que j'y perdais ma peine, je repris mon fusil, je sifflai mon chien et me dirigeai vers le comptoir. La grande chaleur était sensiblement tombée, mais ma chasse continua d'être malheureuse ; je regagnai Vycelki avec un essieu bien conditionné, mais avec un seul râle de genêts dans ma gibecière. Comme le petit chariot qui nous portait rentrait dans la cour de Kaciane, cet homme se retourna de mon côté :

« Bârine ! hé, bârine ! me dit-il, j'ai des torts envers toi ; c'est moi, vois-tu, qui suis cause que tu n'as rien abattu, rien trouvé.

— Est-il possible ?

— C'est mon secret. Tu as là un chien bien dressé et bien fin, et pourtant il n'a rien pu faire pour toi. Tu penses : Les hommes, ah ! les hommes ! n'est-ce pas ? Et moi, je dis en voyant ton chien : Voici un animal, qu'en ont-ils fait ? »

C'eût été bien vainement que j'aurais tenté de convaincre Kaciane de l'impossibilité d'écarter le gibier par des paroles cabalistiques dites en arrachant telles ou telles herbes. Je ne répondis pas, et d'ailleurs nous descendions de chariot.

Anna n'était pas dans la chaumière ; seulement elle était arrivée avant nous et avait déposé sur le banc son panier de champignons. Iérofée ajusta le nouvel essieu, après l'avoir soumis à une appréciation aussi injuste que sévère. Ce ne fut qu'au bout d'une heure que je pus partir, en laissant à Kaciane un peu d'argent, que dans le premier moment il refusait d'accepter ; j'insistai, il réfléchit, prit l'argent dans sa main et le mit ensuite dans son sein. Pendant cette heure d'attente, je ne lui entendis pas prononcer dix paroles; il se tenait adossé à sa porte cochère; il ne prêtait pas la moindre attention aux murmures et aux reproches de mon cocher, et il répondit à mes adieux avec une grande froideur.

Je fus à peine hors de la cour, que je remarquai que mon Iérofée était d'une humeur fort chagrine. C'est qu'en effet le malheureux n'avait rien trouvé dans tout le village pour calmer sa faim, et l'abreuvoir aux chevaux était hors de service. Le mécontentement de cet homme se laissait apercevoir, sans même qu'il me fît face. Il était assis sur la banquette, et par moments à demi tourné vers moi, ce qui témoignait de son désir de parler; mais, attendant ma première question, il se contentait de marmotter des propos édifiants adressés aux chevaux. Puis, peu à peu, abordant plus directement l'ordre d'idées qui le préoccupait : « Un village !... murmura-t-il, c'est çà un village !... Vous demandez du kvass, il n'y a pas de kvass. Ah ! Seigneur Dieu, voilà un bouge ! Et leur eau, de l'eau ! c'est à cracher dessus, fi !... » Et il cracha cordialement... « Ni concombres, ni kvass, rien... rien ! Hé là, toi, ajouta-t-il en s'adressant bruyamment au bricolier de droite, je te connais, filou, va. Tu fais semblant de tirer, hein !... Je te ferai... moi... Et ces mots furent accentués d'un coup de fouet... Il a tout à fait tourné à la tromperie, au lieu qu'auparavant, quelle bonne bête c'était ! Lah, lah, lah !... prends-y garde, je...

— Dis-moi, voyons, dis-je enfin, quel homme est-ce que ce Kaciane ? »

Iérofée ne répondit pas tout d'abord, c'était en général un homme réfléchi et posé ; mais il me fut aisé

de reconnaître que ma question le calmait et le ré-
jouissait intérieurement.

« La Puce? dit-il en tirant à lui les guides... c'est un
homme curieux; tel que vous l'avez vu, c'est un Iourodivetz. Il y a peu, bien peu d'hommes qui ressemblent à celui-là. Par exemple, voilà, si ce n'est pas un
péché de faire une telle comparaison, je le compare-
rais, tenez, à notre rouan [1]; il a, comme lui, trouvé
moyen d'être dispensé de tout travail. C'est vrai que la
Puce, quel travailleur ça pouvait-il faire ? l'âme tient à
peine au corps... Dieu sait... Et il est comme ça depuis
l'enfance. D'abord il allait voiturer avec ses oncles, et
il en avait trois. Cela l'a ennuyé; il a planté là les voi-
turiers. Il a voulu vivre à la maison, mais il ne s'est
pas tenu non plus à la maison. Il ne peut pas rester en
place, une vraie puce, on vous dit. Il avait, Dieu merci,
un seigneur très bon, qui ne voulut pas le contraindre.
Depuis ce temps-là, il court plus libre que la chèvre,
et on ne regarde plus où il va. Dieu sait ce qu'il y a
en lui; tantôt il est silencieux comme un poisson, tantôt il se met à parler, à parler, et ce qu'il dit, c'est
sûrement pour lui qu'il le dit. Est-ce que c'est une
manière ? allons donc ! ce n'est pas là une manière;
c'est un homme... tout... un homme dépareillé, voilà.
Pourtant il chante bien, oh ! oui, comme çà, gravement... oui; bien, bien.

— Et il fait donc le médecin ?

— Quel médecin ! hein ! je vous demande un peu...
mais c'est, voyez-vous, un homme comme ça. C'est
vrai qu'il m'a guéri des écrouelles. Médecin, là, dites-
moi, médecin ! un imbécile qui n'a pas de pain, pas de
kvass, ajouta-t-il plus bas en finissant.

— Tu le connais depuis longtemps ?

1. Cheval roaun vineux.

— Oui; nous étions voisins sur la Sytchofka, au village de Belle-Metcha.

— Que me diras-tu d'une petite Annouchka qu'il a appelée dans le bois?... Elle est sa parente? »

Iérofée me regarda par-dessus son épaule, et sourit non-seulement de la face, mais de tout le corps.

« Eh!... oui, parente, parente. Elle est orpheline; elle n'a pas de mère, et même on n'a jamais su qui a été sa mère. En tout cas, elle doit bien être quelque chose à Kaciane, puisqu'elle lui ressemble terriblement. Elle vit chez lui. C'est une fillette gentille, il n'y a rien à dire, une bonne, bonne petite fillette. Et lui, le croiriez-vous? lui, il s'est mis à lui apprendre ses lettres... et il y parviendra pour sûr, car c'est un vieux malin, un habile... un homme qui... un homme que... suffit, je m'entends... Hé, hé, hé, là! cria-t-il tout à coup en arrêtant, se penchant à droite et à gauche et humant l'air. Cela sent, je crois, le brûlé? Oui, justement..... Ah! ces essieux neufs!... et à quoi sert que je l'aie graissé?... J'irai prendre de l'eau; voilà justement une mare. »

Il descendit lourdement, tourna en flairant et en regardant autour du chariot, détacha le petit seau, alla à la mare, et, ayant lancé son eau contre l'essieu, prit un grand plaisir à entendre le bruit qui se fit sous le moyeu de la roue...

Six fois, dans le parcours d'une dizaine de verstes, il injecta de la même manière l'essieu qui se calcinait, de sorte qu'il était déjà nuit tombante quand nous eûmes regagné la maison. La pauvre chasse que j'ai faite ce jour-là!

X

Le Bourmistre. — Serfs et intendants en Russie.

A quelque vingt verstes de ma terre réside un ex-officier aux gardes, qui est un beau jeune gentilhomme de ma connaissance ; son nom est Arcadi Pavlytch Péenotchkine. Son domaine a entre autres cet avantage sur le mien, qu'il est fort giboyeux. La maison qu'habite mon ami Péenotchkine a été construite sur les plans d'un architecte français ; ses gens sont, du premier au dernier, en livrées à l'anglaise ; il donne des dîners excellents. Il reçoit de la manière la plus aimable... et avec tout cela, on ne va pas volontiers chez lui. C'est un homme sage et positif ; il a été parfaitement bien élevé, il a servi, il s'est poli au contact du plus grand monde, et aujourd'hui il s'occupe d'économie rurale avec un succès signalé. Arcadi Pavlytch, selon ses propres dires, est sévère, mais juste ; il veille de près au bien-être de ses vassaux, et s'il les châtie, c'est la meilleure preuve qu'il les aime. « Ce sont des êtres avec qui il faut agir comme avec les enfants, dit-il en pareille occasion ; car ce sont en vérité de grands enfants, mon cher, et il faut prendre cela en considération. » Quant à lui, quand il se trouve dans ce qu'il appelle cette triste nécessité des rigueurs, il évite de faire aucun mouvement vif ou colère, et même d'élever la voix ; il étend simplement l'index, et dit froidement au coupable : « Je t'avais prié, mon cher... » Ou bien : « Qu'est-ce que tu as donc, mon ami ? reviens à toi... »

Ses dents se serrent un peu, sa bouche se contracte imperceptiblement, et c'est tout.

Il est d'une taille au-dessous de la moyenne, bien tourné, et joli garçon; il prend le plus grand soin de ses mains et de ses ongles; ses joues et ses lèvres reluisent de santé. Il rit franchement et de tout cœur, sa politesse est accompagnée d'un léger clignement d'yeux qui lui sied. Il s'habille avec infiniment de goût; il fait venir une grande quantité de livres, de publications françaises en tout genre, sans être pour cela un grand liseur, et c'est tout au plus s'il a feuilleté jusqu'au bout le *Juif errant*. Aux cartes, il est excellent partenaire. Bref, Arcadi Pavlytch passe pour un des gentilshommes les plus civilisés, et, auprès des mères qui ont des filles à marier, pour un des partis les plus enviables de tout notre gouvernement. Les dames sont folles de lui, et louent par-dessus tout ses manières. Il est admirablement réservé, il a la prudence du serpent; jamais il n'a été mêlé dans aucune histoire, et pourtant, dans l'occasion, il aime assez à mater, à assommer un adversaire timide; alors il se fait voir; mais l'exécution faite, il fait très-bon marché de ses avantages. Il dédaigne toute société de mauvais genre, soigneux de ne se point compromettre, ce qui n'empêche pas qu'en un moment de gaieté il ne se déclare sectateur d'Épicure, malgré ses grands dédains pour la philosophie en général, science qu'il appelle le vaporeux aliment des esprits d'Allemagne ou une quintessence de germanique sottise. Il aime la musique; en jouant aux cartes, il chante avec quelque sentiment, quoique du bout des dents; il a gardé mémoire de quelques passages de *Lucia* et de la *Sonnanmbula*, mais presque toujours il prend trop haut la note. Il va passer ses hivers à Saint-Pétersbourg. Sa maison est mer-

veilleusement bien tenue ; les cochers mêmes ont tellement subi son influence, que non-seulement ils net-
toyent les harnais de leurs attelages et époussètent leurs
armiaks, mais qu'ils poussent le raffinement jusqu'à se
laver chaque jour le visage, y compris le tour des oreilles et la nuque. Les gens d'Arcadi Pavlytch ont bien
un peu le regard en dessous ; mais dans notre bonne
Russie on ne distingue pas très-aisément le morose de
l'endormi.

Arcadi Pavlytch a un parler doux et onctueux ; il
scinde sa phrase de pauses assez fréquentes, et il
écoule voluptueusement chaque mot en le parlant entre ses belles moustaches soufflées. Il assaisonne volontiers son dialogue de quelques expressions françaises, telles que : « Mais c'est impayable ! mais comment
donc ! Voilà qui est merveilleux ! enchanté, charmé,
ravi... » et autres. Malgré tout cela, je ne me sens pas,
moi du moins, attiré vers lui, et n'étaient les coqs de
ses bois et de ses bruyères et les perdrix de ses champs,
il y a grande vraisemblance que nous nous oublierions
l'un l'autre. Une vague inquiétude s'empare de vous
dans sa maison ; le confort même dont on y est en-
touré semble importun, et chaque soir, quand un valet de chambre, frisé et pommadé, vient, avec sa livrée bleue à boutons blasonnés, vous tirer gentiment
vos bottes, vous vous sentez gêné devant cette figure
pâle et mignarde. Vous seriez plus à l'aise si vos yeux
venaient à rencontrer les larges et vermeilles pommettes, le nez incroyablement épaté d'un vigoureux jeune
gars, à peine tiré de sa charrue et déjà parvenu... à
faire craquer les coutures du cafetan de nankin étrenné
la surveille, fallût-il pour cela courir le risque de sentir sous la rude main du drôle votre botte éclater et
votre jambe s'endolorir jusqu'aux hanches.

Malgré mon peu de sympathie pour Arcadi Pavlytch, il m'arriva une fois de passer la nuit chez lui. Le lende-main de bonne heure, je fis mettre les chevaux à ma calèche, mais il ne voulut pas que je partisse sans avoir déjeuné avec lui à l'anglaise, et il m'entraîna pour cela dans son cabinet. Avec le thé on nous servit des côte-lettes, des œufs mollets, du beurre, du miel, du fro-mage de Suisse, etc. Deux valets, gantés de blanc, pré-venaient en silence et très-prestement nos moindres désirs. Nous étions assis sur un divan de Perse. Arcadi Pavlytch avait sur lui un très-large charovar [1] de soie, une veste de velours noir, un élégant fèze à [2] gland bleu et des pantoufles jaunes à la chinoise, sans quar-tier. Il prit le thé, grignota quelque chose, rit, regarda ses ongles, fuma, ramassa un coussin sous son aisselle, et en général se montra dans une excellente disposi-tion d'humeur. Bientôt il attaqua sérieusement les côtelettes et le fromage, et, après avoir vaqué en homme à cette opération, il se versa un verre de vin rouge, le porta à ses lèvres et fronça les sourcils.

« Comment le vin n'a-t-il pas été réchauffé? » dit-il d'une voix sèche à l'un des valets. Celui-ci se troubla, pâ-lit et demeura pétrifié. « Çà, je t'ai interrogé, mon cher, » reprit avec un calme étudié le jeune seigneur, les yeux braqués grands ouverts sur le pauvre homme, qui, pour tout mouvement, tordit légèrement la serviette qu'il tenait en main, et, sous le poids de la fascination, resta hors d'état d'articuler un monosyllabe.

Arcadi Pavlytch abaissa le front et continua pensive-ment à regarder le malheureux, mais en dessous.

« Pardon, mon cher, » me dit-il avec un aimable

1. Pantalon ample qui parfois chausse le pied et se perd dans a pantoufle.
2. Coiffure légère à l'orientale.

sourire, en me posant tout amicalement la main sur le genou; et il regarda de nouveau en silence le valet : « Eh bien! va, » dit-il enfin en relevant les sourcils et en touchant la bascule d'un timbre à ressorts, qui fit entrer un gros homme brun au front bas et aux yeux striés.

« Fais tes dispositions pour Fédor, » lui dit en moins de mots encore Arcadi Pavlych, parfaitement maître de lui-même.

L'homme trapu s'inclina et sortit.

« Voilà, mon cher, les désagréments de la campagne, me dit rieusement Arcadi..... Mais où allez-vous donc? Restez, restez, mettez-vous ici.

— Non pas; il faut que je vous quitte, il est temps.

— D'aller à la chasse? toujours à la chasse! voilà une passion! De quel côté comptez-vous aller?

— A quarante verstes d'ici, à Reabovo.

— A Reabovo! Eh mais alors, j'irai avec vous; Reabovo est à cinq verstes de ma terre de Chipilovka, et il n'y a que trop longtemps que je diffère de m'y rendre; je n'ai pu jusqu'à ce moment trouver un jour libre. Cela tombe à merveille. Vous chasserez à cœur joie à Reabovo, puisque tel est votre projet, et, le soir, vous êtes chez moi. C'est charmant! nous souperons bien ; je prends avec moi le cuisinier, et vous trouverez un lit tout prêt à vous recevoir. Bravo! bravo! ajouta-t-il sans attendre ma réponse. C'est enlevé, c'est arrangé! Hé, quelqu'un! vite, qu'on attèle la calèche verte. Vous n'êtes pas encore allé à Chipilovka... Au fait, je devrais me faire un cas de conscience de vous proposer une nuit à passer dans le logement de mon bourmistre [1]; mais je sais que vous êtes très-accommodant et qu'à

---

1. Bourmistre est le mot allemand *burgmeister* altéré.

Reabof vous auriez couché certainement dans un hangar à foin : aussi je me rassure, et nous allons partir. »

Sur quoi il fredonna je ne sais quelle romance française. « Çà, vous ne savez peut-être pas, reprit-il en se balançant d'une jambe sur l'autre, que, dans l'endroit, mes moujiks sont tous redevanciers... O constitution, comment arrangeras-tu tout cela? J'avoue que je les aurais, de bon cœur, mis de préférence au travail de la terre trois journées par semaine comme chez vous, mais là il n'y a presque pas de terre arable..... Ils me payent exactement la redevance; vrai, il est incroyable qu'ils parviennent à mettre les deux bouts ensemble... Au reste, ma foi, c'est leur affaire. J'ai là, il faut le dire, un bourmistre forte tête, un petit *homme d'État*, parole d'honneur ! Vous verrez, vrai, j'ai eu de la chance. »

Il n'y eut pas à s'en défendre ; il en résulta qu'au lieu de partir à neuf heures, ce fut à deux de l'après-midi que nous sortîmes. Quiconque est chasseur comprendra mon impatience. Arcadi Pavlytch aimait, disait-il, à se dorloter ; il prit avec lui un tel ramas de linge, de vivres, d'habits, de coussins, de parfums et divers *nécessaires*, que, pour un Allemand économe, maître de lui-même, il y aurait eu de quoi s'en faire honneur et plaisir une année entière. A chaque descente, Arcadi Pavlytch tenait à son cocher un langage aussi bref qu'énergique, d'où je conclus involontairement que mon compagnon d'excursion était tant soit peu poltron. Au reste, le voyage s'accomplit d'une manière fort heureuse ; seulement, sur un petit pont réparé depuis peu, le chariot qui portait le cuisinier fut renversé, et l'une des grandes roues lui foula l'estomac. Arcadi Pavlytch, voyant cette cruelle chute du Vatel né, nourri et formé sous son toit, s'effraya grandement, et fit à l'instant demander si les bras et les mains étaient intacts ; ce ne fut qu'après avoir reçu à cet égard une réponse affirmative qu'il reprit complétement le calme et la sérénité dont il n'aimait pas à se départir. Les chevaux étaient bons, et pourtant nous cheminions lentement. J'étais assis dans la calèche d'Arcadi Pavlytch, qui se plaît à ne montrer de hâte en aucune occasion ; à la fin du trajet, j'avoue que j'étais en proie à l'ennui, d'autant plus que, depuis quelques heures, mon interlocuteur était en veine de confidences dont je n'avais que faire, et qu'il commençait à se poser en ami des libertés publiques. Enfin nous arrivâmes, non pourtant à Reabovo, où je voulais aller, mais en plein Chipilovka. C'est bien en effet ce qui devait arriver ; il était trop tard pour que je songeasse sérieusement à chasser ce jour-là ; aussi je me résignai et fis à mauvais jeu bonne mine.

Le cuisinier nous avait précédés de quelques minutes ; je crus remarquer qu'il avait déjà fait des dispositions, et surtout averti celui qui avait le plus d'intérêt à être prévenu. A la barrière même du village nous vîmes venir à nous le *staroste* (l'*ancien* ou sénieur), fils du bourmistre ou bailli, paysan vigoureux et roux, haut de six pieds, à cheval et sans chapeau, vêtu de son meilleur armiak dégrafé et ballant.

« Et où est Sophron ? » demanda Arcadi Pavlytch.

L'ancien, avant tout, s'élança à bas de sa monture, s'inclina très-bas et marmotta :

« Salut, père, seigneur Arcadi Pavlytch. « Puis il releva la tête en agitant ses cheveux pour les remettre à fil droit, et dit que Sophron était à Pérof, mais qu'on était déjà parti pour le ramener promptement.

« Eh bien ! passe derrière la calèche et suis-nous. »

L'ancien mena, par convenance, son cheval à dix

pas de nous sur le bord du chemin, remonta et se mit
à trottiner derrière nous, le bonnet à la main. Nous
fîmes notre entrée dans le village. Nous rencontrâmes
quelques moujicks revenant de la grange, accroupis
dans leurs chariots vides, les jambes en l'air, le nez de
même, et chantant, quoique secoués de tout leur corps;
mais la vue de notre calèche et du staroste leur coupa
la musette. Ils ôtèrent leurs bonnets d'hiver (qu'il est
triste de leur voir sur la tête en été, mais dont ils se
font alors un oreiller), retinrent l'élan de leurs bêtes,
s'alignèrent à peu près, se tenant bien raides sur leur
séant et semblant attendre des ordres. Arcadi Pavlytch
daigna leur sourire et les saluer de la main. Tout le
village s'anima comme s'animent nos villages; les femmes, en tabliers à carreaux, lançaient leurs bonnets
aux chiens, dévoués sans doute, mais peu sagaces en
cette occasion; un vieux boiteux, orné d'une barbe qui
lui descendait depuis les yeux jusque dans la poitrine,
arracha un cheval de l'abreuvoir voisin du puits, lui
porta sans raison appréciable un fort coup de pied
dans le flanc, et, après cet exploit, s'inclina devant
notre portière ; les enfants, en longue chemise, s'en-
fuyaient en braillant vers leur chaumière, se jetaient à
plat ventre sur le seuil, et rampant, la tête basse et les
pieds en l'air, franchissaient de la sorte l'obstacle de
la porte; et, retirés ainsi dans l'obscure entrée comme
dans un fort, ils ne se montraient plus. Il n'y avait pas
jusqu'aux poules qui ne se livrassent à un furieux train
de galop pour gagner le dessous des portes cochères.
Un brave coq, qui avait une poitrine d'un noir lustré à
faire honte à nos gilets de satin, et une queue rouge
dont les fiers anneaux semblaient s'élancer de sa crête
même, tant sa pose était mâle, parut vouloir tenir le milieu de la route et nous faire une bonne querelle sur

l'insolence des invasions... mais tout à coup il se troubla lui-même et lâcha pied comme une poule.

La chaumière du bourmistre était située à l'écart
des autres, au milieu d'une grasse et verte chènevière.
Nous nous arrêtâmes à l'entrée de la cour. M. Péenotchkine se leva, rejeta pittoresquement son manteau, et
sortit de la calèche en regardant sereinement autour
de lui. La femme du bourmistre vint au-devant de
nous, très-inclinée en avant, droit à la main du maître. Celui-ci se laissa baiser la main tant qu'il plut à la
bonne femme, et monta les trois marches du perron.
Dans un coin obscur de la pièce d'entrée était restée
la femme de l'ancien ; elle aussi se tenait fort inclinée,
mais sans oser, celle-là, aspirer un seul instant aux
honneurs de la main. Dans ce qu'on appelle la chambre
froide, à droite de la pièce d'entrée, étaient deux
autres femmes très-occupées; elles emportaient de là
toute sorte d'objets, des brocs vides, de vieux tou-
loups, des pots à beurre, une barcelonnette où, dans
un fouillis de chiffons, reposait un marmot, à ce qu'il
me sembla; puis elles tassaient les balayures au moyen
d'une touffe de fines branches de bouleau pourvues de
leurs feuilles. Leur travail fini, Arcadi Pavlytch les
chassa bien vite pour aller se placer sur le banc, juste
au-dessous des saintes images que l'homme du peuple
ne manque jamais de saluer en se signant lorsqu'il
entre dans une chambre quelconque. Les cochers ap-
portèrent alors les coffres, les caisses et les cassettes,
et il va sans dire qu'ils s'efforçaient, avec des précautions infinies, d'amortir le bruit de leurs pas.

Pendant cette opération, Arcadi Pavlytch question-
nait l'ancien sur la moisson, sur les semailles et autres
objets d'économie locale. L'ancien faisait des réponses
calculées pour satisfaire son seigneur ; mais il parlait

lentement, lourdement, et boutonnait son cafetan comme
s'il eût eu les doigts gelés. Il se tenait contre la porte,
tâchait de paraître le moins embarrassé possible; mais
il devait bien sans doute regarder derrière lui afin de
livrer passage aux allées et venues de M. le valet de
chambre. Dans un des moments où il se rangeait de
côté, il m'arriva de voir la bourmistresse pincer et frapper sans bruit je ne sais quelle autre femme, qui n'eut
pas la hardiesse de crier. Tout à coup on entendit le
roulement rapide, soudainement interrompu, d'une
télègue qui s'était arrêtée devant le perron, et nous
vîmes entrer le bourmistre.

L'homme d'État dont m'avait parlé Arcadi Pavlytch
était petit, trapu, large d'épaules et grisonnant, nez
rouge, petits yeux bleus et barbe en éventail renversé.
Notons en passant que, depuis que la Russie existe, on
n'y a pas encore vu un seul exemple d'hommes devenus riches sans qu'il leur ait poussé en même temps
une large barbe. Il est tel d'entre eux qui a porté toute
sa vie une barbe juive pointue comme un coin; un jour
vous le regardez... sa barbe s'est élargie, elle s'écarte,
elle brille en rayons; ce luxe de crins, pour apparaître,
avait donc dû attendre ce jour-là, et ce changement
d'extérieur devient ainsi l'indice d'un changement de
fortune.

Il est à croire que le bourmistre avait largement ar-
rosé son dîner à Pérof; il avait un visage ruisselant de
transpiration, et sentait le vin à dix pas.

« Ah! vous, nos pères, vous, nos bienfaiteurs [1] ! dit

---

[1]. Le bourmistre ne parle qu'à son maître seul, mais en Russie trois hommes sur mille, qui tutoient tout le monde et toujours, poussent au contraire la politesse du *vous* bien au-delà
de ce qu'exigent la bienséance et l'usage; ils diront : « M. le
commandant sont venus. »

l'aigrefin avec une bizarre cantilène, et un tel air d'attendrissement que je m'attendais à chaque seconde à
le voir fondre en larmes; vous vous êtes à la fin décidé
à venir! Votre main, père, votre main, » ajouta-t-il en
allongeant d'avance ses grosses lèvres.

Arcadi Pavlytch se fit baiser la main et lui dit d'une
voix toute caressante :

« Eh bien, frère Sophron, comment les affaires vont-
elles chez toi?

— Ah! vous, nos pères, repartit Sophron, et comment iraient-elles mal, les affaires? Comment *mal?*
Je dis bien, quand vous, nos bienfaiteurs, nos pères,
vous daignez par votre venue éclairer notre pauvre
petit village.... Oh! me voilà heureux pour jusqu'à
la tombe... grâce à Dieu, Arcadi Pavlytch, grâce à
Dieu, tout va bien, bien, bien, tout vient bien à votre
grâce. »

Après une minute de silence consacrée à la muette
contemplation, l'homme d'État soupira d'enthousiasme,
et, comme emporté par un élan irrésistible (et où une
dose un peu forte d'esprits fermentés était peut-être
pour quelque chose), il sollicita encore une petite fois
la main seigneuriale, et chanta avec plus d'entrain
qu'auparavant :

« Ah! vous, nos pères et bienfaiteurs..... et i oh.....
quoi donc! Dieu du ciel, vrai, la joie me rend fou..... je
regarde, je vois, je ne puis en croire mes yeux.... c'est
que vous êtes là, nos pères, nos.... »

C'était bien joué: Arcadi Pavlytch me regarda, fit un
petit rire et me dit en français : *N'est-ce pas que c'est
touchant?*

« Ah! Arcadi Pavlytch, reprit le bourmistre, qu'allez-vous devenir ici? à présent, je pense, vous m'affli-
gez tout à fait, vous ne m'avez pas fait savoir que vous

viendriez.... Comment passerez-vous cette nuit, Dieu du ciel? ici c'est poudreux, c'est malpropre...

— Ce n'est rien, Sophron, ce n'est rien, répondit en souriant Arcadi Pavlytch; ici c'est bien.

— Bien! nos pères chéris, bien, oui, mais pour qui? pour nous autres manants, c'est bien.... Mais pour vous!... Ah! nos pères, ah! nos bienfaiteurs, pardonnez à un pauvre imbécile ; oui, quoi, j'ai l'esprit tourné à l'envers, Dieu du ciel, à l'envers; je suis fou de tant de bonheur. »

On servit le souper; Arcadi Pavlytch se mit à souper. Le vieillard fit vite sortir son fils, qui exhalait une odeur champêtre trop forte, à ce que disait le père même, qui se tenait comme un automate à quelques pas de la table.

« Eh bien! vieux, en as-tu fini avec les voisins, pour la limite? dit M. Péenotchkine.

— Fini, bârine, fini, grâce à toi, à ton nom. Avant-hier nous avons signé l'accord. Les Khlynovski y ont d'abord fait bien des façons. Ils demandaient et ci et ça, et encore, et Dieu sait quoi. Des braques, les pauvres gens, des sots! Mais nous, père, grâce à ta générosité, nous avons... satisfait Nicolas Nicolaévitch. Nous avons agi selon tes instructions, bârine; comme tu as dit, nous avons fait; oui, nous avons tout arrangé et terminé selon ce que nous a rapporté de ta volonté Égor Dmitritch.

— Égor m'a fait son rapport, dit majestueusement Arcadi Pavlytch.

— Eh! comment donc autrement, bârine? Égor Dmitritch sait ce qu'on doit faire.

— Çà maintenant, vous êtes contents ? »

Sophron n'attendait qu'un mot pareil pour entonner de nouveau ses : « Ah! vous, nos pères, nos sauveurs et bienfaiteurs, ah! vous nous comblez, gardez-nous vos bonnes grâces; car nous prions le Seigneur Dieu, la nuit et le jour, pour vous, qui êtes nos pères... Sans doute, nous avons bien peu de terre ici....

— Bien, bien, Sophron, dit Péenotchkine; je sais que tu es un serviteur dévoué. Et..... que rend le battage?

— Le battage?... il n'est pas tout à fait satisfaisant. Mais permettez-moi, nos bons pères Arcadi Pavlytch, de vous annoncer une petite affaire qui nous est tombée sur les bras. »

Ici il s'approche de M. Péenotchkine, se penche obliquement en clignant d'un œil et dit :

« Un corps mort a été trouvé sur notre terrain.

— Comment cela?

— Ah! nos pères, je me le demande aussi; il faut que cela nous vienne d'un ennemi. C'est encore un bonheur que ce soit à la lisière de notre terrain, près d'un champ qui est à d'autres. J'ai lestement fait transporter le cadavre, pendant qu'on le pouvait, sur la terre du voisin, j'ai aposté à distance une sentinelle, et j'ai recommandé le silence le plus absolu. Puis je me suis rendu chez le préposé de police et l'ai informé à ma manière, et je lui ai laissé un petit gage de reconnaissance pour le mal qu'il ne nous fait pas. Dame, bârine, bien m'en a pris, le corps mort est resté sur le cou du voisin. Vous savez qu'en pareille occasion, deux cents roubles ne font pas plus d'effet qu'un petit pain de fleur de farine sur un affamé. »

M. Péenotchkine rit de l'exploit de son bourmistre, et me dit en français, à plusieurs reprises, en me le montrant par un mouvement de tête : « Quel gaillard! hein? »

Cependant la nuit était survenue. Arcadi Pavlytch

fit enlever la table et apporter du foin. Le valet de
chambre distribua les deux couches, étendit des draps
de lit et plaça les oreillers; nous nous mîmes à la légère. Arcadi Pavlytch se coucha et congédia Sophron,
en lui faisant ses recommandations pour le lendemain
matin, et, avant de s'endormir, il me fit l'éloge des
qualités admirables du paysan russe, ajoutant que, depuis que Sophron était son régisseur, il n'avait jamais
perdu un sou du revenu de cette terre.

Un garde de nuit frappait sur une planche suspendue
à deux bretelles de corde [1]; un jeune enfant, ignorant
encore le saint devoir de la résignation, piaillait dans
quelque recoin de la chaumière..... Nous nous endormîmes.

Le lendemain, nous nous levâmes d'assez bonne
heure. Je m'étais bien proposé d'aller à Reabovo; mais
Arcadi Pavlytch témoignait un grand désir de me montrer sa propriété, et il me décida à rester. J'avouerai
que j'étais curieux de voir de mes yeux les preuves de
toutes les grandes qualités de l'homme d'État qui avait
nom Sophron le bourmistre. Celui-ci parut. Il était
encore en armiak bleu et en ceinture rouge. Il parlait
moins que la veille, il regardait son maître avec une
attention pénétrante, il répondait habilement et en
bons termes. Nous nous rendîmes ensemble à la grange.
Le fils de Sophron, l'ancien, le géant en qui tout révélait un nigaud fieffé, était aussi de la partie, et la
marche était fermée par l'édilité, personnifiée dans le

---

1. Signal usité dans les campagnes, et qui remplace le cri des
watchmen.

L'appareil dont l'usage est général dans les pays slaves s'appelle tarabat. On a des tarabats à Jérusalem, dans l'intérieur du
temple. Les Turcs ne souffraient pas que les chrétiens eussent
des cloches, qui commencent à être tolérées aujourd'hui, grâce
à la présence des Français.

vieux Fédocéitch, ancien soldat qui, à des moustaches d'un développement prodigieux, joignait une expres sion de visage des plus étranges. On eût dit qu'ayant rencontré un jour un sujet d'effarement extraordinaire, cet homme n'avait jamais pu en revenir tout à fait. Nous inspectâmes les granges, la bergerie, les hangars et les magasins, le moulin à vent, les étables, les jardins potagers, les chènevières; tout cela était réellement très-bien tenu. Les figures hâves des paysans étaient en vérité la seule chose qui m'eût choqué jusque-là. Sophron savait même joindre l'agréable à l'utile. Tous les fossés étaient bordés de jeunes aubours; sur l'aire, entre les monceaux réguliers de gerbes, étaient tracés de petits sentiers sablés; au-dessus du moulin à vent pivotait une girouette représentant un ours qui de son affreuse gueule laissait pendre une longue langue écarlate; au milieu de la façade extérieure des étables, Sophron avait fait exécuter une espèce de fronton plus ou moins grec, sous lequel était une inscription en grosses lettres blanches, d'une orthographe ébouriffante, mais rappelant au fond que ce clos des étables et écuries avait été construit en 1840.

Arcadi Pavlytch était heureux; il m'exposa en français les avantages du système de l'*obroc* (des redevances), et il se mit à donner des conseils au bourmistre sur la manière de planter la pomme de terre, sur la préparation du breuvage des bestiaux, etc. Sophron écoutait avec attention et parfois se permettait des objections, car il n'employait plus les louanges adoratives de la veille, et en revenait toujours à dire que le terrain faisait faute et qu'il en faudrait acheter. « Eh bien, répondait à cela Arcadi Pavlytch, réunissez vos moyens et achetez des champs... sous mon nom, je ne m'y oppose pas. » C'étaient là des paroles auxquelles Sophron ne répondait qu'en fermant silencieusement les yeux et en se caressant la barbe. « Çà, me dit M. Péenotchkine, il faudrait aller au bois. » On nous amena des chevaux de selle, et nous fûmes bientôt plongés dans les profondeurs d'épais fourrés remplis de gibier, ce qui fit qu'Arcadi Pavlytch remercia Sophron et lui frappa de petits coups affectueux sur l'épaule. M. Péenotchkine, à l'égard de la sylviculture, s'en tenait aux idées russes ; il me raconta même un trait qui lui semblait fort plaisant, d'un gentilhomme campagnard et facétieux, qui, pour bien faire comprendre à son garde forestier qu'il n'est point vrai que plus on ôte plus il repoussc, lui avait arraché d'un coup presque la moitié de la barbe.

Au reste, je dois dire qu'en d'autres choses Arcadi Pavlytch et Sophron n'avaient ni l'un ni l'autre de parti pris contre les innovations. A notre retour au village, le bourmistre nous mena voir un moulin à vanner récemment importé de Moscou. Ce van fonctionna facilement sous nos yeux ; cependant, si Sophron eût pu prévoir le désagrément qui l'attendait en cet endroit, lui et son maître, il nous eût certainement privés de ce dernier spectacle.

Voici ce qui arriva à notre sortie du hangar où était la machine. A quelques pas de la porte, près d'une mare où naviguaient et s'ébattaient quelques canards, se tenaient deux paysans, l'un, vieillard septuagénaire, l'autre, garçon de vingt ans, tous deux en chemises faites de pièces et de morceaux, tous deux ayant une corde pour ceinture et les pieds nus. L'édile local Fédocéitch se donnait un grand mouvement autour d'eux, et il est probable qu'il les aurait décidés à s'éloigner, si nous étions restés plus longtemps dans le hangar : mais en nous voyant sortir, il se mit aussitôt au port d'armes et fut changé en une froide statue, de grand gesticulateur qu'il était. En ce même endroit s'étirait aussi l'*ancien*, la bouche béante et les poings convulsivement indécis. Arcadi Pavlytch fronça les sourcils, se mordit la lèvre et marcha droit au groupe. Les deux paysans se jetèrent à ses pieds.

« Que voulez-vous? parlez, » dit-il d'une voix sévère et tant soit peu nasillarde.

Les pauvres gens échangèrent entre eux un coup d'œil et ne purent proférer un mot; ils clignotaient comme par l'effet d'un éblouissement, et leur respiration était précipitée.

« Eh bien, qu'est-ce donc? reprit Arcadi Pavlytch; et aussitôt il se tourna vers Sophron. De quelle famille sont-ils?

— De la famille Toboléïef, répondit lentement le bourmistre.

— Çà, qu'est-ce que vous voulez donc? êtes-vous sans langue, quoi? Parle, toi, vieux, qu'est-ce qu'il te faut? ajouta-t-il en s'adressant au vieillard. N'aie pas peur, imbécile. »

Le vieillard tendit en avant son cou de bronze tout ridé, souleva gracieusement une grosse lèvre bleue et dit d'une voix chevrotante :

« Viens-nous en aide, mon seigneur !..... »

Et de nouveau il tomba le front contre terre; le jeune homme en fit à peu près autant. Arcadi Pavlytch regarda gravement leurs nuques inclinées, puis changeant la pose de ses jambes et de sa tête, il dit :

« Qu'est-ce que c'est donc? contre qui as-tu à porter plainte? voyons.

— Grâce, mon seigneur; un moment pour respirer. Nous sommes torturés... nous...

— Qui donc ici te martyrise?

14

— Sophron Jakovlitch, le bourmistre.

— Ton nom? dit mon compagnon après un bon moment de silence.

— Anthippe, mon seigneur.

— Et celui-ci?

— C'est mon fils, mon seigneur. »

Arcadi Pavlytch garda de nouveau le silence et se
tordit la moustache, puis il ajouta :

« Eh bien, en quoi t'a-t-il donc si fort tourmenté? »

Et il regardait le malheureux de très-haut, d'entre
les crocs de sa moustache.

« Mon seigneur, il nous a tout à fait dépouillés et
ruinés; il a donné, contre toutes règles, deux de mes
fils au recrutement, et voilà qu'à présent il m'enlève
le troisième. Pas plus tard qu'hier il m'a enlevé ma
dernière vache, et Sa Grâce, l'*ancien*, qui est bien son
fils, a battu ma ménagère. Ah! bon seigneur! ne permets pas qu'il nous achève. »

M. Péenotchkine était fort embarrassé; il toussa plusieurs fois, puis, d'un air assez mécontent, il demanda
à voix basse au bourmistre ce qu'il devait penser d'une
pareille allégation.

« C'est un ivrogne, monsieur, répondit le bourmistre
avec une certaine assurance, un ivrogne et un paresseux; il ne fait rien; il ne peut pas, depuis cinq ans,
payer son arriéré, monsieur.

— Sophron Jakovlitch a payé pour moi, mon seigneur, répondit le vieillard; voici la cinquième année
qu'il paye à ma place, et, comme il paye pour moi, il
a fait de moi son gage, son esclave à lui, mon bon seigneur, et.....

— Mais tout cela ne me dit pas d'où provient le défi-
cit, dit avec animation M. Péenotchkine... Le vieillard
baissa la tête.. C'est que tu bois, n'est-ce pas, tu cours

les cabarets?... Le vieillard ouvrait la bouche pour s'expliquer. ... Je vous connais, poursuivit Arcadi Pavlytch ; votre vie est de boire et de vous coucher sur le poêle ; et c'est le paysan laborieux qui répond pour vous, pour...

— Et de plus il est grossier, ajouta le bourmistre, sans crainte d'être grossier lui-même en interrompant son maître.

— Et grossier ! cela va sans dire, c'est toujours ainsi, et que de fois je l'ai observé ! Le paresseux se livre toute l'année à la débauche, aux mauvais propos, et puis, un jour, il se jette aux pieds de son seigneur.

— Mon bon seigneur, dit le vieillard avec l'accent d'un affreux désespoir, au nom de Dieu, viens-nous en aide. Et il me dit grossier encore ! Ah ! je vous le dis devant Dieu, je n'ai plus moyen de vivre... Sophron Jakovlitch m'a pris en haine ; pourquoi ? Dieu seul le sait, mais il m'a ruiné, accablé, perdu... Voilà mon dernier enfant... eh bien... Sur les joues jaunes et ridées du vieillard roula une larme... Au nom de Dieu, mon bon seigneur, viens à notre aide...

— Et ce n'est pas nous seuls qu'il persécute, » dit le jeune paysan.

Arcadi Pavlytch prit feu à ce mot du pauvre garçon qui s'était tenu jusque-là si morne.

« Et toi, qui t'a interrogé, dis ? Si on ne te questionne pas, comment oses-tu parler ? Qu'est-ce que c'est donc ? Tais-toi !... tais-toi... Ah ! mon Dieu, mais c'est une révolte, cela ! Ah ! avec moi il ne fait pas bon se révolter ; je... »

Arcadi Pavlytch allait faire quelque mouvement trop vif et dont il se serait repenti après, mais probablement il se ressouvint de ma présence, car il se contint et fourra ses mains dans ses poches ; puis il me dit en

français : *Je vous demande pardon, mon cher*, avec un
sourire forcé en baissant le ton : *c'est l'envers du tissu,
le mauvais côté de la médaille.* Et il reprit, en russe,
s'adressant aux paysans, mais sans les regarder : « C'est
bon, c'est bon, je prendrai mes mesures... c'est bon,
allez... (les paysans ne bougeaient pas). Eh bien, mais
je vous ai dit que c'est bien... partez donc... Je donnerai des ordres, on vous dit ; allez. »

Arcadi leur tourna le dos et murmura : *Toujours des
désagréments!* puis il regagna à grands pas la maison
de son bourmistre ; celui-ci le suivait. Comme je n'é-
tais pas disposé à marcher au pas redoublé, je regardai
ce qui restait du groupe. L'ex-soldat, édile à mons-
trueuses moustaches, remuait le menton et avait les
yeux hors de la tête, comme il arrive à certains hommes d'action au moment d'une expédition lointaine et
pressée. L'ancien, le sénieur, n'ayant rien de mieux à
faire en ces conjonctures, se mit à effrayer les canards,
à les obliger de gagner l'autre rive de la mare. Les
suppliants, après une stupeur de deux minutes, se regardèrent l'un l'autre et prirent leur course vers leur
endroit sans regarder derrière eux.

Deux heures après cette scène, j'étais à Reabof, et
là, prenant pour compagnon un nommé Anpadiste,
paysan que je connaissais, je me promis d'être enfin
tout au plaisir de la chasse. Jusqu'au moment de mon
départ, M. Péenotchkine avait paru bouder Sophron ;
je ne pouvais m'empêcher de penser que le matin j'a-
vais cédé fort mal à propos à l'invitation de rester et de
voir. J'étais si fort occupé de cela, malgré moi, qu'en
cheminant avec Anpadiste je lui dis quelques mots au
sujet de M. Péenotchkine et des paysans de Chipilovka,
et lui demandai s'il connaissait le bourmistre de l'endroit.

« Sophron Jakovlitch, quoi!

— Oui; et quel homme est-ce?

— Ce n'est pas un homme, c'est un chien, et un chien si mauvais que d'ici à Koursk on ne trouverait pas son pareil.

— Quoi, vraiment!

— Eh, monsieur, Chipilovka n'a que l'air d'appartenir à... à ce... bah! n'importe ses patrons [1]... à M. Péenotchkine; ce n'est pas ce monsieur-là qui possède : le vrai possesseur, c'est le seul Sophron.

— Tu crois?

— Il a fait de Chipilovka, pour sa vie entière, un domaine à lui; songez qu'il n'y a pas là un paysan qui ne soit endetté jusqu'au cou à son égard, de sorte qu'il les tient tous dans sa main; il les emploie comme il veut, les envoie où il veut, fait d'eux ce qu'il lui plaît... Ils sont ses souffre-douleurs.

— J'ai ouï dire qu'ils sont à l'étroit, que le terrain leur manque.

— Est-ce que le terrain manque jamais dans nos districts? Sophron loue aux Khlynof quatre-vingts arpents et à ceux de notre endroit cent vingt autres : voilà deux cents arpents tout trouvés. Et il ne trafique pas seulement des terrains; il fait commerce de chevaux, de bétail, de goudron et de résine, de beurre et de chanvre et de cent autres articles; il est habile, très-habile, et comme il est riche, l'animal! Mais il a la rage de battre, voyez-vous; c'est un chien, un chien enragé, ce n'est pas un homme; je vous le répète, c'est une bête féroce.

1. Le nom de baptême et celui du père sont employés ensemble toutes les fois qu'on veut honorer la personne à qui l'on s'adresse ou de qui l'on parle : leur suppression dans le discours équivaut à une injure.

— Pourquoi les paysans ne portent-ils pas plainte contre lui à leur vrai seigneur ?

— Eh, monsieur, le seigneur touche son revenu; on est exact, il est satisfait. En cas de plainte, qu'est-ce qu'il fera? Il dira au plaignant : « Va-t'en, va-t'en, va, sinon il te... Eh bien, va donc, sauve-toi, où tu seras arrangé, tu sais, comme il a arrangé celui-ci et celui-là. »

Ce propos me rappela Anthippe et son fils, et je dis très-brièvement ce qu'en effet j'avais vu le matin.

« Eh bien, à présent, dit Anpadiste, Sophron mangera le vieillard, il lui sucera jusqu'à la moelle des os. Le staroste, de son côté, ne lui parlera plus qu'à grands coups de poing. Ah ! le pauvre homme. Et par quoi a commencé sa vie de tourments? Il y a cinq ou six ans, il a résisté à Sophron pour une bagatelle, devant d'autres, et il s'est dit entre eux quelques mots qui sont restés sur le cœur du bourmistre. Il n'en fallait pas davantage ; il a commencé tout d'abord par le gêner, puis il l'a serré toujours de plus près, et à présent il le ronge. Il sait sur qui il peut faire litière : il n'ira pas s'attaquer aux vieillards riches d'ongles, de dents, d'argent, de fils et de neveux ; mais là il avait beau jeu. Vous savez qu'il a fait recrues, sans égard au tour de rôle, deux des fils d'Anthippe, l'exécrable coquin qu'il est ! »

Nous nous mîmes à chasser.

XI

Le Comptoir, où la domesticité en Russie [1].

C'était en automne ; déjà depuis plusieurs heures j'errais dans les champs, et il est probable que je n'aurais
pas regagné avant la nuit la maison de poste de la grande
route de Koursk, où m'attendait ma *troïka* [2], si une
pluie fine et très-froide, qui depuis le matin s'acharnait
sur moi avec l'obstination impitoyable qu'on attribue
à l'idée tenace des vieilles demoiselles, ne m'eût enfin
obligé de chercher quelque part à proximité un refuge
au moins pour quelques heures. Pendant que je m'orien-
tais, j'aperçus une façon de guérite éminemment rustique, près d'un champ ensemencé de haricots. J'allai,
j'approchai, je soulevai un grand lambeau de grossier
tissu de paille, et je vis un vieillard tellement faible et
chétif que je me rappelai tout d'abord ce bouc mourant que trouva un jour Robinson dans l'une des ca-
vernes de son île. Le vieillard était assis sur son séant,
clignait ses petits yeux ternes, et avec précaution,
quoique fort vite, mâchait (sans avoir aucune dent), à
la manière du lièvre, un pois chiche bien dur qu'il
faisait rouler avec sa langue d'un côté à l'autre de sa
bouche sombre et jaunâtre ; et il était si absorbé dans
cette opération qu'il ne me voyait nullement.

1 Dans toute propriété seigneuriale, en Russie, le *comptoir*
désigne la maison du régisseur ou simplement les bureaux de
la régie.

2. Attelage russe de trois chevaux en arbalète.

« Bonhomme! hé, bonhomme [1]! lui criai-je; hé, l'ami! »

Il cessa de mâcher, releva très-haut ses sourcils et écarquilla les yeux avec un certain effort.

« Quoi? marmotta-t-il d'une voix chevrotante.

— Où y a-t-il un village? » lui demandai-je.

Le vieillard se remit à mâchonner ses pois. Je répétai ma question un peu plus haut, voyant bien qu'il ne m'avait pas entendu.

« Un village?... mais qu'est-ce que tu veux?

— Je veux me mettre à l'abri de la pluie.

— De quoi, hein?

— De la pluie.... Tu vois comme il pleut.

— Oui, il pleut dru!... Il gratta énergiquement sa nuque plus que hâlée... Eh bien, bon, ça va, marmotta-t-il avec un grand désordre, et en faisant la girouette avec ses bras, voilà : quand tu auras dépassé le bois... quand tu l'auras dépassé, là il y aura une route... une route; tu la laisses, tu laisses la route, et à droite, va, va, va toujours, va... tu arriveras à Ananiévo; si tu manques Ananiévo, tu tomberas dans Sitovka. »

Je compris avec peine le vieillard; ses moustaches lui entraient dans la bouche, et sa langue d'ailleurs fonctionnait au plus mal.

« D'où es-tu, toi? lui demandai-je.

— Quoi?

— D'où es-tu?

— D'Ananief.

— Qu'y fais-tu?

— Quoi?

— Que fais-tu? De quoi es-tu occupé à Ananief?

— On m'envoie surveiller.

---

1. En russe *diédouchka,* bon petit oncle.

— Et qu'est-ce que tu surveilles donc?

— Eh! les pois.

— Ah! tu gardes les pois? dis-je en réprimant une velléité de rire. Mais, je te prie, quel âge as-tu?

— Quoi?

— Combien as-tu d'années?

— Dieu le sait.

— Tu ne dois pas avoir la vue très-claire?

— Hein?

— Tu vois mal, n'est-ce pas?

— Oui, je vois mal; et il arrive que je n'entends rien du tout.

— Eh bien! alors, quel gardien peux-tu donc être?

— Je ne sais pas, bârine, les supérieurs ordonnent.

— Les supérieurs! les supérieurs! » pensai-je; et je regardai avec compassion le pauvre vieillard.

Il tâtonna autour de sa poitrine, tira de son sein un morceau de pain dur et se mit à sucer comme un petit enfant, faisant faire un fort rude exercice à ses joues, qui sans cela étaient déjà extrêmement affaissées.

Je longeai le petit bois, je tournai ensuite à droite, et j'allai encore, j'allai toujours, comme me l'avait conseillé le vieillard, et je gagnai enfin un grand village dont l'église en pierre était construite dans le goût moderne, c'est-à-dire ornée de colonnes. Devant l'église était une vaste maison domaniale, aussi à colonnes. En outre, j'avais remarqué de loin, à travers le crible serré de la giboulée, une maison à toit de planches et à deux cheminées, maison plus haute que les simples chaumières, et qui devait être l'habitation de l'ancien du village; c'est vers cette maison que je me dirigeai, espérant trouver là une bouilloire à thé, du thé, du sucre et de la crème à peu près fraîche. Mon chien et moi, trempés jusqu'aux os comme nous l'étions, nous

eûmes du plaisir à monter les trois marches du perron;
je pénétrai dans la pièce d'entrée, ou entrée froide;
j'ouvris la porte et... au lieu de tout ce qu'on voit partout dans les chaumières, je vis plusieurs tables char-
gées de papiers, deux armoires rouges, des écritoires
criblées de croûtes d'encre, des sabliers d'étain très-
lourds, de fort longues plumes et tout ce qui constitue
un bureau. Sur l'angle de l'une des tables était assis
un jeune garçon d'une vingtaine d'années, au visage
enflé et maladif, aux petits yeux ronds, au front huileux, aux veines longues, rameuses et gonflées. Il était
convenablement vêtu d'un long cafetan de nankin gris
fort lustré au collet, sous les manches et à la poitrine.

« Que désirez-vous? me demanda-t-il en élevant
brusquement la tête, comme font les chevaux qu'on
prend à l'improviste par le museau.

— C'est ici que demeure l'intendant, ou?...

— C'est ici le principal comptoir seigneurial, dit-il
en m'interrompant sans façon; je suis l'employé de
service. Est-ce que vous n'avez pas lu l'enseigne? Les
enseignes sont faites pour être lues.

— Je voudrais me sécher quelque part. Y a-t-il un
samavar chez quelqu'un dans le village?

— Comment n'y aurait-il pas de samavar? répondit
avec fierté mon interlocuteur au cafetan gris; allez chez
le père Timofée ou bien à la chaumière de la veuve, ou
bien chez Nazarre Taracytch; ou bien encore chez
Agraféna, l'oiselière.

— Avec qui est-ce que tu parles donc là, hé! imbécile? Tu ne veux donc pas me laisser dormir, tête de
bois? dit une voix partant d'une chambre contiguë.

— C'est un monsieur qui vient d'entrer tout mouillé,
et qui demande chez qui il peut aller se sécher.

— Qu'est-ce que c'est que ce monsieur?

— Je ne sais pas moi. Il a un chien qui se secoue dans l'entrée; lui, il est entré avec un fusil... »

Un lit cria, et, quelques secondes après, une porte s'ouvrit; je vis entrer dans le bureau un homme d'une cinquantaine d'années, gros, gras, petit, un cou de taureau, des yeux à fleur de tête, des joues étonnamment rondes, et le tout fort luisant.

« Qu'y a-t-il pour votre service? me demanda-t-il.

— Je voudrais me sécher.

— Vous vous êtes trompé de porte.

— J'ignorais qu'il y eût ici un comptoir. Au reste, je suis prêt à payer...

— Eh bien? au fait, on peut arranger cela, reprit-il. Vous plaît-il de passer ici? (Il m'introduisit dans une autre chambre, qui n'était pas celle d'où il sortait.) Ne serez-vous pas trop mal dans cette pièce?

— Je serai bien. Mais pourrai-je avoir du thé et de la crème?

— Bon; tout à l'heure. Déshabillez-vous; mettez-vous à l'aise; le thé sera prêt dans cinq minutes.

— A qui appartient ce domaine?

— A Mme Hélène Nicolaevna Losniakof, » répondit-il en se retirant.

Je regardai autour de moi : contre la mince cloison qui séparait ma chambre du bureau, était adossé un divan massif couvert d'un cuir émérite; de l'un et de l'autre côté de l'unique fenêtre de cette chambre était une chaise aussi tendue de cuir et à très-haut dossier; la fenêtre donnait sur la rue. Aux murs couverts d'un papier à dessins roses sur un fond vert étaient appendus trois énormes tableaux à l'huile. L'un représentait un chien couchant avec un collier bleu de ciel et cette inscription : *Voici ma joie.* Aux pieds du chien coulait une rivière, et plus loin, sur l'autre rive, se tenait assis un brave lièvre, qui eût été d'une grandeur incroyable selon les lois vulgaires de la perspective dont l'artiste avait fait bonne justice. Le tableau suivant représentait deux vieillards en train de manger un melon d'eau ; au deuxième ou troisième plan s'élevait un portique grec sous le fronton duquel on lisait la dédicace : c'était le temple de l'Abondance. Le sujet du troisième tableau était une femme peinte *en raccourci*, remarquable par une prodigieuse masse de tire-bouchons d'un côté de la tête, par des genoux rouges et surtout par de bons gros pieds, ce qui, comme on sait, est aux yeux du Russe un des premiers agréments du sexe. On eut l'attention d'introduire mon chien; lui, sans tarder d'une minute, se glissa par des efforts surnaturels sous le divan de cuir, où apparemment il y avait beaucoup de poussière, car il éternua pendant une grande demi-heure presque sans discontinuer.

Je regardai dans la rue. Là, un long ais de planches s'étendait obliquement du comptoir à la maison domaniale; c'était certes une précaution fort naturelle : car, des deux côtés de cette planche de salut, notre bonne terre végétale, détrempée par les pluies, formait une boue tant soit peu effrayante, même pour des campagnards. Autour de l'habitation seigneuriale, qui tournait le dos à la rue, il se passait ce qui se passe ordinairement autour des maisons de seigneurs : les filles de service, en robes de mousseline fanées, allaient et venaient en tous sens; les hommes se lançaient à travers les flaques, puis s'arrêtaient tout à coup dans une impasse, et, sous l'effort de la réflexion, se grattaient longtemps la nuque sur place. Le cheval d'un dizainier, attaché à un pilier, jouait paresseusement de la queue, et élevant les naseaux, s'amusait à ronger la palissade; les poules gloussaient; des dindons poitrinaires avaient

l'imprudence d'échanger sans cesse de bruyants appels ;
sur le perron d'un petit bâtiment noirâtre et vermoulu
(je pensai que c'était le bain) était assis un robuste
garçon, chantant avec assez d'habileté, en s'accompagnant de la guitare russe, la chanson qui commence
ainsi :

> Et je me retire au désert,
> Loin, bien loin de ces belles rives.

Mon hôte, le gros petit courtaud, entra en ce moment
dans la chambre et me dit d'un air agréable : « Monsieur, voici votre thé. »

Le jeune homme au cafetan gris, l'employé de service, ouvrit une vieille table à jouer, y étendit une
nappe bleue, y dressa le samavar, et posa ensuite la
théière, un verre dans une soucoupe ébréchée, un pot
de crème et un chapelet de petits craquelins de Bolkhof
durs comme la pierre. Mon hôte sortit ; je demandai à
l'écrivain si cet homme était l'intendant, le régisseur
du domaine.

« Nullement, monsieur ; c'était le premier caissier,
il est devenu chef du comptoir.

— Vous n'avez donc pas d'intendant ici ?

— Non, point d'intendant ; mais nous avons un bourmistre nommé Mikhaïlo Vikoulof.

— Il y a donc un régisseur ?

— Un régisseur, ah ! oui, Carl Carlytch Lindamandol ;
seulement ce n'est pas lui qui dirige, il ne régit rien du
tout.

— Et qui donc chez vous a la direction ?

— C'est la bârynia [1] elle-même.

— Voilà ce que c'est !... Et dans votre comptoir vous
êtes beaucoup d'employés ?

1. La dame propriétaire de la terre.

— Nous sommes six, dit mon cafetan gris après un moment d'hésitation.

— Comment six? quels six? demandai-je.

— Il y a d'abord Vacili Nikolaévitch, le premier caissier, et après lui les cinq commis, qui sont Peotre, Ivan, frère de Peotre, un autre Ivan, Koskenkin Narkizof et moi....

— Votre maîtresse aime donc à tenir pour son service, pour son état de maison, un grand nombre de gens?

— Eh non, on ne peut pas dire qu'il y en ait tant.

— Ça, voyons, combien?

— Autour de cent cinquante, oui, à peu près. »

Nous gardâmes un moment le silence tous les deux.

« As-tu une jolie écriture, toi? » repris-je.

Le jeune gars sourit à se fendre la bouche jusqu'aux oreilles; il me fit un signe de la tête, et rentra à son bureau pour m'en rapporter une feuille écrite de sa main.

« Voici ma main, jugez, » dit-il sans cesser de sourire à sa manière.

C'était un carré de papier grisâtre, sur lequel était tracé un ordre du jour en forme, d'une belle écriture d'expédition. En voici le texte :

PRIKAZ (Ordonnance).

Du principal comptoir de la maison seigneuriale d'Ananief au bourmistre Mikhaïlo Vicoulof.   No 209.

Il t'est commandé de rechercher en toute diligence, à la réception du présent, qui, la nuit dernière, en état d'ivresse et en chantant des chansons inconvenantes, a traversé le jardin anglais, et a réveillé et incommodé la madame française Angenis; de savoir qui était de faction au jardin, et de quoi étaient occupés les garde, et comment il peut se passer de pareils désordres. Ordre t'est donné de faire à ce sujet l'enquête la plus détaillée, et d'en déposer le rapport sans nul délai dans les bureaux.

Le premier commis,

NICOLAI KVASTOF.

A cette pièce était apposé un cachet de trois pouces de diamètre; c'était le *sceau du grand comptoir seigneurial d'Ananief*. Au-dessous du cachet, il était ajouté d'une main peu soigneuse : « Pour être exécuté dans la rigueur, ÉLÉNA LOSNIAKOF. »

« C'est la dame elle-même qui a signé là en bas, hein? demandai-je au commis, tout enchanté de cette diversion à la monotonie de son bureau.

— Comment donc, elle-même, elle-même, toujours madame, elle-même; sans cela l'ordre que vous voyez n'aurait pas plus d'effet qu'une feuille de chêne.

— Vous allez donc envoyer cela au bourmistre?

— Non. C'est lui qui viendra et le lira; je veux dire : et on le lui lira, car notre bourmistre ne sait pas lire.... (Nouveau silence.) Eh quoi, reprit ensuite le commis avec son sourire particulier, qui lui rendait le menton lisse comme une pomme de Crimée; est-ce que... c'est bien écrit?

— Mais oui, bien.

— Je dois avouer que ce n'est pas moi qui ai composé le papier; c'est le commis Koskénkine, qui est passé maître pour ces choses.

— Comment, est-ce que chez vous on compose d'abord les prikaz?

— Sans doute. On ne peut pas assurément les jeter comme ça tout droit sur le papier.

— Combien reçois-tu d'appointement:

— Trente-cinq roubles, et cinq en plus pour les bottes.

— Ah! et tu es content?

— Sûrement, content. C'est une grande chance chez nous que d'être attaché au comptoir; tout le monde ne peut pas y aspirer. Grâce à Dieu, j'ai été bien favorisé; c'est que j'ai un oncle qui est au buffet.

— Ainsi tu te trouves ici tout à fait bien?

— Oui, bien... A dire la vérité, reprit-il en soupirant, chez les marchands, nous autres écrivains, nous sommes mieux; oh! près des marchands on est très-bien. Hier au soir il est venu ici un marchand de Vénef, et j'ai causé avec le garçon qui sert près de lui. Au reste, je suis bien ici; il n'y a rien à dire....

— Est-ce que les marchands donnent de plus gros appointements?

— Dieu préserve! Un marchand chasse avec un coup de poing à la nuque le garçon qui ose lui demander des appointements. Non, non, il faut près d'un marchand vivre dans la foi et la crainte; alors il vous nourrit, vous abreuve, vous habille, et tout. Vous lui plaisez... aussitôt il vous donne plus et plus. Pourquoi des appointements? Il ne faut pas même dire un mot là-dessus. Le marchand vit dans la simplicité, à la russe, à notre manière. Êtes-vous avec lui en voyage? il prend le thé, vous prenez le thé. Un marchand... eh! il n'y a pas à comparer; ce n'est pas un bârine, cela. Le marchand ne fait pas de grands détours; il est en colère, il vous tape ferme, et c'est fini tout de suite. Mais avec les seigneurs, miséricorde de Dieu! rien n'est bon pour un bârine : c'est ceci qui est mauvais, c'est ça qui ne lui plaît pas. Vous lui donnez un verre d'eau, vous lui présentez un plat : « Ah! cette eau pue! ah! cet oiseau ou ce poisson pue! » Vous l'emportez, vous res-

tez un moment derrière la porte et vous rapportez tout
bonnement la sauce, le rôti ou le verre d'eau. « Ah!
voilà, cette eau-ci est bonne, cette sauce-là ne pue
pas... » Et les dames, ah! les dames, c'est encore bien
autre chose; et les demoiselles... celles-là, c'est à un
point!... »

Une voix retentit dans le comptoir, criant : « Fédeouchka! » Le commis de service sortit précipitamment.

J'achevai de boire mon verre de thé, je m'étendis
sur le divan et m'endormis. J'eus un bon somme de
deux heures; puis, m'étant éveillé, j'eus un instant
l'idée de me mettre sur mon séant ou de me lever tout
à fait, mais la paresse l'emporta; je refermai les yeux
sans pouvoir cependant me rendormir à souhait. Dans
le comptoir, dont je n'étais séparé que par une cloison
beaucoup trop mince, on causait à voix basse. Je fus
forcé d'entendre, et bientôt je pris plaisir à écouter.

« Bah, bah! Nicolaï Éréméitch, disait une voix inconnue; allons donc, on doit bien aussi prendre cela en
considération; convenez-en, heum, heum (le particulier était enrhumé).

— Ah çà, croyez-moi, Gavrile Antonytch, répliquait
la voix de mon hôte, je connais peut-être bien les
choses d'ici; là, je m'en rapporte à vous.

— Qui les connaîtra, Nicolaï Éréméitch? vous êtes
ici, on peut le dire, le premier des premiers. Eh bien
donc, à quoi nous arrêterons-nous? permettez-moi de
vous le demander.

— Vous savez bien, Gavrile Antonytch, que l'affaire
est dans vos mains; tout dépend de vous seul; mais il
paraît que vous n'avez pas envie de terminer.

— Qu'est-ce que vous dites donc là, Nicolaï Éréméitch? nous autres marchands, nous ne demandons

jamais mieux que d'acheter. Votre prix, voilà, Nicolaï Éréméitch, ce qui arrête tout.

— Huit roubles... huit roubles... » dit avec intermittence le chef du comptoir.

L'inconnu soupira avec une nuance d'exagération, à ce qu'il me sembla, et dit : « Ah! Nicolaï Éréméitch, il vous plaît de demander beaucoup trop.

— Il est impossible, Gavrile Antonytch, de faire autrement; Dieu m'en est témoin, c'est impossible. »

Il y eut un grand silence dans le bureau; je crus un moment qu'ils étaient partis; je me trompais; ayant eu, pour m'en assurer, la curiosité de regarder par une fente de la cloison, je vis que mon hôte me tournait le dos, et j'avais en face un marchand d'une quarantaine d'années, figure maigre et pâle, teint huileux, vraie face de carême. Il farfouillait sans cesse dans sa barbe, clignotait à plaisir et s'étirait la lèvre inférieure comme pour la mettre en cerise ou en bigarreau.

« Les céréales sont, cette année, de la plus belle venue, reprit cet homme d'un ton très-naturel; depuis Voronéje jusqu'ici je n'ai fait autre chose qu'admirer les blés et les avoines; et les trèfles donc, et le sainfoin! Première qualité, première qualité, je vous dis.

— Oui, oui, les herbes sont belles, dit mon hôte négligemment; mais, vous le savez, Gavrile Antonytch, l'automne donne les cartes, le printemps joue le jeu.

— C'est vrai, Nicolaï Éréméitch, c'est très-vrai; tout est entre les mains de Dieu; ah! vous avez dit là une grande vérité... Et votre monsieur là dedans, hein? il s'est endormi sûrement. »

Mon hôte appuya l'oreille contre la cloison et écouta un bon moment; mon chien ronflait.

« Il dort; songe qu'il était mouillé, harassé, rendu... Au reste, voyons. »

Il approcha de la porte, regarda par le trou de la serrure et ne me vit pas dans la chambre ; il écouta et fut apparemment trompé par le ronflement de Diane.

« Eh ! comme il dort ! oh ! oh ! ajouta-t-il en reprenant sa place contre la cloison.

— Eh bien, voyons donc, Nicolaï Éréméitch, reprit le trafiquant ; il faut terminer notre petite affaire... Voilà, quoi, Nicolaï Éréméitch, voilà, quoi, ajouta-t-il en clignotant plus encore qu'auparavant et en dégageant ses paroles comme on défile les grains d'un chapelet pour se donner une contenance. Deux gris et un blanc [1] pour vous... et là-bas (en indiquant du sommet de la tête la maison de la dame seigneuresse), là-bas, six et demi. Allons, tôpez là !

— Quatre gris, articula le chef du comptoir.

— Eh bien, trois... c'est dit.

— Quatre gris et pas de blanc.

— Trois, Nicolaï Éréméitch.

— Trois et demi, et pas un kopeck de moins.

— Trois, Nicolaï Éréméitch.

— Ne m'en parlez donc plus, Gavrile Antonytch.

— Il n'y a pas à s'entendre avec vous, marmotta le marchand ; eh bien, je ferai plutôt affaire directement avec la dame.

— Vous en êtes le maître, répondit froidement mon hôte ; et pourquoi n'y être pas allé tout droit d'abord ? vous êtes venu ici perdre du temps ; eh ! ce sera bien mieux, c'est vrai, ça.

— La la la, finissez, Nicolaï Éréméitch... qui se fâche comme ça donc ? vous avez bien vu comme je parlais, allons.

1. Quoique les mots employés ici soient plutôt des termes d'argot entre fripons qui ne veulent pas être compris, il est à présumer que le *gris* désigne l'ancien assignat de 200 roubles (200 fr.), et le *blanc* la coupure inférieure de 50 et 25 roubles.

— Mais pourquoi donc pas, en effet?

— Eh! je riais, vous pouviez bien voir que je riais. Çà, bien, tu auras donc tes trois et demi. Qu'est-ce qu'il y a à faire avec toi?

— Il me fallait tenir à quatre gris. Mais moi, imbécile, je me suis pressé, et j'y suis pris, murmura mon hôte.

— Çà, c'est bien entendu; là-bas, pour la dame, six et demi, Nicolaï Éréméitch, six et demi; le blé est vendu à six et demi, hein?

— C'est dit.

— Eh bien, tôpe, tôpe, Nicolaï Éréméitch. (Le marchand frappe de ses longs doigts d'araignée dans la main du vendeur.) Çà, moi, maintenant, respectable Nicolaï Éréméitch, je vais me faire annoncer à votre dame, et je lui dirai que nous avons fait marché, toi et moi, et que j'ai bien dû finir par me saigner, et que c'est à six et demi le prix arrêté.

— C'est justement là ce que vous devez dire, Gavrile Antonytch.

— Prenez donc ceci. »

Le marchand mit dans la main de mon hôte un bon petit paquet d'assignats, s'inclina, fit une petite moue en branlant la tête, saisit son chapeau de deux doigts, ondoya des épaules et de la taille, et sortit en faisant crier sa botte sur le plancher, toutes choses qui passent pour être d'un ton parfait. Nicolaï Éréméitch vint faire face à la paroi et se mit en silence à feuilleter le paquet qu'il tenai dans la main. La porte s'entr'ouvrit; il parut une tête rousse, ornée d'épais et longs favoris.

« Eh bien! quoi? dit la tête rousse, c'est arrangé comme il faut?

— Comme il faut.

— Combien? »

Mon hôte, dépité de ce mot indiscret, fit un mouvement de la main et montra ma chambre.

« Ah! oui, oui, je sais, » dit la tête rousse, et la porte se referma.

Mon hôte s'approcha d'une table, s'assit, tira d'une main un registre, de l'autre un *stchéty* [1], et se mit à faire manœuvrer les grains, non de l'index, mais du grand doigt, ce qui est d'une grande élégance.

Le commis de service entra.

« Qu'est-ce qu'il y a?

— Sidor est arrivé de Goloplëk.

— Ah! eh bien, qu'il vienne... Attends, attends... tsst! regarde un peu là dedans si ce monsieur le chasseur dort encore ou s'il est réveillé. Va doucement. »

Le commis entra avec beaucoup de précaution dans la pièce où j'étais. Je venais de reposer ma tête sur ma gibecière, dont je m'étais fait un coussin supplémentaire, et j'avais les yeux fermés pour la circonstance. J'avais trois raisons pour rester tranquille. D'abord, mes membres avaient encore besoin du repos que leur procurait ma position couchée; de plus, je ne voulais pas être un trouble-fête sous ce toit qui m'abritait; enfin on me donnait la comédie, et j'en profitais, car en province on a rarement le plaisir du théâtre. Ajoutons que, comme propriétaire foncier, je ne pouvais que profiter et m'édifier à voir comme tout se régit et s'exploite là même où le meilleur ordre paraît être établi dans certains domaines.

« Il dort, » chuchota le commis après avoir refermé doucement ma porte.

---

1. Petite caisse carrée découverte, pourvue de fils de laiton un peu voûtés sur lesquels glissent des grains d'os ou d'ivoire embrochés, servant à faire toutes les opérations de l'arithmétique avec facilité et sûreté.

Mon hôte marmotta quelques paroles entre ses dents, et après quelques moments de silence, il dit au commis : « Bon! fais entrer Sidor, et avertis-le de marcher sans bruit. »

Je me soulevai un peu pour voir : il entra un moujik haut de six pieds, âgé de trente ans, robuste, frais de visage, cheveux blonds, petite barbe frisée. Il s'inclina par trois fois en se signant devant l'image sainte, salua le chef du comptoir, prit son bonnet à deux mains et se redressa.

« Bonjour, Sidor, dit mon hôte tout en faisant fonctionner son *stchéty*.

— Bonjour, Nicolaï Éréméitch.

— En quel état sont les chemins?

— En bon état, sauf un peu de boue, Nicolaï Éréméitch, dit le paysan qui parlait bas et sans précipitation.

— Ta femme se porte bien?

— A peu près bien. »

Le paysan soupira et mit un pied en avant. Mon hôte posa sa plume derrière son oreille et se moucha.

« Çà, qu'est-ce qui t'amène ici? dit mon hôte en remettant son mouchoir à carreaux dans sa poche.

— Dame, on nous demande des charpentiers, Nicolaï Éréméitch.

— Eh bien! quoi? Est-ce que vous n'en avez pas?

— Comment n'en aurions-nous pas, puisque c'est un domaine boisé, ici? Mais c'est à présent le temps des travaux, Nicolaï Éréméitch.

— Le temps des travaux, voilà ce que c'est; vous aimez à aller travailler pour des gens qui ne nous sont de rien; mais travailler pour la maîtresse, vous n'aimez pas ça. Travailler ici, travailler là, qu'est-ce que ça vous fait?

— C'est toujours travailler, c'est vrai, Nicolaï Éréméitch... mais pourtant...

— Eh bien, dis, dis.

— Le salaire, ici...

— On donne peu, hein? Voyez comme vous vous êtes gâtés, eh, l'ami !

— S'il faut tout dire, Nicolaï Éréméitch, ce qu'il y a à faire ici, c'est l'ouvrage de six jours, et on ne nous en fera pas moins perdre un mois. Ou les matériaux manquent, ou bien on nous envoie nettoyer les allées du jardin.

— Tu ne seras pas à court de raisons, je le sais ; mais c'est la bârynia elle-même qui a daigné donner l'ordre, et ni toi ni moi n'avons à délibérer, vois-tu. »

Sidor se tut et commença à mettre un pied devant l'autre.

Nicolaï Éréméitch inclina de côté la tête et apporta une grande ardeur à ses comptes.

« Nos... moujiks... Nicolaï Éréméitch, dit à la fin Sidor en appuyant sur chaque mot, ont ordonné de... donner... à Votre Grâce... voilà ici, vous trouverez... »

Il avait fourré sa grosse main dans son armiak, et il en retirait je ne sais quoi d'enveloppé d'une toile bordée en rouge à la partie qui entourait le dessus ; c'était peut-être une pièce de toile fine.

« Qu'est-ce que tu fais, qu'est-ce que tu fais, butor ? dit en le regardant sans trace de colère mon honorable hôte ; sors d'ici ; va, va chez moi, ajouta-t-il en repoussant presque le moujik fort étonné. Va chez moi, tu demanderas ma femme, qui te servira du thé, entends-tu? moi j'irai tout de suite, va donc, et n'aie pas peur, on te dit, va. »

Sidor sortit.

« Voilà un ours! » marmotta le chef du comptoir en branlant la tête et reprenant son stchéty.

Tout à coup retentirent au dehors et ensuite sur le perron : « Koupriane, Koupriane, Koupriane! oh! Koupriane n'a pas ici son maître! » Et quelques moments après entra dans le comptoir un homme de petite taille, d'extérieur rachitique, au nez démesurément long, aux grands yeux immobiles et aux poses les plus burlesquement orgueilleuses. Cet homme était vêtu d'un vieux lambeau de surtout de couleur roussâtre, à collet de peluche et à boutons du plus petit modèle. Il avait une charge de bois à brûler sur le dos. Autour de lui se pressaient cinq ou six hommes, qui tous criaient à l'envi : « Koupriane! voilà Koupriane promu chauffeur de poêles, chauffeur, chauffeur! comment donc! » Mais le fier Koupriane n'honorait pas de la moindre attention son escorte bruyante; il ne changeait nullement de visage; il alla jusqu'au poêle à pas comptés, s'y débarrassa de sa charge, se redressa, tira de l'une des poches de ses basques sa vieille tabatière et se rembourra le nez d'un tabac gris où la cendre était au moins pour un tiers [1].

A l'entrée de la tumultueuse phalange, mon hôte fronça les sourcils et se leva de sa place; mais ayant vu qu'il ne s'agissait que de faire endêver un pauvre diable, il sourit et se borna à interdire les cris, en ajoutant : « Il y a ici un chasseur qui dort.

— Qu'est-ce que c'est que ce chasseur? demandèrent deux hommes à la fois.

— Un bârine.

— Ah!

— Qu'ils braillent leur soûl, dit froidement et en fai-

1. Le tabac russe des pauvres gens est connu pour être très-mêlé de cendre. Le poivre est si cher!

sant un geste court de la main l'homme au collet de peluche, peu m'importe, mais qu'ils ne me touchent pas. On fait de moi un chauffeur...

— Chauffeur! chauffeur! Koupriane chauffeur! dit gaiement à demi-voix tout le groupe.

— La bârynia, reprit Koupriane, l'a ordonné, bien ; mais vous, elle vous enverra garder les pourceaux, et ce sera justice. Que je sois tailleur et bon tailleur, moi, que j'aie appris mon état chez les premiers tailleurs de Moscou, que j'aie travaillé pour des généraux, oui, pour des généraux, c'est ce qu'on ne m'ôtera pas. Et vous autres, qu'est-ce que vous savez? qu'est-ce que vous faites? Voyons: là! vous êtes des gobe-mouches, des fainéants, et voilà tout. Qu'on me donne un passeport[1], je pars, je ne meurs pas de faim, moi, je tombe sur mes pieds, je paye une bonne redevance, je satisfais le seigneur; et vous, quoi? je ne vous donne pas quinze jours à vivre ; vous mourrez comme des mouches; et comme c'est ça!

— En voilà de la blague! dit un jeune garçon grêlé, à cils et sourcils blancs, à dog-collar rouge et aux coudes percés. Tu as été libre sur passeport, et les maîtres n'ont pas vu un seul kopeck de ta redevance, et tu n'en as pas mis un seul de côté pour toi ; il a fallu te ramener ici les pieds garrottés, et, depuis que tu es arrivé, on ne te voit d'autre habit que cette loque.

— Que faire, Constantin Narkizytch? répondit doucement Koupriane; l'amour m'a perdu, comme il a perdu tant de gens. Ah! Constantin Narkizytch, passe à ton tour par où j'ai passé, moi qui te parle, et après cela juge-moi et condamne-moi, si tu le peux.

— Et qui diantre aurait encouragé la folie d'un croquant, d'un mal bâti tel que toi?

1. Pièce par laquelle le maître autorise le serf à exercer une industrie.

— Ne parle pas ainsi, Constantin Narkizytch.

— A qui en feras-tu accroire? j'ai vu ta belle, l'an passé, à Moscou ; c'était quelque chose de propre !

— L'an passé ? c'est vrai qu'elle n'était pas belle, l'an passé, mais auparavant...

— Laissez cela, messieurs, dit d'une voix méprisante un homme de haute stature, maigre, orné de verrues, frisé et pommadé, probablement M. le valet de chambre; seulement, qu'il nous chante tout de suite sa chanson favorite, mais comme il faut, et nous le laisserons tranquille. Eh bien! voyons, commencez, Koupriane Afanacytch.

— Oui, oui, dirent les autres; bravo, Alexandra, bien imaginé, le brave Alexandra[1]! voyons, voyons, la chanson ! Koupriane, la chanson! va donc!

— L'endroit n'est pas convenable, répliqua avec fermeté Koupriane; c'est ici le comptoir seigneurial.

— De quoi te mêles-tu?... Ah! c'est que tu vises à devenir commis, dit Constantin avec un gros rire comprimé, c'est ça, c'est ça!

— Mais il me semble qu'ici tout dépend de madame, repartit l'infortuné vaniteux.

— Ah! voyez-vous, voyez-vous les visées du luron! Hue! hue! hue ! »

Et tous se prirent à rire; en ce moment, j'eus l'idée de sortir par la fenêtre pour n'en pas entendre davantage; mais il me sembla que ce serait en user mal, et je me décidai à avaler le calice jusqu'à la lie dans ma retraite, où du reste je n'étais pas gêné. Dans le groupe des domestiques en belle humeur, riait plus fort que les

---

1. Il faut savoir qu'en Russie les gens de service donnent souvent, avec un sentiment qu'ils trouvent délicat, la terminaison féminine au nom de baptême de l'homme à qui ils veulent être agréables.

autres un jeune gars de quelque quinze ans, probablement fils d'un des aristocrates de la valetaille; il portait un gilet à boutons de cuivre, une cravate pensée et un pantalon qui n'avait pas suivi le jeune drôle dans sa croissance.

« Ah! Koupriane, dit d'un air tout goguenard mon hôte, évidemment égayé par cette idée de Koupriane d'être attaché au comptoir, conviens-en, allons, c'est assez fâcheux, n'est-ce pas, de servir comme chauffeur? Oui, oui, pour un homme comme toi, c'est une besogne stupide.

— Eh bien! quoi, Nicolaï Éréméitch, repartit Koupriane; tu es maintenant le chef du comptoir, c'est bien, il n'y a pas à te disputer ce poste, sans doute; mais toi aussi tu as été pour un temps en pleine disgrâce, toi aussi tu as habité une misérable hutte de simple paysan.

— Ah çà! dis donc, ne va pas trop loin dans cette ornière-là, dit avec colère le gros Nicolaï; voyez le rustre avec qui on plaisante, et qui devrait remercier le monde de vouloir bien adresser la parole à un fou tel que lui.

— Eh bien! pardon, Nicolaï Éréméitch; ce sont les mots qui ont amené tout cela.

— Les mots, imbécile, les mots!... »

La porte s'ouvrit, et il entra un *kazatchok*[1] qui dit à mon hôte :

« Nicolaï Éréméitch, madame vous demande.

— Qui est là chez elle? demanda-t-il au jeune garçon

— Akcinia Nikitichna et un marchand de Vénef.

— Bien, 'y vais. Çà, vous autres, ajouta-t-il d'un ac-

---

1. Dans les appartements, chez les riches, se tiennent près des portes de jolis petits garçons habillés à la cosaque. Ils sont toujours à portée de recevoir des commissions et des ordres à transmettre aux autres domestiques.

cent persuasif, retirez-vous tout de suite et faites-moi déguerpir surtout notre nouveau chauffeur de poêles; c'est que, voyez-vous, Karl Karlytch, l'Allemand, peut passer ici d'aventure, et aller là faire des cancans. »

Mon hôte lissa ses cheveux, et toussa dans sa main qui était ordinairement presque toute couverte par sa longue manche; il boutonna exactement son ample surtout-cafetan, et partit pour se rendre chez sa maîtresse, en posant ses pieds à plat tout le long du chemin. La valetaille ne tarda pas à sortir à sa suite, en se faisant devancer par Koupriane, vaincu, mais non dompté. Il ne restait plus dans le comptoir que ma bonne connaissance, le commis au surtout gris. Il avait fait semblant de tailler des plumes, mais le fait est qu'il s'était endormi. Quelques mouches profitèrent de l'occasion, et leurs corps lui dessinèrent en noir le contour de la bouche, pendant qu'un cousin armé en guerre se posait carrément sur la grosse veine de son front engourdi et immédiatement lui plongeait dans le sang son tard tout entier.

La tête rousse aux gros favoris se montra de nouveau en saillie contre la porte entre-bâillée; elle regarda à droite et à gauche, et enfin s'avança dans le comptoir, démasquant chez l'individu tout un extérieur dont la bassesse s'accordait trop bien avec ce qui était annoncé jusque-là par la seule partie visible de sa physionomie.

« Fédeouchka! Fédeouchka! tu ne fais donc que dormir! » dit la tête ardente.

L'employé de service ouvrit les yeux et se leva tout d'une pièce en disant de confiance :

« Nicolaï Éréméitch est allé chez la bârynia, Vacili Nicolaévitch.

— Tiens, tu as vu cela en dormant, toi? »

Ah! ah! pensai-je, il l'a appelé Vacili Nicolaévitch;

c'est donc le premier caissier, ce rougeaud-là. Et en même temps je tâtais mes habits qui étaient encore bien mouillés. Je devais encore avoir de la résignation pour une bonne demi-heure.

M. le principal caissier se mit à louvoyer dans la chambre. Au reste, il glissait plutôt qu'il ne marchait, ce qui lui donnait assez la tournure d'un chat inspectant un grenier. Sur ses épaules se balançait à l'aise un vieux frac noir terminé en queue de morue; il tenait une main sur sa poitrine, et de l'autre il redressait à tout moment un haut et étroit collier de crin qui ne lui permettait pas les airs de tête. Il portait des bottes de peau de chèvre faites originairement pour la chambre, de sorte que son marcher avait du moelleux.

« Aujourd'hui, Jakouchkine, le seigneur que vous connaissez est venu vous demander, dit le commis.

— Ah ! il m'a demandé ? comment a-t-il dit cela ?

— Il a dit qu'il passerait ce soir chez Tuturof et qu'il vous attendrait là. « J'ai, a-t-il dit, à lui parler d'affaires. » Il n'a pas dit de quelle affaire; il a dit que vous saviez.

— Bien, dit le caissier, et il se mit à la fenêtre.

— Nicolaï Éréméitch est-il au comptoir ? » cria une voix forte dans le petit carré d'entrée; et un homme de grande taille, évidemment furieux, un homme dont le visage était irrégulier, mais la physionomie expressive et hardie, un homme assez proprement vêtu, ouvrit la porte, franchit le seuil d'un pas animé, et en parcourant la chambre dit : « Il n'est pas ici ? quoi ?

— Nicolaï Éréméitch est chez la bârynia, répondit le caissier. Qu'est-ce qu'il vous faut? dites-le-moi, Pavel Andréitch; vous pouvez me le dire à moi. Voyons, que voulez-vous?

— Ce que je veux ? Vous voulez savoir ce que je veux

(le caissier baissa tristement la tête)! Je veux lui donner une leçon, à ce misérable ventru, à ce vil débaucheur.»

Et il se laissa choir sur une chaise.

« Qu'avez-vous donc comme ça, Pavel Andréitch ? calmez-vous... N'avez-vous pas conscience? Ah! pensez donc de qui vous parlez, Pavel Andréitch, bégayait le caissier.

— De qui je parle? Et que me fait à moi qu'il soit chef de comptoir? Ils ont bien trouvé leur homme, ma foi; c'est vraiment bien le cas de dire qu'ils ont lâché le bouc dans le jardin potager.

— Finissez, finissez, Pavel Andréitch, laissez cela; ce sont des folies que vous dites.

— Bon, le renard est allé faire ses tours auprès de la dame. Moi, j'attends ici Nicolaï, dit Pavel en frappant du poing sur la table... Et tenez, justement le voici qui nous arrive à point. C'est moi qui le recevrai dans son comptoir, cette fois. »

Comme Pavel se levait, Nicolaï Éréméitch entra. Son visage était tout radieux de contentement; mais à la vue de Pavel, il ne laissa pas de se troubler un peu.

« Bonjour, Nicolaï Éréméitch, dit Pavel d'un ton significatif en s'avançant lentement à sa rencontre. Bonjour donc. »

Le chef du comptoir ne répondit point. A la porte parut la figure chafouine du marchand, dont le traité venait sans doute d'être ratifié en haut lieu.

« Eh bien, on ne mérite donc pas que vous preniez la peine de répondre, hein? dit à haute voix Pavel, qui aussitôt baissa la voix en se parlant à lui-même : Au reste, non... non... ce n'est pas comme ça qu'il faut procéder. Les cris et les injures ne mèneraient à rien, soit. Eh bien, voyons, Nicolaï Éréméitch, dites-moi une bonne fois pour toutes pourquoi vous me persécutez, pourquoi vous voulez me perdre, hein? voyons, dites, dites.

— Ce n'est pas ici' le lieu pour les explications que vous demandez, dit non sans quelque agitation mon hôte, et le temps est aussi fort mal choisi. Seulement je m'étonne d'une chose, de cette idée baroque que je veux vous perdre et que je vous persécute; car enfin comment m'y prendrais-je donc pour vous nuire? Vous n'êtes pas attaché au comptoir, vous ne dépendez pas de moi.

— Il ne manquerait, en vérité, à ma détresse, que d'être dans sa dépendance. Eh! pourquoi tant de détours, Nicolaï Éréméitch? vous me comprenez.

— Non, je ne vous comprends pas.

— Si fait, vous me comprenez.

— Nullement, par Dieu, je ne vous comprends pas.

— Mêlez Dieu là dedans...Vous avez quelque crainte de Dieu, mettons; eh bien, alors expliquez-moi à quel propos vous ne laissez pas vivre en repos une pauvre fille; qu'est-ce que vous voulez d'elle?

— De quelle fille parlez-vous donc là, Pavel Andréitch? dit mon hôte du ton d'un profond étonnement.

— Pauvre innocent! voyez-vous, il ne sait pas, lui. Je parle de Tatiane. Oui, oui, signez-vous, mais dites-moi de quoi vous avez à vous venger... de rien. Rougissez un peu du moins; fi! un homme marié qui a des enfants grands comme moi... Et moi, qu'est-ce que je veux? je veux me marier, je me conduis en tout bien et tout honneur.

— Où voyez-vous qu'il y ait de ma faute là, Pavel Andréitch? Madame ne veut pas que vous vous mariiez; c'est sa volonté seigneuriale; qu'est-ce que j'y puis faire?

— Ah! et vous direz peut-être que vous n'êtes pas d'accord avec cette vieille sorcière de ménagère, quand vous chuchotez ensemble, quand vous cherchez à séduire la jeune personne, et que, piqué de ses refus, vous dénigrez et calomniez à plaisir la pauvre fille! Niez donc que ce ne soit à votre instigation que, de blanchisseuse, on l'a faite laveuse de vaisselle, et qu'on la soufflette et qu'on l'enferme dans la salle basse. Honte, honte, honte à un vieux fou tel que vous! Vous avez eu un coup d'apoplexie... prends-y garde... tu n'as qu'à te bien tenir à présent... Tu ne tarderas pas à rendre tes comptes à un juge qui voit plus clair que la bârynia.

— Dépêchez-vous, vous, Pavel Andréitch, de vider votre sac aux injures. Vous n'aurez pas longtemps à vous en servir. »

Pavel sortit des gonds, et moi j'aurais voulu être depuis bien longtemps sorti de ma détestable prison.

« Comment, il ose, je crois, me menacer! dit Pavel en fureur. T'es-tu fourré dans la tête que j'aie peur de toi? Tu as bien trouvé ton souffre-douleur, ma foi. Tu ne songes donc pas que je puis gagner mon pain partout? Toi, c'est autre chose, ce n'est qu'ici que tu peux exister, et corrompre et voler...

— Voilà un gaillard qui se connaît bien, interrompit mon hôte, qui de son côté commençait à perdre patience; un carabin, un chirurgien de deux sous, un médecin sans attestat... Mais à l'entendre oh, oh! quel important monsieur!

— Bon, un carabin... Mais sans ce carabin, tu serais pourri depuis longtemps dans la terre du cimetière... Et il murmura entre ses dents : J'avais bien affaire, vraiment, d'aller remettre sur ses pieds cet animal-là!

— Tu veux faire croire que tu m'as guéri, n'est-ce

pas... Tu as voulu m'empoisonner ; oui, tu m'as abreuvé d'aloès pour me faire mourir.

— Eh mais, il n'y avait plus que l'aloès qui pût te sauver, ingrat !

— L'aloès est défendu par la police médicinale, poursuivit Nicolaï... Je vois bien qu'il faut que je dépose ma plainte. Tu as voulu me faire mourir, et Dieu seul a pu me sauver de tes mains.

— Finissez, finissez, messieurs, dit le caissier.

— Ote-toi de là, lui cria mon hôte ; cet enragé a voulu m'empoisonner ; comprends-tu ce que je dis ?

— Cela m'aurait fait grand bien en effet, dit Pavel ironiquement, mais avec angoisse. Écoute, Nicolaï Éréméitch ; je t'en supplie pour la dernière fois... Tu m'as poussé à bout ; je pourrais n'y plus pouvoir tenir, vois-tu... Je t'en prie, laisse-nous en repos... laisse-nous en repos... sinon, j'en prends Dieu à témoin, l'un de nous deux y passera avant l'autre, et plus vite que ça.

— Je ne te crains point, cria le gros homme, tu n'es rien, rien, m'entends-tu, bambin ! j'ai eu affaire à ton père, et je lui ai brisé les deux cornes d'un tour de main ; avis à toi, et prends-y garde !

— Ah ! ne prononce pas le nom de mon père, Nicolaï Éréméitch, ne prononce pas son nom !

— Ah çà, le drôle me fait la loi.

— Ne me rappelle pas mon père, vois-tu.

— Et toi, ne t'oublie pas... Comme tes soins ne sont pas nécessaires à madame, si l'un de nous deux doit partir, tu ne tiendras guère ici, mon pigeon ; souviens-toi que la révolte n'est permise à personne. (Pavel tremblait de rage.) Tatiane est punie quand et comme elle le mérite... si tu t'en mêles, elle en verra bien d'autres. »

Pavel se précipita en avant, les poings levés, et le

16

commis, qui s'était mis sur son passage, fut lourdement renversé sur le plancher, pendant que Nicolaï Éréméitch criait à tue-tête : « Les poucettes! les poucettes! qu'on lui mette les poucettes! »

Je ne prends pas sur moi de décrire la fin de cette scène, et si j'ai une crainte, c'est que la délicatesse du lecteur n'en ait déjà souffert presque autant que moi.

Dès avant la nuit, j'étais de retour chez moi. Une semaine après, le hasard m'apprit que Mme Losniakof avait jugé à propos de garder à son service et Pavel et Nicolaï, mais qu'elle avait chassé loin de sa présence la fille Tatiane. Il faut croire qu'on n'avait pas besoin d'elle.

XII

Foma le Bireouk [1].

Je revenais de la chasse, seul, le soir, en béegovaïa drochka [2]. Il me restait huit verstes à faire; mon excellente jument arpentait d'un pas long, égal, rapide, la route poudroyante, en reniflant de temps en temps et secouant ses oreilles. Mon chien, tout harassé qu'il était, semblait être retenu à l'attache, tant il suivait régulièrement, juste à un demi-pas des roues de derrière. Il s'amassait un orage dans l'air. Un gros nuage

1. Dans le gouvernement d'Orel, on appelle *bireouk* tout homme silencieux, morose, qui vit à part et s'isole de tout le monde.
2. Équipage très-léger, formé d'un simple banc entre deux roues.

lilas et violacé s'élevait lentement de derrière la forêt au-dessus de moi, et à ma rencontre couraient, se pressaient en désordre de longues nuées grises; les aubours s'agitaient, grelottaient, bruissaient sans qu'il parût y avoir de vent. La chaleur, qui était suffocante, se changea en une fraîcheur humide; les ombres en quelques moments se brunirent. Je frappai des guides le flanc de ma jument, je descendis dans un ravin qui coupait le chemin, j'en traversai le lit desséché tout tapissé de broussailles, j'escaladai le haut talus qui s'élevait devant moi et j'entrai dans le bois. La route serpentait en cet endroit entre d'épais massifs de coudriers déjà tout remplis d'obscurité. J'avançais, mais avec bien de la peine; mon mince équipage s'achoppait aux racines séculaires des chênes et des tilleuls, qui coupaient à chaque instant de longues fondrières transversales, et les ornières creusées par les roues des télègues; mon cheval commençait à se couvrir d'écume sous le frottement du harnais. Tout à coup un vent fort fondit sur les cimes, les arbres gémirent, de grosses gouttes de pluie fouettèrent bruyamment les feuilles, le tonnerre retentit, l'éclair brilla, l'ouragan se déchaîna. La pluie tomba en averse. Je n'allais plus qu'au pas; force me fut de m'arrêter; mon cheval s'était embourbé, et je ne voyais p us à deux pas. Je gagnai comme je pus un abri de feuillage; là, tout courbé et le visage enveloppé, je m'armais de patience pour attendre la fin de l'orage, quand bientôt, à la lueur d'un éclair, j'entrevis sur le chemin une haute figure d'homme, dont je suivis avec attention les mouvements et la direction; cette figure semblait croître en avançant près de mon léger véhicule.

« Qui est là? cria une voix sonore.

— Toi-même, qui es-tu? répondis-je.

— Je suis le garde forêt.

— Je me nommai; il dit : « Ah! je sais. Vous retournez chez vous?

— Oui, je le voudrais. Voilà un ouragan, frère!

— En effet, il est bon. »

Un éclair blafard illumina le forestier de la tête aux pieds. Un coup de foudre sec et rapide suivit immédiatement l'éclair. La pluie cingla l'atmosphère avec un redoublement de violence.

« Il y en a pour longtemps, dit le forestier.

— Que faire à cela?

— Voulez-vous que je vous mène chez moi? dit-il brusquement.

— Tu me feras plaisir.

— Remontez donc sur votre siége. »

Il avança vers la tête du cheval, le prit par les mors et le tira de biais hors de la mare. Nous nous mîmes en mouvement. Je me tenais accroché au coussin, qui suivait difficilement les ondulations d'un banc tourmenté comme l'est une barque de sauvages sur la mer. J'avais du chagrin à voir ma pauvre Diane pétrir la boue, glisser dedans, s'en dépêtrer pour y rentrer plus loin, mais sans s'écarter en quelque sorte du courant de mon haleine et du son de ma voix. Le forestier, en avant des brancards, inclinait tantôt à gauche, tantôt à droite, et ressemblait assez à un fantôme. Nous cheminâmes ainsi assez longtemps; à la fin, mon guide s'arrêta et me dit fort tranquillement : « Nous voici arrivés, bârine. » Un guichet cria sur ses gonds, et quelques chiens aboyèrent à plein gosier. Je levai la tête, et, à la lueur d'un éclair, je vis une petite cabane au milieu d'une vaste enceinte de terre gazonneuse, entourée d'une haie de bâtons arrangés en treillis. A travers une petite fenêtre, on apercevait une faible lumière. Le forestier amena le cheval tout contre le perron et frappa à la porte. « On y va! on y va! » dit une voix d'enfant; un bruit de pieds nus arriva à mon oreille; on ouvrit, et une petite fille de douze ans, dont la chemise était assujettie à la taille par une lisière de drap, et qui tenait une lanterne à la main, parut sur le seuil.

« Eclaire monsieur, lui dit mon guide; et moi, ajouta-t-il, je vais abriter le cheval et la drochka. »

La jeune fille me regarda et rentra en m'éclairant; je la suivis.

La chaumière du garde consistait en une seule chambre enfumée, basse, nue, sans soupentes, sans cloisons. Un touloup troué pendait à la noire paroi. Sur le banc était un fusil à un coup, dans un coin se trouvait un amas de chiffons; deux grands pots étaient près du four. Sur la table était une tige de fer portant une *loutchine* [1] qui brûlait mélancoliquement, près de s'éteindre. Au beau milieu pendait une barcelonnette suspendue à l'extrémité d'une longue perche, dont l'autre bout était fixé au mur et aux poutres. La petite fille éteignit sa lanterne et s'assit sur un tabouret; là, d'une main elle balançait le berceau, de l'autre elle remplaçait la loutchine consumée. Je regardai tout cet ensemble le cœur serré : ce n'est pas gai d'entrer la nuit dans une chaumière de paysan. Le bambin de la barcelonnette respirait vite et péniblement.

« Tu es seule ici? demandai-je à la jeune fille.

— Seule, répondit-elle en ouvrant à peine la bouche.

— Tu es la fille du forestier?

— Sa fille, oui, » murmura-t-elle.

La porte cria, et le garde entra en se courbant. Il

1. Une loutchine est un fragment de pin ou de sapin qu'on allume, et qui sert ainsi à éclairer la chaumière.

releva la lanterne que la petite avait posée à terre ; il mit le feu à une allumette, et dit :

« Vous n'êtes sûrement pas accoutumé à la lumière de nos loutchines. »

Et il secoua les boucles de sa chevelure.

Je regardai mon hôte ; il m'était rarement arrivé de voir un tel gaillard : grand, riche d'épaules et de poitrine, et parfaitement pris dans sa taille. Sous sa chemise rapiécée ressortaient ses muscles puissants ; sa barbe noire et onduleuse lui couvrait la moitié du visage ; ses traits étaient mâles et austères ; à travers ses longs et larges sourcils perçaient les regards de ses petits yeux vairons. Il se mit les mains sur les hanches et s'arrêta devant moi.

Je le remerciai et lui demandai son nom.

« Je m'appelle Foma, et l'on m'a surnommé le *Bireouk*.

— Ah ! c'est toi qu'on appelle le Bireouk ! »

Et je le regardai avec un redoublement de curiosité. Mon Ermolaï et d'autres individus m'avaient souvent conté des traits du forestier Bireouk, que tous les paysans de la contrée craignaient comme la foudre. A les entendre, il n'y avait jamais eu un homme si actif ; avec lui il n'y avait pas moyen de dérober le moindre fagot ni la plus petite brassée de bois mort ; à quelque heure que ce fût et quelque temps qu'il fît, il vous tombait sur la tête comme la neige. Et il était inutile d'essayer de le corrompre ou de le tromper : vin, argent, prières et ruses, rien n'avait prise sur lui ; on lui avait tendu des piéges où il aurait dû vingt fois se casser le cou ; il se riait de tout cela. Voilà ce qu'on racontait partout.

« C'est donc toi qu'on a surnommé le Bireouk ! répétai-je ; eh bien ! frère, j'ai entendu parler de toi ;

on dit que tu n'as pas ton pareil pour traquer le pauvre monde.

« — Je fais mon devoir, répondit-il fort sérieusement; je veux gagner loyalement le pain que me donne mon maître. »

Il tira de sa ceinture, où elle était enlacée par le manche, une hache bien effilée, s'assit sur le plancher et se mit à tailler quelques loutchines.

« Tu n'as donc pas de femme? lui demandai-je.

— Non, répondit-il, et il s'anima à son ouvrage.

— Elle est morte?

— Non... oui, si vous voulez, elle est morte. »

Je me tus; il releva les yeux et me regarda, puis il ajouta avec un sourire plein de fiel : « Elle s'est enfuie avec un bourgeois qui traversait le pays. »

L'enfant s'éveilla et se mit à crier; la petite fille, qui venait de cacher instinctivement sa confusion dans ses deux mains, se redressa pour regarder dans le berceau. « Tiens, dit le Bireouk, donne-lui cela. » Et il lui tendit un biberon humecté de lait. « Elle m'a quitté moi, à la bonne heure... mais elle a abandonné ce pauvre petit, » reprit-il à voix basse en montrant le berceau. Il alla jusqu'à la porte, s'arrêta et revint sur ses pas. « Ah! bârine, vous ne mangerez pas volontiers de notre pain, et il se trouve, comme presque toujours, que nous n'avons ici que du pain.

— Je n'ai pas faim.

— J'ai fait du pain il y a cinq jours; nous avons du pain, c'est tout ce que je puis vous offrir. Mettre le samavar, à quoi bon? je n'ai pas de thé. Çà, je vais voir ce que fait votre jument. »

Il sortit et tira la porte sur lui. Je jetai de nouveau mes regards çà et là; la chambre me sembla encore plus triste qu'auparavant. Une amère senteur de fumée arrêtait la respiration dans ma gorge. La jeune fille ne changeait pas de position et tenait les yeux fixés sur le plancher; de temps en temps elle balançait le berceau; elle ramenait ensuite modestement sa chemise sur ses épaules, et ses pieds nus pendaient immobiles.

« Comment te nommes-tu? lui demandai-je.

— Oulita, » répondit-elle en abaissant encore plus son visage contristé.

Le forestier rentra et s'assit sur le banc.

« L'ouragan s'éloigne, dit-il après un moment de silence; si vous l'ordonnez, je vous accompagnerai jusqu'à la lisière du bois. »

Je me levai. Le forestier prit son fusil et inspecta l'amorce.

« Pourquoi votre fusil? lui dis-je.

— Là-bas, du côté du ravin de Kobouyl, on coupe du bois, dit-il plutôt pour répondre à mon regard sévère qu'à ma question.

— Comme si tu pouvais entendre cela d'ici !

— De ma cour j'entends bien plus loin encore. »

Nous sortîmes ensemble. La pluie avait cessé. Dans le lointain, on voyait encore se presser d'énormes nuages; de temps en temps brillaient de longs éclairs, mais au-dessus de nous le ciel était d'un bleu sombre, et quelques étoiles s'entrevoyaient à travers des nuages pluvieux qui fuyaient. Cependant les contours des arbres chargés de pluie et agités par le vent commençaient à se dessiner dans l'ombre. Nous nous mîmes à écouter. Le forestier ôta son bonnet et se pencha. « Voilà, voilà, dit-il en étendant le bras vers l'ouest; voyez, je vous prie, quelle nuit ils ont choisie ! » Je n'avais rien entendu que le bruit du feuillage des arbres voisins.

« Eh bien, c'est bon, ajouta-t-il en allant à mon che-

val pour m'amener la drochkà; je leur en ferai voir de
rudes.

— Laisse là mon cheval; écoute, je voudrais aller
avec toi au ravin, permets-moi de te suivre.

— Bon, répondit-il en lâchant la bride du cheval,
nous l'empoignerons en un tour de main, et, au retour,
je vous accompagnerai; partons. »

Nous partîmes; il marchait rapidement, mais je le
suivais de près. Je ne puis comprendre comment il
pouvait se diriger avec tant d'assurance; il s'arrêtait à
de certains moments, mais c'était pour mieux savoir le
point juste où frappait la cognée. « Ecoutez, écoutez,
ah! l'entendez-vous enfin? — Mais où donc! » Le Bireouk haussait les épaules. Nous descendîmes dans un
ravin; là, le vent me sembla s'être calmé, et j'entendis
très-distinctement des coups mesurés. Le Bireouk me
regarda, et branla la tête sans parler. Nous continuâ-
mes de marcher à travers des fougères et des chardons
humides... un son prolongé et sourd retentit... « L'arbre est à bas, » dit le Bireouk. Cependant le ciel continuait à s'éclaircir; dans le bois, on ne voyait guère à
plus de trois pas. Nous sortîmes enfin du ravin.

« Attendez ici, » me dit à voix basse le forestier. Il
se baissa, et en tenant son fusil en l'air, il disparut à
travers les broussailles. Je me mis à écouter avec une
attention que contrariait le bruit prolongé du vent,
j'entendis assez près de moi de petits coups secs frap-
pés contre les branches dont on dépouillait l'arbre
tombé; des roues crièrent, un cheval s'ébroua.....
« Halte là, hé! » cria tout à coup une voix de tonnerre.
Une autre voix, mais celle-là bien lamentable, essaya
de répliquer; les voix se mêlèrent : il y avait lutte engagée : « Tu radotes, vieux fou, tu radotes! criait le
Bireouk; tu ne m'échapperas pas. » Je me précipitai

dans la direction du lieu, me heurtant à chaque pas, et j'arrivai avec peine au fût de l'arbre abattu; c'était contre cet arbre que le forestier avait renversé le paysan; il le tenait sous lui et le garrottait de sa ceinture, les bras croisés sur le dos. Cela fait, il se releva et remit sur pied le voleur. C'était un paysan tout mouillé, tout en haillons, la barbe sale et désordonnée. Un méchant cheval décharné, à demi couvert d'un lambeau de natte, se tenait là tout près d'un train de roues. Le forestier ne dit pas un mot; le paysan se taisait aussi, mais il branlait la tête en soupirant.

« Lâche-le, dis-je à l'oreille du forestier, je te payerai le prix de l'arbre. » Il n'y eut pas de réponse.

Le Bireouk prit de la main gauche la bride du cheval, tandis qu'il retenait de sa droite le voleur par la ceinture.

« Allons, en avant, corbeau! dit rudement le forestier.

— Et la cognée, la cognée! marmotta le paysan.

— En effet, dit Bireouk, il n'y a pas de raison pour perdre la cognée; » et il la ramassa. Nous partîmes. Je fermais la marche.

La pluie recommença à tomber, et bientôt ce fut une effroyable giboulée. Nous eûmes une peine infinie à regagner la chaumière. Le Bireouk laissa le cheval au milieu de la cour dont il avait refermé la barrière; puis il attacha ses chiens, mena le prisonnier dans la chambre, relâcha les nœuds de la ceinture, et le déposa dans un coin. La jeune fille, qui s'était endormie près du four, s'éveilla en sursaut, et nous regarda en silence avec effroi. Je m'assis sur le banc.

« Hé! hé! quelle terrible averse! dit le Bireouk; vous devriez bien attendre. Ne voulez-vous pas vous étendre un peu?

— Merci.

— Je l'enfermerais bien dans le galetas pour l'ôter des yeux de Votre Grâce, dit-il en montrant le paysan; mais c'est que...

— Laisse-le là; ne le touche pas. »

Le paysan me regarda en dessous. Je m'étais bien promis d'employer tous mes efforts à délivrer ce malheureux. Il se tenait parfaitement immobile. A la lueur de la lanterne, je pus apercevoir son visage hâve et ridé, ses sourcils jaunes et pendants, son regard inquiet, ses membres grêles... La petite fille s'étendit sur le plancher tout à fait contre les pieds de cet homme. Le Bireouk s'assit près de la table, la tête entre les mains. Un grillon criait dans un coin.... la pluie s'abattait fortement sur le toit, et se faisait jour à travers le châssis et le cadre de la fenêtre; nous étions tous également silencieux.

« Foma Kouzmitch, dit le paysan d'une voix sourde et cassée; hé! Foma Kouzmitch!

— Quoi?

— Laisse-moi aller. (Point de réponse.) Laisse-moi aller.... la faim, vois-tu, la faim.... laisse-moi aller!

— Je vous connais, répondit rudement le Bireouk; où allez-vous dès que vous êtes libres! voler, voler, et puis voler.

— Laisse-moi aller, répétait le manant; tu sais, ah!... l'intendant.... ruinés.... perdus.... ah! ah! laisse-moi aller.

— Ruinés!... personne n'a le droit de voler.

— Laisse-moi aller, Foma Kouzmitch.... ne nous achève pas.... Votre... tu sais, nous ronge... ah! ah! »

Le Bireouk se détourna. Le paysan frissonna, se tordit comme dans un grand accès de fièvre; sa tête ressautait et sa respiration était fort oppressée.

« Laisse-moi aller, répétait-il avec un stupide désespoir ; ah ! au nom de Dieu, lâche-moi.... je prierai,
oui.... la faim, vois-tu.... oh ! mourir de faim ! je jure
Dieu, la faim, les enfants qui crient.... tu sais.... c'est
dur.... mourir comme ça.... on ne sait plus.... vrai,
on....

— Ne vole pas.... ne va pas voler, on te dit.

— Le petit cheval, continuait le paysan, le petit
cheval.... je n'ai que ça au monde, hein ! songe donc,
oh ! Foma.... laisse-moi aller.

— On te dit non ; ça ne se peut pas ; moi aussi je
suis serf, mon Dieu ; je réponds de toi ; l'arbre est
abattu. On ne doit pas pourtant vous gâter.

— Laisse-moi aller ; le besoin, Foma Kouzmitch, le
besoin, la faim.... ah ! tu sais.... relâche-moi.

— Je vous connais.

— Ah ! relâche-moi !

— Qu'ai-je besoin de t'écouter, de te répondre ?
Tiens-toi tranquille ; sinon, tu sais que je ne badine
point. Tu ne vois pas qu'il y a ici un bârine ? »

Le malheureux laissa retomber sa tête sur sa poitrine. Le Bireouk bâilla, croisa les mains sur sa table
et posa sa tête sur ses mains.

La pluie ne cessait point, j'attendais.

Le paysan tout à coup se redressa ; ses yeux s'en-
flammèrent, et son teint s'anima. « Eh bien ! ronge....
étrangle, étouffe.... bon ! vociféra-t-il de ses lèvres
frémissantes.... bon ! bourreau, loup enragé, bois le
sang chrétien, bois, viens.... (Le forestier releva la tête
à demi.) Eh bien ! viens, asiate [1], buveur de sang, je
t'appelle.

— Es-tu ivre pour te mettre à injurier comme ça ?
dit le forestier surpris ; aurais-tu perdu la tête ?

[1]. Asiate ou asiatique, grande injure.

— Ivre!... est-ce que j'ai bu à ton compte?... Ivre!... ah! enragé, ah! bête farouche, buveur de sang!

— Ah çà, tu veux donc que je me lève?

— Eh bien, quoi? Ça m'est égal.... s'il faut mourir.... tu m'ôteras mon cheval, je sais; et moi, sans cheval, je suis perdu tout de suite. Eh bien, bats-moi, assomme-moi, c'est toujours mourir.... de faim, de coups, c'est tout égal.... que tout périsse : femme, enfants.... moi, moi d'abord. Mais, toi, toi.... ah! tu y passeras aussi, va! »

Le Bireouk se leva; je l'observai attentivement.

« Bats-moi, étrangle-moi! reprit le paysan d'une voix de suprême détresse; frappe, frappe donc, viens, frappe! »

La petite fille se releva subitement, et se tint devant le malheureux égaré, qui continuait à crier : « Eh bien, frappe!

— Qu'on se taise! cria d'une voix terrible le fores-tier en faisant deux pas.

— Allons, allons, Foma, criai-je au forestier; laisse-le, ne le frappe pas; il se taira.

— Je ne me tairai pas; que me fait à moi de cre-ver?... Ah! bête féroce, loup enragé.... et tu crois que tu ne crèveras pas, toi? attends un peu, ça ne sera pas long.... tu seras étranglé, attends; bientôt, bientôt.... »

Le Bireouk lui posa ses mains sur les épaules avec violence.... je me précipitai au secours du malheureux. « Ne bougez pas, vous, bârine! » me cria le forestier. Je me serais moqué de ses menaces, et j'avais déjà les muscles crispés; mais, à mon grand étonnement, en un tour de main, il détordit et retira la ceinture qui serrait les poignets du paysan, lui enfonça le bonnet sur les yeux, tout en ouvrant la porte, et le prenant par l'épaule, le poussa dehors.

« Va au diable avec ton cheval! lui cria-t-il; mais une autre fois ne me retombe pas sous la main. »

Il revint sur ses pas dans la chambre, et alla regarder les deux enfants.

« Eh bien, Bireouk, finis-je par lui dire, tu m'as étonné et réjoui; je vois que tu es un brave homme.

— Eh! laissez cela, bârine, dit-il d'un ton fort maussade.... seulement, veuillez n'en rien dire. Ce qu'il y a de mieux à faire pour moi, c'est de vous accompagner, ajouta-t-il; attendre ici la fin de la pluie, vous n'en auriez pas vous-même la patience. »

Nous entendîmes le bruit du cheval et des roues du paysan, et celui de la barrière qui retombait. « Le voilà parti, murmura Foma, mais qu'il y revienne! »

Une demi-heure après, le Bireouk me fit ses adieux à la lisière de la forêt.

FIN DU TOME PREMIER

TABLE DES MATIÈRES

FIN DE LA TABLE

COULOMMIERS. — Typographie PAUL BRODARD.

www.ingramcontent.com/pod-product-compliance
Lightning Source LLC
Chambersburg PA
CBHW071823020726
47502CB00004B/1215